LE
FABULISTE DES ENFANS
ET DES ADOLESCENS.

FRONTISPICE

Ici les animaux ont chacun leur langage.
Enfans écoutez les avec attention.
Leurs discours n'offrent rien que d'utile et de sage?
Et souvent ils pourront vous servir de leçon.

LE

FABULISTE DES ENFANS

ET DES ADOLESCENS,

ou

FABLES NOUVELLES,

POUR SERVIR A L'INSTRUCTION ET A L'AMUSEMENT DE
LA JEUNESSE.

Avec des notes propres à en faciliter l'intelligence;

SUIVI DU TEMPLE DE L'HONNEUR;

PAR L'ABBÉ REYRE,

DE LA COMPAGNIE DE JÉSUS.

———

Avec huit figures.

LIBRAIRIE CLASSIQUE DE PERISSE FRÈRES.

Lyon, | Paris,
GRANDE RUE MERCIERE, | RUE DU POT-DE-FER-
N. 33. | S-SULPICE, N. 8.

IMPRIMERIE D'ANT. PERISSE, A LYON.
1839.

PRÉFACE.

On a toujours regardé les fables comme le moyen le plus propre à instruire les enfans sans les rebuter. Les vérités, qui échapperoient à leur intelligence ou qui lasseroient bientôt leur attention, si elles leur étoient présentées sans ornement et sous une forme purement didactique, deviennent sensibles et amusantes pour eux lorsqu'on a soin de les leur offrir sous le voile de l'apologue. Ils s'occupent d'abord de l'action dont on leur fait le récit; et pour peu que cette action soit intéressante et bien exposée, elle attache leur imagination, et se grave dans leur mémoire. Quand ils l'ont bien retenue, le sens moral qui en est le résultat, prend, pour ainsi dire, un corps à leurs yeux, et en se présentant à eux sous les images qu'ils viennent de voir, il frappe plus vivement leur esprit, et y laisse des impressions plus profondes et plus durables.

C'est sans doute par cette raison que lorsque le sage *Fénélon* vouloit rendre la vérité plus sensible au jeune prince qu'il élevoit, il avoit coutume de recourir à l'innocent artifice de l'apologue. C'est aussi pour cela que tous les instituteurs, tous les pères et toutes les mères, qui veulent former de bonne heure l'esprit et le cœur de leurs élèves ou de leurs enfans, s'empressent de leur faire lire et apprendre des fables. Mais pour qu'elles pussent leur procurer les avantages que l'on s'en promet, il faudroit qu'il n'y eût rien dans ces fables qui ne tendît à leur apprendre les vérités qu'ils ignorent, à les prémunir contre les dangers qui les menacent, à les corriger des défauts qu'ils ont, à leur inspirer les sentimens qu'ils doivent avoir et à leur tracer les règles de conduite qu'ils ont à suivre dans l'âge et la situation où ils se trouvent. Or les fables qu'on leur met entre les mains sont-elles toujours propres à produire en eux ces heureux effets ?

Ce n'est point à l'instruction de l'enfance qu'*Esope*, *Phèdre*, *La Fontaine* et les autres fabulistes anciens et modernes ont consacré leurs veilles et leurs travaux : c'est à celle des personnes de tous les âges et de tous les états. La morale que renferment leurs apologues est une morale générale qui s'adresse à tous les hommes : la philosophie qu'ils y enseignent par l'organe des animaux , est une philosophie universelle qui convient aux esprits même les plus éclairés : le ton qui y règne est assorti à l'objet qu'on s'y est proposé : et comme, pour mieux assurer le succès des leçons utiles qu'ils donnoient dans leurs fables, nos fabulistes les plus célèbres ont surtout cherché à les rendre dignes du suffrage des gens les plus instruits, et les plus délicats ; ils y ont déployé toutes les ressources du génie, toutes les finesses de l'art, tous les agrémens de la diction , toutes les grâces du style.

C'est ce que l'on trouve en particulier dans les chefs-d'œuvre que nous a laissés l'inimitable *La Fontaine ;* et ce sont ces chefs-d'œuvre qu'on a coutume de faire apprendre aux enfans dès qu'ils sont en état de les lire. Mais outre que les maximes qu'on y enseigne sont presque toujours étrangères à leur âge , et n'ont par conséquent rien qui puisse les intéresser, leur esprit est-il assez éclairé pour découvrir les beautés qui s'y trouvent ? Leur intelligence

même est-elle assez développée pour comprendre les leçons qu'elles renferment ?

Jugeons-en par la première fable de *La
Fontaine*, dont on a l'usage d'orner leur mémoire ; je veux dire celle de *la Cigale* et de *la
Fourmi*. Rien n'est plus agréable et en même
temps plus moral que cette fable. Tout homme
qui a l'esprit et le goût formés, est charmé,
en la lisant, du naturel exquis, de l'élégante
précision, du ton de gaîté qui y règnent d'un
bout à l'autre : il voit d'abord le but que le
poète s'est proposé ; et quoique le sens moral
ne soit ni expliqué, ni même indiqué (1), il
trouve dans l'ensemble de l'apologue une leçon
qui lui apprend à ne pas donner au plaisir le
temps qu'une sage prévoyance devroit lui faire
employer au travail et au soin de s'assurer des
moyens de subsistance pour l'avenir. Mais les

(1) Comme toutes les fables de ce genre me paroissent devoir être
inutiles aux enfans, je n'en ai mis aucune dans cet ouvrage, dont
je n'aie expliqué le sens moral le plus clairement qu'il m'a été possible. Je sens même que je l'ai fait souvent trop longuement ; mais
j'ai cru devoir sacrifier les règles du bon goût à l'instruction de mes
jeunes lecteurs, car c'est surtout en les instruisant qu'on doit se
dire à soi-même : *Brevis esse laboro, obscurus fio*. Si j'ai mis aussi
quelquefois un peu trop de longueur dans mes écrits, c'est que j'é-
tois persuadé que les enfans étoient naturellement curieux, ils aiment à savoir toutes les circonstances du fait qu'on leur rapporte.

enfans, qui ne savent rien, et qui ne comprennent que ce qu'on leur explique bien clairement, ne découvrent rien de tout cela; ils ne voient que la *cigale*, que la *fourmi*. Si leur esprit encore foible et borné saisit ce qu'elles disent, ils ne se doutent seulement pas de ce qu'elles donnent à entendre; et comme il est naturel qu'ils prennent les choses à la lettre, dans le persifflage de la fourmi qui renvoie *l'emprunteuse* en lui disant sèchement :

> Vous chantiez? j'en suis fort aise.
> Hé bien, dansez maintenant.

ils ne trouvent peut-être, contre l'intention de l'auteur, qu'une leçon d'égoïsme et de dureté, qui leur apprend à insulter au malheur, et à fermer leur cœur à la compassion.

On pourroit faire sur plusieurs autres fables de notre *Esope* français, des observations qui donneroient à peu près le même résultat; et c'est ce qui faisoit dire à un homme de beaucoup d'esprit, qu'il nous manquoit un livre d'éducation, et que ce livre étoit celui des *Fables de La Fontaine mises à la portée des enfans*. Mais qui auroit la présomption d'entreprendre un pareil ouvrage? qui oseroit toucher à ces chefs-d'œuvre consacrés en quelque

sorte par l'admiration universelle, sans craindre de se rendre coupable d'une espèce de
profanation?

Tout ce qu'on peut essayer, c'est de sup-
pléer, autant qu'il est possible, à ce que n'a
pas fait La Fontaine, et à ce que peut-être il
n'auroit pas pu faire. Son génie étoit trop élevé,
trop étendu, pour pouvoir se mettre à la portée
de l'enfance, et se borner à lui donner des
leçons. La nature l'avoit destiné à quelque
chose de plus grand, de plus utile. Il étoit
fait pour instruire les hommes de toutes les
conditions et de tous les âges ; c'étoit à lui
qu'il appartenoit de cacher la philosophie la
plus profonde sous les dehors les plus simples :
c'étoit à lui qu'il étoit réservé de faire passer
dans l'esprit les vérités les plus importantes,
en paroissant ne vouloir qu'amuser l'imagination par d'agréables mensonges ; et il ne falloit
rien moins que le talent unique dont il étoit
doué, pour remplir une si sublime destination.
Mais il n'en est pas ainsi des dispositions qu'exige
l'instruction des enfans. Avec un esprit ordinaire, secondé par un zèle ardent pour le bien
public, on peut faire des fables qui leur soient
utiles, et même agréables : il ne faut pour

cela que choisir des sujets qui les intéressent,
enseigner une morale qui leur convienne, et
l'exposer d'une manière qui ne soit point au-
dessus de leur foible intelligence (1).

C'est ce que j'ai tâché de faire en composant
ce petit ouvrage. Pour le rendre plus intéres-
sant à leurs yeux, dans les petites scènes que
je leur présente, j'ai le plus souvent choisi
pour acteurs des enfans de leur âge, ou les
petits des animaux qui ont quelque rapport
de ressemblance avec eux. En les entendant
parler, en les voyant agir, ils croiront se trouver avec leurs égaux, et ils n'en seront que
plus portés à profiter des leçons qu'ils en re-
cevront. Ces leçons sont presque toujours as-
sorties à leurs dispositions, à leurs besoins;
et à l'exception de quelques fables qui renferment des principes généraux destinés à leur
tracer la route qu'ils doivent suivre pendant
toute leur vie, le sens moral de toutes les

(1) C'est ce à quoi je me suis surtout appliqué. Mais comme j'ai
été forcé quelquefois de me servir de certaines expressions dont les
enfans ignorent le sens, j'ai eu soin de le leur expliquer dans des
notes, que les gens instruits trouveront peut-être minutieuses et
superflues, mais qui m'ont paru nécessaires pour l'objet que je
m'étois proposé. J'ai même cru devoir joindre de temps en temps à
ces notes quelques réflexions morales, pour mieux développer le
sens de certaines fables, et les rendre plus utiles.

autres ne roule que sur les défauts auxquels ils sont sujets, que sur les écueils qu'ils doivent éviter, que sur les devoirs qu'ils ont à remplir pendant leur enfance : et comme il n'y a que la religion qui puisse nous rendre véritablement et solidement vertueux dans tous les âges, j'ai cru devoir employer deux fables à leur en faire sentir la nécessité et les avantages.

À la vérité quelques-unes de ces fables telles que celles de *l'Honneur et de l'Opulence*, du *Roman et de l'Histoire*, de *la Vertu et de la Beauté*, qui sont de pures allégories, paroissent peu proportionnées à la capacité des enfans : mais pour peu que leur conception soit aidée par les leçons de leurs instituteurs ou de leurs parens, ils viendront à bout d'en saisir le sens ; et ils le retiendront d'autant mieux, qu'ils auront d'abord eu plus de peine à le comprendre. Quant au style, au lieu de chercher à le relever et à l'embellir par tous les agrémens dont il pouvoit être susceptible, je me suis uniquement appliqué à le rendre pur, correct, clair, facile, et surtout naturel. Tout autre ornement m'auroit paru déplacé dans un ouvrage spécialement destiné à l'instruction du premier âge , et j'ai cru que pour parler à la nature il ne convenoit pas d'emprunter le langage de l'art.

Voilà en peu de mots quels sont la matière, l'objet et le caractère des fables que contient ce recueil. Les hommes de lettres et les lecteurs instruits n'y remarqueront ni les grâces naïves qui font admirer celles de *La Fontaine*, ni l'heureuse invention qui distingue celles de *La Mothe*, ni l'élégant précision qui règne dans celles de *Richer*, ni l'esprit sagement philosophique qu'on découvre dans celles d'*Aubert*, ni le naturel ingénieux et poli qui caractérise celles de *Florian :* mais les enfans y trouveront un ton simple , qui en les leur rendant plus intelligibles , les mettra mieux à portée de profiter des salutaires maximes qu'elles renferment ; et c'est là ce que j'ai eu principalement en vue dans mon travail.

Lorsque je me suis déterminé à faire des fables , je n'ai point prétendu aspirer au rang glorieux où les auteurs renommés dont je viens de parler se sont élevés par la supériorité de leurs talens ; mais j'ai choisi la place qui convenoit à la foiblesse des miens. Ils sont les fabulistes des gens de lettres , des hommes

éclairés, des esprits fins et délicats, et moi je
me suis borné à être *le fabuliste des enfans.*
Leurs ouvrages les ont rendus célèbres dans
la république des lettres ; le mien pourra tout
au plus me rendre utile dans les familles, dans
les colléges, dans les maisons d'éducation ; et
c'est là tout le fruit que je désire d'en retirer.
Si mes souhaits s'accomplissent, si j'ai l'avantage d'inspirer l'amour de la sagesse et de la
vertu à ceux pour qui j'ai travaillé, je me croi-
rai assez bien partagé ; et je me verrai sans
peine privé de la gloire que procure l'éclat des
talens, pourvu que je jouisse de la satisfaction
qu'on trouve à faire le bien.

Il y a long-temps que j'avois inséré quelques-
unes de mes fables dans un petit ouvrage que
je donnai d'abord au public sous le titre d'*Ami
des enfans*, et qui fut ensuite réimprimé sous
celui de *Mentor des enfans.* Pour savoir quelle
impression ces fables avoient faite sur l'esprit
de mes jeunes lecteurs, sans m'en dire l'auteur, je demandai à plusieurs d'entr'eux s'ils
les avoient comprises et lues avec plaisir; et ils
me répondirent tous affirmativement. Présu-
mant, d'après cela, que cette manière de les
instruire pourroit tout à la fois leur être utile

et les amuser, je me mis à composer de nouvelles fables, et lorsque j'en ai eu une quantité
suffisante, j'ai cru devoir les réunir toutes pour
en former un petit volume qui servît comme
de *vade-mecum* aux enfans, et c'est ce volume
que j'offre aujourd'hui au public.

Peut-être quelques lecteurs seront d'abord
étonnés d'y trouver une trentaine de fables
qu'on voit dans le *Fablier de la jeunesse et de
l'enfance*, publié les années précédentes par
un professeur de belles lettres à l'école cen-
trale de Lyon : mais leur étonnement cessera
lorsqu'ils sauront que ce professeur les avoit
tirées lui-même des deux ouvrages dont j'ai
parlé ci-dessus, et ils ne seront plus tentés de
m'accuser de plagiat : ils verront, au contraire,
qu'en insérant ces trente fables dans ce volume, je n'ai fait que me remettre en possession
de mon propre bien, dont on s'étoit emparé
sans mon consentement; et s'ils sont encore
surpris de quelque chose, ce sera de voir que
M. B*** étant si riche de son propre fonds, il
ait eu recours aux productions des autres pour
former son recueil de fables. Les trois ou
quatre de sa composition, qui se trouvent
dans son *Fablier*, prouveroient seules que

pour en faire de préférables à celles de bien
d'autres, et surtout aux miennes, il n'auroit
eu qu'à le vouloir. Mais apparemment il s'est
trop défié de ses forces, comme j'ai peut-être
trop compté sur les miennes. Si cela est,
comme j'ai sujet de le craindre, j'espère du
moins que mon zèle et mes intentions rendront
mon erreur excusable, et me la feront pardonner.

LE
FABULISTE DES ENFANS
ET DES ADOLESCENS.

LIVRE PREMIER.

PROLOGUE.

* FABLE PREMIÈRE.

L'Enfant et le Fabuliste.

Un enfant sur ses pas trouvant le fabuliste,
Lui dit : Ah! je te vois avec bien du plaisir :
    Quoique tu sois un moraliste,
    Tu sais pourtant nous divertir ;
    Et tu n'as rien qui nous attriste.
Tu nous dis, il est vrai, de bonnes vérités ;
Mais tu le fais toujours sur un ton agréable
    Dont nous sommes tous enchantés.
    Tu nous amuses par la fable,
Et puis tu nous instruis par les moralités ;
Aussi chacun de nous te trouve bien aimable (1).

* *Cette étoile désigne les fables nouvelles.*

(1) Je ne répète ici que ce que plusieurs enfans m'ont dit du
Fabuliste. Je ne fais non plus que rapporter le jugement qu'en ont

Fab. des Enf.   A

Que tu me fais plaisir en me parlant ainsi!
Lui dit le fabuliste alors tout réjoui.

    Pour les enfans pleins de tendresse,
Je voulois, sans jamais leur causer de l'ennui,
Leur inspirer à tous l'amour de la sagesse.
       Tu me dis que j'ai réussi;
       Mon cœur de joie en est ravi;
       Car aux plus glorieux suffrages
Je préfère celui de ces enfans chéris ;
Et si je peux leur plaire et les rendre plus sages,
       Tous mes vœux seront accomplis.

porté les journalistes qui ont tous cru devoir l'annoncer avec éloge;
il n'y en a qu'un qui l'ait censuré ; mais en critiquant le style, que
tous les autres ont trouvé correct, facile, coulant, simple et naturel, comme doit l'être celui de tout livre fait pour l'instruction du
premier âge, il a été forcé d'avouer que les principes en sont excellens, qu'il renferme les instructions les plus solides, les leçons les
plus utiles, la morale la plus pure et la plus convenable à ceux pour
qui elle est faite. Cet éloge m'a beaucoup plus flatté que les critiques
ne m'ont offensé; parce qu'en écrivant pour les jeunes gens, ce n'est
point leur goût, mais leur cœur que j'ai voulu former; et que j'ai
bien plus cherché à en faire des hommes vertueux que de bons litté-
rateurs. Cependant, pour faire voir au censeur que j'ai profité de
ses critiques, j'ai retouché le style de quelques fables, et j'en ai
remplacé plusieurs par d'autres que des connoisseurs éclairés ont
trouvées moins médiocres. Par ce moyen cette nouvelle édition sera
moins défectueuse que les précédentes; le public qui paroît avoir
approuvé cet ouvrage, continuera à l'honorer de son approbation;
et la jeunesse, qui semble l'aimer, l'aimera toujours davantage.

~~~~~~

FABLE II.

La Mère et l'Enfant malade.

Fanfan étoit malade, il falloit le guérir :
Mais c'étoit par malheur un petit volontaire,
    Qui n'avoit coutume de faire
    Que ce qui lui faisoit plaisir.
    Et le remède salutaire,
Que pour chasser la fièvre on lui devoit offrir,
    N'étoit guère fait pour lui plaire :
    C'étoit une amère boisson (1);
Et le drôle eût bien mieux aimé quelque bonbon.
    Aussi, dès qu'il la vit paroître,
    Prévoyant bien ce qu'elle pouvoit être,
Il se mit à pleurer, puis il la rebuta,
    Et de dépit enfin jeta
    Le vase et la liqueur à terre.
    Sa mère alors, sa tendre mère,
    Qui pleuroit aussi, sentit bien
Qu'il falloit recourir à quelque heureuse adresse,
    Et voici quel fut le moyen
    Que lui suggéra sa tendresse :
De la boisson amère elle ne dit plus rien ;
Mais mettant à la fois plusieurs drogues en poudre
Dans des œufs et du sucre elle les fait dissoudre
Y joint de la farine, en forme un vrai biscuit.
    Quand il est bien doré, bien cuit,
    De son lutin elle s'approche,
Et feignant de tirer un bonbon de sa poche :
    Tiens, dit-elle, mon bon ami ;
Si tu n'as pas voulu prendre la médecine,

(1) C'est-à-dire une médecine.

        2

Tu prendras bien du moins ceci.
C'est un bisquit. Tiens, vois comme il a bonne mine.
   Aussitôt le petit madré (1)
   Du coin de l'œil avec soin l'examine,
Et voyant le dessus qu'on avoit bien sucré :
Hé bien ! puisqu'il le faut, dit-il, je le prendrai ;
Il le prit en effet sans nulle répugnance :
Il eut pendant trois jours la même complaisance,
Et sans qu'il s'en doutât, en se purgeant ainsi,
Le malade dans peu se trouva rétabli.

   Comme sa tendre et sage mère,
Je voudrois, mes enfans, sans prendre un ton sévère,
   Vous corriger de vos défauts.
Les fables où je tâche et d'instruire et de plaire,
Sont comme les bisquits qu'elle crut devoir faire
Pour allécher son fils et pour guérir ses maux (2).

   (1) Le petit rusé.
   (2) On compare les fables à ces bisquits, parce que de même que
ces bisquits guérirent le jeune malade en flattant son goût, ainsi les
fables instruisent les enfans en les amusant.

〰〰〰〰〰〰〰〰〰〰〰〰〰〰〰〰〰〰〰〰

FABLE III.

Les deux Bateliers.

Sur un fleuve grossi par les eaux de la pluie,
   Deux bateliers de compagnie
   Conduisoient chacun leur bateau
   Dans son métier encore novice,
   L'un ne connoissoit guère l'eau ;
Mais l'autre, vieux routier, par un long exercice,
Avoit si bien appris tous les chemins du port,
Qu'il arrivoit toujours sans mauvaise aventure.
   L'un et l'autre alloient bien d'abord ;

Les deux Bateliers.

Leur marche étoit tranquille et sûre,
Lorsqu'ils virent de loin élevé sur les flots
Un pont dont il falloit traverser les arceaux.
    Le pas étoit fort difficile,
    Et demandoit un homme habile:
Notre vieux batelier le sentit, et soudain,
Craignant pour son novice un accident tragique:
Holà! lui cria-t-il, allons bien bride en main (1);
    C'est ici le moment critique.
    Si tu manques le fil de l'eau,
    Je ne réponds pas de ta barque:
    Il y va même de ta peau,
Et tu pourrois fort bien aller trouver la Parque (2).
    Fais donc si bien la guerre à l'œil (3),
    Et conduis si bien ta nacelle,
Que tu ne m'ailles pas faire prendre le deuil.
Peste! dit le jeune homme à légère cervelle (4),
    Vous vous y prenez bien de loin!
Je crois que vous rêvez. Et qu'est-il donc besoin
    De régler déjà notre marche?
    Lorsque nous serons près de l'arche,
    N'y serons-nous donc pas à temps?
Non, morgué! répondit le vieillard en colère,
    Tout dépend des momens présens:
Je connois ce pays, je sais ce qu'il faut faire;
A ce que je te dis tu peux donc te fier.
Son avis, en effet, étoit fort salutaire;
    Mais notre jeune téméraire
    Le laisse pester et crier;
    Et sans prendre aucune mesure,

----

(1) Soyons bien attentifs.
(2) Tu pourrois bien périr. Les Parques, selon la Fable, tenoient
en leurs mains le fil qui composoit le tissu de la vie des hommes,
et lorsqu'elles le coupoient ils mouroient.
(3) Tiens-toi si bien sur tes gardes.
(4) Qui avoit l'esprit léger.

Au gré des vents , au gré des flots ,
Il vous laisse voguer sa barque à l'aventure ,
Jusqu'à ce qu'il arrive enfin près des arceaux.
        Alors , menacé du naufrage ,
Il veut exécuter les conseils du vieillard ;
Il fait force de bras , il met tout en usage ,
        Mais c'étoit s'y prendre trop tard.
        Le courant par sa violence
        L'entraîne droit vers l'éperon (1) ;
        Et pour prix de son imprudence ,
Il passe de sa barque en celle de Charon (2).
        Mais , si plus docile et plus sage ,
        Il avoit su prendre d'abord
        La route qui menoit au port ,
D'y parvenir sans peine il eût eu l'avantage.

La vie où vous entrez est pour vous un voyage.
Voulez-vous donc , enfans , jouir de l'heureux sort
Qui doit au terme , un jour , être votre partage ?
Prenez le bon chemin dès votre plus bas âge (3).

(1) Ouvrage de maçonnerie terminé en pointe , et placé entre les arches des ponts.

(2) Prononcez *Caron*. Charon , selon la Fable , étoit chargé de passer dans sa barque les morts qui traversoient le Styx pour se rendre aux enfers.

(3) Ce bon chemin est la pratique de la vertu.

FABLE IV.

Le Chêne et l'Arbrisseau.

Après avoir appris sa leçon de grammaire,
        Un jeune enfant avec son père
        Se promenoit dans un jardin ,
        Lorsqu'ils trouvèrent en chemin

Un arbrisseau dont la tempête
Avoit courbé la tige et fait plier la tête.
    A l'aspect de cet accident,
Le père, qui vouloit à son fils, en passant,
    Donner un avis salutaire :
Voyez-vous, lui dit-il, mon fils, cet arbrisseau
Il étoit droit, il fait à présent le berceau :
Allez le rétablir dans sa forme première.
    Volontiers, papa, dit l'enfant.
Aussitôt il le prend, et sans beaucoup de peine
    Il le redresse au même instant.
Fort bien, dit le Mentor (1) : mais regardez ce chêne
    Que son poids vers le sol entraîne :
    Quoique déjà fort avancé,
Il auroit bien besoin d'être un peu redressé,
Allez, allez aussi lui rendre ce service.
    Oh ! oh ! dit l'enfant en riant,
    Papa, pour moi quel exercice !
    Je le tenterois vainement :
    L'arbre est trop vieux pour qu'il fléchisse.
Je me serois chargé de la commission
    Lorsqu'il étoit encor dans son enfance ;
Mais de le redresser ce n'est plus la saison ;
Et quand même j'aurois la force de Samson (2),
Je ne pourrois jamais vaincre sa résistance.
    Oui, mon fils, vous avez raison,
Reprit alors le père ; et cette expérience
    Pour vous doit être une leçon.

    Ces deux arbres sont notre image :
Nos penchans vicieux, pendant le premier âge,

(1) Le père qui servoit de Mentor, c'est-à-dire d'instituteur à son fils. On donne le nom de Mentor à ceux qui sont chargés de conduire les enfans, parce que Minerve, sous le nom de Mentor, servit de guide au jeune Télémaque, fils d'Ulysse.
  (2) Samson avoit une force prodigieuse.

Sont faciles à corriger ;
Mais on ne peut plus les changer
Lorsqu'ils sont raffermis par le temps et l'usage (1).

(1) L'expérience prouve tous les jours que l'on conserve jusqu'à la mort les habitudes qu'on a contractées dans le premier âge.

~~~~~~

FABLE V.

Le Philosophe et le Paysan.

Chaque homme a, dit-on, sa manie (2).
Un sage de l'antiquité,
Jadis dans la Grèce vanté,
Avoit la sienne aussi, c'étoit l'astrologie (3).
Oubliant les leçons de la philosophie,
Qui s'applique surtout à régler notre cœur,
Et nous apprend que le bonheur
Est le fruit d'une bonne vie,
Dans les astres il le cherchoit,
Et croyoit que leur cours, qui sans cesse varie,
Nous l'ôtoit ou nous le donnoit.
Un beau jour qu'étant en voyage,
Il avoit, selon son usage,
Les yeux levés au Ciel; se promettant de voir
Les arrêts du destin dans la céleste voûte,
Bien loin de réussir au gré de son espoir,
Dans un bourbier profond qu'il trouva sur sa route
Comme un sot il se laissa choir.
Un paysan le vit lorsqu'il fit la culbute (4);
Et comme il avoit su, je ne sais trop comment,

(2) Par *manie* on entend une passion portée à l'excès.
(3) Science chimérique, par le secours de laquelle on prétendoi lire les secrets de l'avenir dans les astres.
(4) Lorsqu'il tomba.

Le travers où donnoit ce sage extravagant,
Il commença d'abord par rire de sa chute,
Puis il lui dit : Il faut que vous soyez bien vain !
Vous voulez passer pour devin,
Vous croyez bonnement qu'en contemplant les nues
Vous y découvrirez des choses inconnues,
Et vous ne voyez même pas
Ce qui se trouve sous vos pas !
Mon ami, croyez-moi, savoir se bien conduire,
C'est le premier secret dont l'homme doit s'instruire.
Le sage, sans cela, n'est sage que de nom (1).
Le paysan avoit raison.

(1) On dit souvent d'un homme qui donne dans toutes sortes d'écarts, mais qui parle ou qui écrit bien : *Il a bien de l'esprit*. Pour moi, qui suis de l'avis du paysan, je trouve qu'il n'en a point, ou que du moins il n'a pas le bon esprit dont le premier effet est de nous apprendre à nous bien conduire, c'est-à-dire à éviter ce qui nous nuit, et à rechercher ce qui nous est utile.

FABLE VI.

Le Père, le jeune Homme et le Cheval.

Pour complaire à son fils, un riche financier
Lui fit un jour présent d'un superbe coursier (2)
Qui, dressé par les soins d'un écuyer habile,
Malgré son naturel ardent,
Etoit devenu doux, tranquille,
Et surtout bien obéissant.
Aussi, lorsque ce tendre père,
A son fils vint le présenter :
Mon enfant, lui dit-il, vous pouvez le monter

(2) Cheval. En poésie on se sert ordinairement du mot *coursier* pour désigner cet animal. Cette seconde expression est plus noble que la première.

A 5

Sans craindre aucun écart. Pour l'empêcher d'en
   faire
J'ai d'abord eu grand soin de le faire dompter.
Mais comme il pourroit bien se laisser emporter
   Par l'ardeur de son caractère,
Pour en être plus sûr, tenez bien bride en main.
Le jeune homme suivit cet avis salutaire,
Et son coursier fougueux, contenu par le frein,
   Ne fit pas la moindre incartade.
   Mais un jour qu'à la promenade
   Sans bride il osa le mener,
Sentant que l'on avoit cessé de le gêner,
   Le cheval bondit, caracole,
   Regimbe, fait la cabriole,
Et se met à courir tout à travers les champs.
   Le jeune homme perdant la tête,
   Cria d'abord : Arrête ! arrête !
   Mais ces cris furent impuissans.
Le cheval fit toujours les mêmes mouvemens,
Et notre cavalier fit enfin la culbute.
Aussitôt qu'il se fut relevé de sa chute,
Il vint à la maison conter son piteux cas (1).
Cet accident m'afflige et ne me surprend pas,
Lui dit en l'entendant son tendre et sage père.
Votre cheval n'a fait que ce qu'il devoit faire :
Dès que vous n'aviez rien qui pût le contenir,
Il devoit librement suivre son caractère,
   Et ne chercher que son plaisir.
L'homme lui-même agit ainsi pour l'ordinaire,
Lorsqu'il est dépourvu du secours salutaire
Qu'on trouve dans le frein de la religion.
Alors n'étant guidé que par la passion,
Il n'a plus qu'un seul but, c'est de se satisfaire.
Pour le porter au bien et l'éloigner du mal,

(1) Son malheur.

Ce frein à notre cœur est aussi nécessaire
    Que la bride l'est au cheval (1).

(1) Rien ne fait mieux sentir cette vérité que les égaremens dé-
plorables dans lesquels ont donné un grand nombre de jeunes gens,
et même d'enfans, dans le temps malheureux où nous étions privés
des secours salutaires de la religion.

~~~~~~

FABLE VII.

L'Opulence et l'Honneur.

Pauvre, mal mis et tout crotté,
    Avec sa sœur la Probité (2)
    L'Honneur dans un lieu solitaire (3)
    Se promenoit pour se distraire,
    Lorsque dans un grand char doré,
Dont le cocher s'étoit par hasard égaré,
    Il vit tout-à-coup l'Opulence,
Qu'accompagnoient le Luxe et la Magnificence.
La dame à qui l'Honneur n'étoit pas inconnu,
Et qui souvent chez elle autrefois l'avoit vu,
Voulut renouveler d'abord la connoissance,
    S'imaginant avec raison
Qu'elle s'honoreroit par cette liaison.
Elle ne craint donc pas de faire les avances;
        Et sur le sort du malheureux
        Faisant de grandes doléances,
        Elle lui dit d'un ton piteux :

(2) On dit que la probité est sœur de l'honneur, parce que le
véritable honneur consiste à être honnête homme et à avoir de la
probité.

(3) L'Honneur n'est ici qu'un emblème sous lequel on a voulu
représenter un homme probe et vertueux, qui aime mieux languir
dans le sein de la pauvreté que de se déshonorer en s'enrichissant
par des voies injustes.

6

Quoi ! c'est vous que je trouve en proie à la misère !
Vous qui devriez briller dans un rang glorieux,
        Vous languissez dans la poussière !
J'ai peine à concevoir l'état où je vous voi.
Mais montez sur ce char, et venez avec moi :
Je saurai du destin réparer l'injustice,
Et vous faire éprouver un heureux changement.
Je sens, lui dit l'Honneur, tout le prix du service
Que vous daignez m'offrir si généreusement.
        Avec un vif empressement
        Je devrois l'accepter, ce semble :
Mais il faut du public craindre les jugemens ;
Et ce public malin dit depuis quelque temps
Que nous ne pouvons guère aller tous deux ensem-
        ble (1).
        Or j'aime mieux rester à pied,
Que d'être dans un char et me voir décrié.

Apprenez, mes enfans, en lisant cette fable,
Que l'honneur seul vaut mieux que tous les autres
        biens,
Et qu'on doit préférer ce bien inestimable
A tout ce qu'on acquiert par d'injustes moyens.

   (1) C'est-à-dire qu'il est difficile d'acquérir de grandes richesses
sans blesser les lois de l'honneur.

~~~~~~

FABLE VIII.

Les Oranges.

Un habitant des bords du Tage (2)
        Avoit un fils que sa douceur,
Son esprit, sa beauté, son aimable candeur

   (2) Fleuve du Portugal.

Rendoient le phénix (1) de son âge ;
Mais il fréquentoit par malheur
Des amis dont l'exemple et l'entretien peu sage
Auroient pu corrompre son cœur.
Le père en fut instruit, et vit avec douleur
Le risque que couroient ses mœurs, son innocence.
Il lui donne d'abord les plus sages avis,
Lui peint les maux que peut causer son imprudence,
Et l'exhorte à quitter ces compagnons chéris.
Mais pourquoi, dit l'enfant, faut-il que je les quitte ?
Papa, vous pensez trop mal d'eux ;
Ils sont sages et vertueux :
Et s'ils ne l'étoient pas, par ma sage conduite
Je saurois bien les corriger.
Le père, qui sentit encor mieux le danger
Où l'exposoit sa confiance,
Feint d'être rassuré, garde un profond silence.
Mais tandis que l'enfant étoit loin du logis,
Il remplit un panier d'oranges bien choisies,
En mêle tout au plus deux ou trois de pourries,
Et fait, à son retour, ce présent à son fils.
Le marmot, empressé, le prend, le considère ;
Mais à peine a-t-il vu : — Qu'avez-vous fait, mon père ?
Quoi ! parmi des fruits sains mêler des fruits gâtés !
— Ne craignez rien, mon fils, laissez-moi faire ;
Des bons la vertu salutaire
Corrigera bientôt ceux qui sont infectés.
— Ah ! je prévois tout le contraire ;
Ceux qui sont corrompus corrompront tous les bons.
— Ne craignez rien, vous dis-je ; ou du moins atten-
dons ;
Et pour pouvoir juger qui de nous prend le change (2),
Laissons ces fruits mêlés, ensuite nous verrons

(1) C'est-à-dire l'enfant le plus parfait, parce que le phénix passe
pour le plus beau de tous les oiseaux.
(2) Se trompe.

Ce qu'aura produit ce mélange.
Le fils consent à tout ; on ferme le panier.
Cinq ou si jours après on en fait l'ouverture ;
Mais ce n'étoit, hélas ! qu'un tas de pourriture.
Je l'avois bien prévu, dit alors l'écolier.
Ah ! pourquoi n'avoir point, papa, daigné vous rendre
      A l'avis que je proposois ?
    Et vous, mon fils, reprit le père tendre,
      Pourquoi si long-temps vous défendre
      Des conseils que je vous donnois,
Lorsque je m'attachois à vous faire comprendre
Que si vous fréquentiez des amis vicieux,
      Vous le seriez bientôt comme eux ?
De ce malheur ces fruits vous présentent l'image ;
      Les mauvais ont gâté les bons.
      Puissent-ils vous rendre plus sage !
Puissent-ils vous apprendre à fuir les liaisons
Qui pourroient de vos mœurs corrompre l'innocence !
L'enfant fit son profit de cette remontrance.
Convaincu du danger, il ne le brava plus,
Et quitta pour toujours les amis dissolus
Qui l'auroient tôt ou tard entraîné dans l'abîme (1).

C'est pour vous, jeunes gens, que j'ai fait ce récit.
      Que cette importante maxime,
      Toujours présente à votre esprit,
Dans le choix des amis en tout temps vous dirige.
Le commerce des bons rarement nous corrige.
Mais celui des méchans toujours nous pervertit.

(1) Dans le vice, dans le désordre.

FABLE IX.

Le jeune Rat et le Chat.

Nouvel habitant de ce monde.,
Ignorant le mal et le bien,,
Ou plutôt ne sachant encore rien de rien,
Un jeune rat de sa niche profonde (1)
Etant sorti pour la première fois,
Vit de loin en faisant sa ronde,
Un chat perfide et fin matois,
Qui, sous un air de bonhomie.,
Cachant sa noire perfidie,
Ne songeoit qu'à gripper les rats
Que le hasard pourroit amener sur ses pas.
Le raton point ne s'en défie.
Eh! qui s'en seroit défié?
A voir sa feinte modestie,
A voir son air sanctifié,
Et son maintien de chattemite,
Vous l'eussiez pris pour un ermite
Vous l'eussiez béatifié.
Ainsi pensa du moins notre jeune novice
O l'aimable animal! dit-il en son jargon.
Qu'il a l'air doux!. qu'il paroît bon!
Il faut qu'avec lui je m'unisse :
Je serois bien heureux de l'avoir pour ami.
A ces mots, le jeune étourdi
S'avance vers le chat : mais le vieux hypocrite,
Au regard doucereux, à la face bénite (2),
Prend un air, un maintien nouveau,
Sur le pauvre raton s'élance,
Le gobe et n'en fait qu'un morceau.
Gardons-nous de juger de gens par l'apparence.

(1) De son nid.
(2) Qui avoit l'air doux et la face bénite.

FABLE X.

La vieille Vache et le Bouvier.

Une vache que la tristesse
Accabloit et minoit bien plus que la vieillesse,
Au bouvier en ces mots exprimoit sa douleur :
Pour moi c'en est donc fait, il n'est plus de bonheur ?
Hélas ! jadis mon sort étoit digne d'envie ;
   On se plaisoit à me soigner,
   On me menoit à la prairie ;
   Souvent même pour m'épargner
   La peine de chercher ma vie,
   Au milieu de mon écurie
   On avoit soin de m'apporter
   Des faix d'herbe fraîche et choisie :
   Chacun me traitoit en amie :
La laitière surtout venoit me visiter (1),
   Et j'étois sa vache chérie.
Mais depuis quelque temps, reléguée en un coin,
   L'on me dédaigne, l'on m'oublie,
   Et seulement de loin en loin
On me donne en passant un peu de mauvais foin.
   J'ai cependant servi mon maître,
   Sans me vanter, aussi-bien qu'il pût l'être.
J'ai labouré, j'ai fait les plus rudes travaux,
   J'ai porté dix ou douze veaux,
   Et par mon lait à la laitière
   J'ai procuré nombre d'écus.
   Pourquoi donc ne la vois-je plus ?
   Moi qui lui fus jadis si chère,
   Pourquoi me traite-t-on si mal ?

(1) Ces visites étoient intéressées ; elle les faisoit pour traire la
vache et avoir son lait.

Pourquoi ? dit le bouvier, eh ! mon pauvre animal,
  La raison en est assez claire :
   C'est que l'on ne peut plus te traire ;
C'est que tu ne peux plus donner ni veaux ni lait.

Le rustre avoit raison. Sa réponse est un trait
Qui seul des faux amis nous peint le caractère.
Tant qu'on peut les servir, les aider ou leur plaire,
  Ils sont attentifs, généreux ;
Mais pour leur intérêt ne peut-on plus rien faire ?
  Que l'on n'attende plus rien d'eux.

FABLE XI.

Le vieux Papillon et le jeune.

Fuyez, mon fils, fuyez loin de cette chandelle (1),
  Disoit à son cher nourrisson
  Un vieux routier de papillon.
  Si vous vous approchez trop d'elle,
  Sa flamme sûrement un jour
  Vous joûra quelque mauvais tour.
Elle est bien plus à craindre encor qu'elle n'est belle ;
  Et par une épreuve cruelle,
A votre âge j'appris qu'on doit la redouter.
  Pour avoir voulu m'y frotter,
  Je m'y brûlai le bout de l'aile,
Et je fus fort heureux de ne pas y rester.
Fuyez-la donc, vous dis-je, avec un soin extrême.
Le jeune papillon promit de l'éviter.
  Mais pourquoi donc, disoit-il en lui-même,
Me tant recommander de craindre ce flambeau ?
  Il est si brillant et si beau !

(1) Les papillons ont coutume de voltiger autour des flambeaux
allumés.

Les vieilles gens sont trop timides.
Un nain leur paroît un géant ;
Un petit moucheron leur est un éléphant.
Si l'on vouloit les croire et les prendre pour guides,
Il faudroit toujours craindre et ne jamais bouger.
Voyons donc si l'ardeur de cette flamme est telle
Que l'on n'en puisse pas approcher sans danger ;
Et mettons-nous nous-mêmes en état d'en juger.
Après ce beau propos, autour de la chandelle
Notre papillonneau se met à voltiger.
Il n'y ressent d'abord qu'une chaleur flatteuse,
Qui n'est, hélas ! pour lui qu'une amorce trompeuse.
      De plus près il veut la sentir,
      La flamme par sa violence
      Dans un instant le fait périr.

      Jeunesse sans expérience,
      Que le malheur du papillon
      Vous serve à jamais de leçon.
Quand l'attrait du plaisir, comme lui, vous attire,
Songez bien qu'en suivant cet attrait dangereux,
Loin de se procurer le bonheur qu'on désire,
      L'on en devient plus malheureux.

FABLE XII.

Les Paquets de poison.

Sous les yeux et la main de ses jeunes enfans
      Un père des plus imprudens
Laissoit, soit par oubli, soit par insouciance,
Des contes, des romans, des livres dangereux,
Qui pouvoient, en flattant leur esprit curieux,
De leur cœur encor pur corrompre l'innocence.
      Un ami sage et vertueux

S'aperçut de son imprudence,
Et ne put la voir sans gémir.
Mais craignant de l'en avertir,
Voici quel fut le stratagème
Dont il crut devoir se servir
Pour qu'il s'en aperçût lui-même :
Notre père imprudent chez lui devoit venir ;
Or, avant qu'il parût, son ami charitable,
Voulant, sans le choquer, lui faire la leçon,
Fit étaler sur une table
Différens paquets de poison :
Cela fait, l'homme vient, entre dans le salon,
Et des paquets voit l'étiquette.
A cet aspect, saisi d'une frayeur secrète :
Quoi ! mon ami, dit-il avec émotion,
Vous êtes père de famille,
Vous avez un fils, une fille,
Et vous leur laissez sous la main
Ce qui, par une erreur à leur âge ordinaire,
Peut porter la mort dans leur sein (1) !
Vous voulez donc, cruel, être leur assassin !
Ah ! j'ai tort, j'en conviens, je suis un téméraire,
Dit alors l'ami vertueux.
Mais comme moi vous êtes père,
Vous avez des enfans : or, en ami sincère,
Je dois vous avertir, par intérêt pour eux,
Que les livres licencieux
Qu'à leurs regards vous auriez dû soustraire,
Et qu'ils ont cependant sans cesse sous les yeux,
Sont de tous les poisons les plus pernicieux :
Les autres, détruisant notre frêle existence,
Souvent ne mettent fin qu'à des jours malheureux ;
Celui-ci, corrompant les mœurs et l'innocence,
Nous ravit ce que l'homme a de plus précieux.

(1) Le poison.

Le père, profitant de cette remontrance,
Eloigna ce poison des yeux de ses enfans.

Puissent tous les autres parens
Imiter, sur ce point, sa sage vigilance :
Et bientôt on verra parmi nos jeunes gens
    Moins de désordre et de licence.

FABLE XIII.

La Modestie, la Pudeur et le Voyageur.

L<small>A</small> Modestie et la Pudeur,
Qui, comme l'on sait, est sa sœur (1),
En s'en allant de compagnie,
Rencontrèrent un voyageur
Dont l'une et l'autre étoit chérie.
Touché de la vive douleur
Qui sur leur front étoit empreinte,
Notre homme sur leur sort eut d'abord quelque crainte.
Qu'avez-vous ? leur dit-il. De quelque grand malheur
    Seriez-vous les tristes victimes ?
    Nous sommes dans un temps de crimes (2);
    On ne respecte, hélas ! plus rien,
    Et les méchans pourroient fort bien
Avoir porté l'excès jusqu'à vous faire outrage.
    Pourquoi vous vois-je ici ? parlez :
    Pourquoi faites-vous ce voyage ?
    Dites-moi donc où vous allez.
Nous nous réfugions, disent les voyageuses,

(1) On donne la modestie pour sœur à la pudeur, parce que ces deux vertus sont comme inséparables, et ne vont guère l'une sans l'autre. C'est ce que les jeunes personnes ne doivent jamais oublier.

(2) Cette fable fut faite dans le temps de la révolution, où il se commettoit beaucoup de crimes

Dans quelque lieu secret, dans quelqu obscur hameau,
Où nous puissions trouver des ames vertueuses,
— Quoi ! vous quittez la ville, un théâtre si beau,
Où tout ce qu'on trouvoit et d'honnête et de sage
     Se plaisoit à vous rendre hommage !
Eh ! que vous est-il donc arrivé de nouveau ?
     — Les femmes nous en ont bannies.
     — Parlez-vous sérieusement ?
Elles étoient jadis vos meilleures amies.
     — Oui ; mais tout change, et maintenant
Elles se font honneur d'être nos ennemies.
     — Vous m'étonnez étrangement :
Si vous ne le disiez, je ne pourrois le croire ;
     Car c'est vous qui faisiez leur gloire :
Elles trouvoient en vous leur plus bel ornement.
Mais ne vous livrez pas au découragement,
Et n'allez pas chercher un autre domicile.
Revenez, croyez-moi, revenez à la ville,
Où chacun vous estime, au moins secrètement.
Bien qu'il soit corrompu, le monde est équitable :
Il condamne le mal qu'il semble autoriser ;
Et lorsque l'on en vient jusqu'à vous mépriser,
     A ses yeux on est méprisable.

Vous donc qui, violant les lois de la pudeur,
Croyez, en vous parant, embellir la nature,
     Sachez qu'une telle parure
Ne peut que flétrir votre honneur.

FABLE XIV.

La Vigne et le Vigneron.

La vigne se plaignoit un jour au vigneron
De ce qu'il lui coupoit maint et maint rejeton,
Dont le feuillage épais et le bois inutile,

Loin de la rendre plus fertile,
Épuisoit en vain sa vigueur.
Eh ! pourquoi donc, lui disoit-elle,
Me traitez-vous avec tant de rigueur ?
Pour mon bien vous montrez du zèle,
Je suis l'objet de vos sueurs,
Vous m'aimez ; cependant vous m'arrachez des
pleurs (1).
L'amour est-il donc si sévère ?
Non, répondit le vigneron :
Mais si vous pénétriez dans mon intention,
Vous verriez que le mal que je semble vous faire
N'a pour objet que votre bien.
Si je ne coupois pas tout ce bois inutile,
Vous ne seriez bientôt qu'une plante stérile,
Et vous ne produiriez plus rien (2) ;
Au lieu qu'en vous taillant je vous rends plus fertile,
Et de Bacchus (3) sur vous j'attire les faveurs.

C'est à vous, jeunes gens, que ma fable s'adresse.
Connoissez à ces traits, l'amour et la sagesse
De ceux qui veillent sur vos mœurs.
S'ils vous font quelquefois éprouver leurs rigueurs,
Ce n'est pas que pour vous ils manquent de tendresse,
Ils cherchent seulement à vous rendre meilleurs.

(1) On dit que la vigne pleure quand elle a été fraichement
taillée, et qu'il en dégoutte de l'eau.
(2) Si l'on ne tailloit pas la vigne, elle s'épuiseroit en peu d'années, et ne porteroit plus de fruits.
(3) Dieu du vin, selon la Fable

———

FABLE XV.

L'Enfant et les Marrons d'Inde.

L'IGNORANCE, dit-on, est mère de l'erreur,
Et l'erreur, à son tour, produit mainte sottise.
    Pour en convaincre le lecteur,
Je vais d'un jeune enfant lui citer la méprise :
    Bien qu'il eût l'esprit pénétrant
    Cet enfant étoit ignorant
    Comme on l'est toujours à son âge.
Un jour qu'avec son maître, homme prudent et sage,
    Par les champs il alloit errant,
    Il entra dans une avenue
    Dont la beauté charmoit la vue,
Et que de tous côtés bordoient des marronniers
D'une espèce pour lui jusqu'alors inconnue.
Ce n'étoient pas de ceux dont les sucs nourriciers
Forment, dans nos climats, un fruit doux, salutaire;
    Mais de ceux que l'Inde produit,
    Et qui ne rapportent qu'un fruit
    Dont la chair est toujours amère.
Le sol étoit couvert de ces mauvais marrons;
    Et comme ils ressembloient aux bons,
L'enfant les jugea tels. Transporté d'allégresse :
Bon! bon! dit-il, voici de quoi me régaler.
O que de beaux marrons! A ces mots il s'empresse
D'en prendre quelques-uns, et de les bien peler.
Son précepteur le vit, mais il le laissa faire,
    Imaginant, avec raison,
Que son erreur pour lui seroit une leçon.
L'écolier, en effet, croyant se satisfaire,
    Sur un des marrons met la dent :
Mais comme il sent d'abord son amertume extrême,

Suivant de son dépit le premier mouvement,
    Il le jette en le maudissant ;
Puis tout confus, il dit en rentrant en lui-même :
    O comme j'étois dans l'erreur !
Quand j'ai vu de ce fruit la forme et la couleur,
J'ai compté que son goût auroit de quoi me plaire,
Et je viens d'éprouver, hélas ! tout le contraire.
L'apparence n'est donc qu'un indice trompeur ?
Vous raisonnez au mieux, lui dit alors son maître.
Mais aux hommes surtout votre réflexion
Pourroit bien s'appliquer avec juste raison.

Ils ne sont pas toujours tels qu'ils paroissent être,
Et par de beaux dehors ils font illusion.
Pour s'unir avec eux il faut les bien connoître ;
Et si l'on ne prend pas cette précaution,
Dans un ami souvent on ne trouve qu'un traître.

FABLE XVI.

L'Enfant qui fait le malade.

Un enfant gâté par sa mère,
    Et partant un peu volontaire
Avoit un jour quitté la gênante prison (1)
    Où le retenoit Apollon (2),
Pour venir au logis passer un jour de fête.
Comme il s'y trouvoit bien, il se mit dans la tête
De prolonger le temps qu'il devoit y rester.
Il falloit un prétexte ; il sut bien l'inventer :
Un écolier toujours a maladie en poche.
Il fait donc le malade ; et lorsque l'heure approche

(1) C'est-à-dire la pension où on l'avoit mis pour faire ses études.
(2) Dieu des sciences et des arts, selon la Fable.

Où du logis il faut partir ·
Ah ! dit-il en criant, maman , quelle colique !
Quelle douleur diabolique !
O ciel ! qu'elle me fait souffrir !
A ces mots il verse des larmes ,
Quoiqu'il n'ait d'autre mal que de se bien porter,
Aussitôt la mère en alarmes
Mande les médecins , les veut tous consulter.
La faculté paroît, interroge, examine :
Chacun fait sa longue oraison ;
Et bien que le pouls soit fort bon ,
Pour l'honneur de la médecine,
On conclut d'une voix à la purgation.
Dès qu'on a préparé la boisson dégoûtante,
A notre drôle on la présente.
Il la voit, il la sent ; mais à la seule odeur
Il détourne la tête, il crie, il se désole ,
Et rejète en pleurant cette amère liqueur.
La mère, au désespoir, l'exhorte, le console ;
Elle fait apporter la boîte des bonbons ,
Et pour lui déguiser l'odeur médicinale , .
Lui présente biscuits , massepains , macarons.
Notre cadet les goûte, ensuite il les avale ,
Puis dit qu'il en est soulagé ,
Et que plus il en a mangé ,
Moins il sent l'atteinte cruelle
Du mal qui lui causoit de si vives douleurs.
La maman , à cette nouvelle ,
Bannit la médecine avec tous ses docteurs :
Fière d'avoir trouvé ce nouvel antidote ,
Au poupon elle n'en fait faute ;
Et pour avoir plus de douceurs ,
L'enfant fait, tant qu'il peut, durer la maladie.
Mais il fallut enfin finir la comédie.
Le père, vieux routier , non des plus complaisans ,
Voit le malade et l'examine ,

Fab. de l'Enf.   B .

Et comprend d'abord à sa mine
Que, pour déraciner son mal en peu de temps
Il falloit employer remède d'autre espèce,
 Et chasser d'abord la paresse.
 Que monsieur parte, et qu'aussitôt
On exige de lui les leçons et le thème.
 Monsieur part sans dire le mot,
 Se contentant de pester en lui-même
De ce qu'on dérangeoit son aimable système.
Mais s'ennuyant bientôt du thème et des leçons,
Et voulant rattraper encor quelques bonbons,
 Il revient à son jeu comique,
 Et ressuscite la colique (1) :
Mais le papa sévère, au lieu de macarons,
Ne lui fait présenter que de fades bouillons;
Ecarte loin de lui sa trop crédule mère,
Et lui donne, en sa place, un gouverneur austère.
 Pour cette fois le remède opéra.
Ne trouvant plus son compte à cette tromperie,
L'écolier fut bientôt las de la maladie;
Du soir au lendemain la colique cessa :
Et la mère comprit qu'une rigueur prudente,
Qui sait, quand il le faut, corriger les enfans,
Vaut mieux que la douceur qui, trop condescendante,
Entretient leurs défauts par ses ménagemens.

(1) Fait semblant d'être encore tourmenté par la colique.

~~~~~~

FABLE XVII.

Le Pommier et le Poirier.

Voyez-vous, disoit un pommier
 Aux arbres de son voisinage,
Quand le fruit sous son poids le forçoit à plier,
Voyez-vous comme on vient ici me rendre hommage?

Je vois arriver tour-à-tour
Le maître du jardin, ainsi que la maîtresse ;
Enfans et valets, tout s'empresse,
Soir et matin, à me faire la cour.
Il n'est, ma foi, rien tel que la richesse
Pour avoir grand nombre d'amis.
Voisin, je suis de votre avis,
Lui dit un vieux poirier : mais attendez, de grâce,
Qu'à l'hiver l'automne ait fait place,
Et de cette amitié vous connoîtrez le prix.
La réflexion étoit bonne :
Car dès qu'on eut cueilli le fruit,
Adieu maître, maîtresse, enfans, valets ; tout fuit :
Le pommier resta seul, et ne vit plus personne.
Étonné de ce changement :
On ne m'aimoit donc pas, dit-il en soupirant
Et l'on n'en vouloit qu'à mes pommes ?
Oui, lui dit le poirier, vous ne vous trompez point.
Mais pour vous consoler, sachez que, sur ce point,
Comme vous, on traite les hommes :
Ils ont beaucoup d'amis tandis qu'ils sont heureux,
Dès qu'ils ne le sont plus chacun s'éloigne d'eux (1).

(1) On ne doit regarder comme de vrais amis que ceux qui, voyant leurs amis accablés sous le poids de l'adversité, leur demeurent aussi attachés que dans le temps de leur plus brillante prospérité.

FABLE XVIII.

L'Enfant et le Laboureur.

Loin des yeux de ses précepteurs
Un enfant faisant sa tournée,
Rencontra par hasard une prairie ornée
De mille différentes fleurs.

2

Epris de leur beauté piquante,
  Et ne songeant qu'à son plaisir,
Notre marmot d'abord s'apprête à les cueillir :
Déjà même il portoit la main sur une plante,
Lorsqu'il fut aperçu par un vieux laboureur
    Qui lui cria d'un ton plein de frayeur
Arrêtez ! arrêtez ! mon fils. Cette verdure
    Est l'asile de maint serpent :
    Craignez-en l'aiguillon perçant.
    Ils ont déjà, par leur piqûre,
Ensanglanté la main de plus d'un jeune enfant.
Fuyez donc, et comptez sur mon expérience.
L'écolier, effrayé par cette remontrance,
    Se retire transi de peur.
Mais rassuré bientôt, et plein de confiance,
    Il se reproche sa frayeur,
    Et pense que le laboureur
A voulu se jouer de sa timide enfance.
    Voilà donc notre papillon (1)
    Qui, voltigeant sur le gazon
    Se met à faire sa cueillette (2).
Mais tandis que sa main de ce gazon fleuri
    Détachoit une violette,
Un serpent, tout-à-coup sortant de sa retraite,
    S'élance sur notre étourdi ;
    Il le pique, et de sa piqûre,
    Le venin l'auroit fait périr,
Si le bon laboureur, prompt à le secourir,
N'eût trouvé le secret de guérir sa blessure.

Le pré qui recéloit le serpent venimeux,
    Des ouvrages licencieux
    Nous offre la fidèle image.

---

(1) On donne quelquefois ce nom aux enfans pour marquer leur légèreté qui les rend semblables à ix papillons.
(2) A cueillir des fleurs.

Ils attirent d'abord par leurs charmes trompeurs;
Mais comme le libertinage
S'y trouve caché sous les fleurs,
En charmant les esprits ils corrompent les cœurs.

FABLE XIX.

L'Alouette et le Miroir.

Du voile trompeur des plaisirs
La source de nos maux trop souvent est couverte;
Et ce qui flattoit nos désirs
Presque toujours fait notre perte.
De cette triste vérité
Une alouette fit jadis l'expérience.
Elle étoit dans cet âge où la légèreté
Se trouve jointe à l'ignorance.
En voyant dans un champ la glace d'un miroir
Qu'un oiseleur faisoit mouvoir
Pour attirer à lui la volatile engeance (1),
Soudain elle conçut l'agréable espérance
D'y pouvoir contempler ses traits,
Disons mieux, d'y pouvoir admirer ses attraits.
C'étoit là son envie. Elle étoit naturelle :
L'expérience apprend qu'elle dévoit l'avoir;
Car la dame étoit jeune et croyoit être belle (2).
Elle va donc à tire-d'aile
Vers l'objet attrayant qui flattoit son espoir.
D'abord un peu loin du miroir
Elle plane, elle papillonne;

(1) C'est-à-dire les oiseaux. Pour prendre les alouettes, les oiseleurs font tourner un miroir qui, étant frappé par les rayons du soleil, les attire par l'éclat dont il brille. Le miroir est placé tout près du filet.
(2) On sait que les jeunes personnes qui se croient jolies aiment à se regarder au miroir.

5

Puis, n'apercevant pas le rets (1) qui l'environne,
    Elle en approche pour s'y voir.
    Mais tandis qu'avec complaisance
Elle y fixoit ses yeux, l'homme qui la guettoit
    L'enveloppe dans son filet ;
    Et pour prix de son imprudence,
Elle perdit la vie avec la liberté.

Les attraits du plaisir et de la vanité
    Sont pour la jeunesse indiscrète
Ce que fut le miroir pour la pauvre alouette.

(1) Le filet.

~~~~~~

FABLE XX.

Le Malade et le Chirurgien.

Un malade avoit un ulcère
Qui lui faisoit souffrir les plus vives douleurs.
    Baumes, onguens de toutes les couleurs
Étoient bien employés ; mais on avoit beau faire ;
    Ils étoient employés en vain ;
    Le mal alloit toujours son train.
Il fallut se résoudre à couper la chair vive.
On fait donc avertir un maître opérateur (2),
Fameux chirurgien, habile découpeur,
Qui retiroit les gens de la fatale rive (3).
    Le même jour notre homme arrive,
Tire ses instrumens, fait maints préparatifs,
Et met enfin la main sur la triste victime.
D'abord elle tint bon, mais quand on fut au vif,

(2) On donne ce nom à ceux qui font les opérations chirurgicales ;
telles que sont les incisions, etc. C'est pour cela que dans le vers
suivant on appelle le chirurgien *habile découpeur.*
(3) Des portes de la mort.

Du malade aussitôt la colère s'anime ;
　　Il roule des yeux furieux ;
　　Et parmi ses transports fougueux,
Contre l'opérateur il vomit mille injures,
　　L'accable de paroles dures,
Le traite de cruel, de bourreau, d'assassin.
Celui-ci cependant va toujours son chemin,
　　Met l'appareil sur la blessure,
Et donne des moyens pour achever la cure.
Tout réussit au mieux, et l'homme estropié
　　Dans huit jours se trouva sur pied.
Alors son bienfaiteur vient lui rendre visite.
　　Voici, lui dit-il, l'assassin
Qui, l'autre jour, sur vous osa porter la main ;
Il vient subir ici la peine qu'il mérite.
Ah ! que dites-vous là ? lui répondit soudain
Le malade animé par la reconnoissance ;
Ne me reprochez plus ces mots que la douleur
　　M'arracha par sa violence.
Je sens que je vous dois, hélas ! tout mon bonheur ;
　　Je sens que, sans votre rigueur,
　　J'aurois traversé l'onde noire (1).
Vous serez à jamais présent à ma mémoire,
　　Vous vivrez toujours dans mon cœur.
　　La rigueur d'un maître sévère,
Quand nous sommes enfans, nous choque et nous
　　　déplaît :
　　Mais quand la raison nous éclaire,
　　Nous voyons qu'elle est un bienfait.

(1) *Je serois mort.* En sortant de ce monde, les morts, selon la
Fable, traversoient le Styx, dont l'eau étoit noire.

* FABLE XXI.

Le Paysan et les deux Perroquets.

Un manant qui n'étoit sorti de son hameau
Que pour aller par fois dans ceux du voisinage,
N'avoit jamais connu ni vu ce bel oiseau
Qui charme nos regards par son brillant plumage,
Et sait même de l'homme imiter le langage :
     Mais à la ville étant venu,
Le bonhomme entendit une voix inconnue
Qui lui dit, dans le temps qu'il passoit par la rue :
Eh ! bon jour, mon ami, comment te portes-tu ?
     Aussitôt il tourne la vue
Du côté d'où la voix sembloit être venue;
     Mais il ne voit qu'un perroquet,
Qui lui demande encor comment il se portoit.
     Il suivoit en cela l'usage
     De son maître qui, très-souvent,
     A ses amis, en les voyant,
     Adressoit ce tendre langage ;
     Mais notre homme qui l'ignoroit,
S'appliquant bonnement ce que Jacot (1) disoit,
Crut qu'il avoit pour lui la plus vive tendresse.
Il en étoit tout fier, lorsqu'il vit en chemin
     Un oiseau de la même espèce,
Mais qui ne lui fit pas la même politesse;
Car imitant son maître, homme dur, inhumain,
Qui repoussoit toujours le pauvre avec rudesse
Il lui dit plusieurs fois : *Retire-toi, coquin !*
Cet accueil lui parut fort extraordinaire;
Et tout surpris, il dit : Qu'est-ce donc que ceci?
De l'oiseau qui d'abord m'a si bien accueilli

_____

(1) Nom qu'on donne au perroquet.

Celui-ci paroît être frère ;
Habillé à peu près de la même manière ;
Ils ont tous deux les mêmes traits,
Et sur le même moule ils semblent être faits !
Ils devroient donc avoir le même caractère.
    Je vois pourtant tout le contraire :
    L'un est bon, et l'autre méchant ;
L'un m'a fait une insulte, et l'autre un compliment.
    Comment cela peut-il se faire ?
Et pourquoi l'un de l'autre est-il si différent ?
    C'est, dit quelqu'un en l'entendant,
    C'est que ces oiseaux ont l'usage
De ne dire jamais que ce qu'on leur apprend :
    Ils forment toujours leur langage
    Sur celui des maîtres qu'ils ont ;
C'est l'éducation qui les fait ce qu'ils sont.
N'en soyez point surpris : quoique nous soyons hom-
    mes,
On en peut dire autant de tous tant que nous sommes.
    Heureux donc, heureux les enfans
Qu'élèvent un bon maître et de sages parens !

FABLE XXII.

Les deux Serins.

Un riche bourgeois de village
Avoit deux serins des plus beaux :
A l'éclat d'un brillant plumage
Ils joignoient le plus doux ramage,
C'étoit le phénix des oiseaux (1).
Et chacun les vantoit dans tout le voisinage.
L'un et l'autre du maître étoit, dit-on, chéri :
Mais l'un des deux eut l'avantage

(1) Les plus beaux des oiseaux : les phénix passent pour tels

B 5

De devenir son favori.

Il ne l'appeloit que *Mimi* :

Il le dressoit souvent à faire l'échelette,

Lui jouoit tous les soirs un air de serinette,

Et lui donnoit toujours quelque nouveau bonbon

Aussi *Mimi* devint un petit cupidon (1).

A son maître il rendoit caresse pour caresse,

Le béquetoit avec tendresse,

Le régaloit de sa chanson,

Et sur son doigt venoit se reposer sans cesse.

Mais que faisoit l'autre serin ?

Hélas ! il éprouvoit un tout autre destin

Comme il étoit toujours confiné dans sa cage,

Il étoit timide, sauvage,

Il avoit l'air sombre et chagrin :

De son maître il craignoit, il fuyoit la présence :

Et si par fois, en son absence,

De sa voix il faisoit entendre les éclats,

Trop instruit par l'expérience

Qu'on ne l'écoutoit même pas,

Sitôt qu'il paroissoit, il gardoit le silence,

Quelqu'un s'en aperçut, et lui dit : Mon ami,

Toi qui me parois si joli,

A ton maître pourquoi n'as-tu pas soin de plaire ?

Pourquoi jusqu'ici l'as-tu fui,

Loin de le caresser aussi-bien que ton frère ?

C'est, dit l'oiseau franc et sincère,

C'est qu'il ne m'a jamais caressé comme lui.

Bien que son maître fût envers lui trop sévère,

Le serin avoit tort. Il faut toujours bien faire,

Et ne pas se régler sur l'exemple d'autrui.

(1) Cupidon étoit fils de Vénus : on vantoit beaucoup ses grâces
et sa beauté.

vvvvvv vvvvvvvvvvvvvvvvv vvvvvvvvvvvvvvvvvvvvvvv

FABLE XXIII.

Le Maître s'entretenant avec ses Disciples sur la
Fable des deux Serins.

Avez-vous lu la fable des serins ?
Disoit un maître sage à deux jeunes lutins
   Qu'il voyoit gâtés par leur mère.
— Oh ! cette fable a si bien su nous plaire ,
Dit l'aîné, que déjà nous la savons par cœur.
— Hé bien , que pensez-vous de *Mimi*, de son frère ?
    —Mais , s'il faut en croire l'auteur ,
L'un étoit bien heureux , l'autre ne l'étoit guère.
  De *Mimi* le destin vous paroît donc flatteur ?
    Vous l'enviez, je le parie ?
    — Eh ! n'est-il pas digne d'envie ? .
Favori de son maître , ayant tout à souhait,
   Le drôle faisoit chère lie (1) ;
Tout le jour il chantoit, voltigeoit, folâtroit :
Auroit-il pu mener une plus douce vie ?
— Non , j'en conviens. Mais un trop grand bonheur
   N'est souvent qu'un piége trompeur ,
   Qui cause à la fin notre perte.
   — Et comment donc cela ? — Comment ?
L'exemple de *Mimi* lui-même nous l'apprend.
Il s'estimoit heureux d'avoir sa cage ouverte ;
   Il en sortoit à tout moment,
   De l'un à l'autre appartement
Il alloit , il venoit selon sa fantaisie.
   Mais un jour qu'il s'applaudissoit
D'y prendre ses ébats au gré de son envie,
   Un maudit chat qui le guettoit,

(1) Faisoit bonne chère.

6

Sur lui fondant avec furie,
A son bonheur vint mettre fin
L'autre serin vit, du fond de sa cage,
Son triste et malheureux destin ;
Et pénétré d'un vif chagrin ;
Pauvre *Mimi !* dit-il en son langage,
Voilà donc ce qu'enfin a produit la bonté
Du maître qui t'a tant gâté !
Hélas ! je t'enviois ce funeste avantage ;
Mais je vois maintenant que sa sévérité,
Qui sembloit me tenir dans un dur esclavage,
En me gênant a fait ma sûreté.

Cette réflexion est pleine de sagesse.
En servant de leçon aux maîtres, aux parens,
Elle console les enfans
Qu'on mène avec trop de rudesse.

FABLE XXIV.

Le Chien qui a mordu son Maître.

Après un bon ami, je crois qu'un chien fidèle
Est le plus précieux trésor.
Un homme en avoit un qui, pour lui plein de zèle,
Gardoit soigneusement sa maison et son or.
Un soir que l'animal étoit en sentinelle,
(C'étoit au temps du carnaval)
Le maître revenant du bal,
Rentre dans le logis, couvert d'un masque horrible,
Le chien le prend pour un voleur,
Et soudain d'une dent terrible
Il déchire son bienfaiteur.
Mais quand il vient à reconnoître
Ce bienfaiteur et ce bon maître,

Qu'il a, sans le savoir, blessé cruellement,
Pénétré de douleur et plein d'étonnement,
　　En s'enfuit, il hurle sans cesse,
　　Et refuse tout aliment.
　　En vain son maître le caresse,
Le flatte de la main, lui parle avec douceur;
　　Ces témoignages de tendresse
　　Ne font qu'augmenter sa fureur;
Il s'obstine à mourir de faim et de douleur.

D'un auteur non suspect (1) j'ai tiré cette histoire.
Vous qui, loin de chérir et bénir leur mémoire,
De vos maîtres osez quelquefois sans pudeur
Flétrir par vos discours le mérite et l'honneur
　　Jeunes gens, pourrez-vous la croire
Sans rougir en secret de votre mauvais cœur?

(1) S. Grégoire.

~~~~~~

FABLE XXV.

La Douairière et le petit Chat.

Chez une douairière étoit un petit chat,
　　Qui par son minois délicat,
　　Son air doux et sa gentillesse,
Avoit entièrement captivé sa tendresse.
La dame raffoloit de son petit Minet (2):
　　Elle le caressoit sans cesse;
Et pour dire en un mot combien elle l'aimoit,
　　Elle avoit pour lui la foiblesse
　　Qu'ont trop souvent pour leurs enfans
Plus d'un père trop bon, plus d'une aveugle mère,
Libre de suivre en tout ses goûts et ses penchans.

(2) Nom qu'on donne aux petits chats.

Sans se gêner en rien, Minet pouvoit tout faire ;
　　　Et bien qu'il fît maints mauvais tours,
Qui marquoient une humeur et maligne et traîtresse,
Comme on ne peut blâmer l'objet de ses amours
La dame n'y voyoit que des traits de jeunesse,
Et même elle en rioit comme de tours d'adresse (1).
　　　　　Mais en rira-t-elle toujours ?
　　　　　Chacun sait par expérience
　　　　　Qu'une trop grande liberté
　　　　　Dégénère enfin en licence :
Et c'est ce que l'on vit dans le chat trop-gâté.
Croyant pouvoir tout faire avec impunité,
Il cassoit, il brisoit les verres, la vaisselle,
Souvent avec sa patte il découvroit les plats ;
Et si l'on n'étoit pas toujours en sentinelle,
Le lutin au logis faisoit mille dégats.
　　　　　Alors sa trop foible maîtresse
　　　　　Comprit que la sévérité
　　　　　Devoit remplacer la bonté :
　　　　　Et malgré toute sa tendresse,
　　　　　Dans l'espoir de le corriger,
Elle crut à la fin devoir le fustiger.
Mais Minet, irrité d'une telle caresse,
　　　　　Sur elle s'élance soudain,
　　　　　Et dans l'accès de sa colère,
Avec sa griffe il blesse et déchire sa main,
Sa main que tant de dons devoient lui rendre chère.
　　　　　La dame à ce trait déloyal (2),
　　　　　Apprit enfin à le connoître ;
Et chassant aussitôt le perfide animal :
Quoi, dit-elle en courroux, tu n'étois donc qu'un
　　　traître !

---

(1) C'est ainsi qu'on a coutume de qualifier les fautes des enfans
que l'on gâte ; ce qui fait qu'ils s'en applaudissent, au lieu de s'en
corriger.
(2) Indigne, malhonnête.

Et pour le bien tu rends le mal !
C'en est trop. A mes yeux garde-toi de paroître,
 Va-t-en et fuis bien loin de moi :
Je ne puis plus te voir. Dans la nature entière
On ne trouveroit pas un ingrat tel que toi.
 Vous vous trompez, dit à la douairière
Un ami qui pour lors étoit à son côté.

Ce trait d'ingratitude est assez ordinaire,
 Et votre chat ne vient de faire
Que ce que fait souvent plus d'un enfant gâté (1).

(1) On remarque tous les jours que les enfans gâtés sont les enfans les plus indociles et les plus ingrats.

FABLE XXVI.

L'Enfant et la Vessie.

Dans une foire un jeune enfant
 Vit par hasard une vessie.
Elle étoit si tendue et si bien arrondie,
Que son aspect offroit un volume imposant.
 Aussi le petit ignorant,
 Qui n'avoit brin d'expérience,
 Ebloui par son apparence,
 Fut d'abord induit en erreur :
 Il crut, en voyant sa grosseur,
 Qu'elle étoit un globe solide,
Et non pas une peau légère, enflée et vide.
O quel globe ! dit-il. Qu'il doit être pesant !
 Pesant ! pas tant qu'il semble l'être,
 Lui dit quelqu'un en l'entendant.
 Mais afin de le mieux connoître,
 Examinez-le bien de près ;

Voyez si vous pourriez en supporter le faix (1).
L'enfant suit ce conseil, et trouve avec surprise
   Qu'un seul doigt étoit suffisant
Pour mouvoir ce fardeau qui lui sembloit si grand
   Alors, piqué de sa méprise,
Il maudit la vessie, et dans le même instant,
En la frappant du pied, d'un seul coup il la brise

On se trompe souvent ainsi que cet enfant,
Lorsqu'on juge d'un fat seulement par la mine ;
  Mais quand de près on l'examine,
  On ne trouve en lui que du vent (2).

(1) Le poids.
(2) On ne découvre en lui rien de solide et d'estimable.

FIN DU LIVRE PREMIER

La Raison, la Religion et la Philosophie.

LIVRE SECOND.

FABLE PREMIÈRE.

La Raison, la Religion et la Philosophie.

La Raison, par malheur, avoit perdu la vue (1),
　　Et ne marchant plus qu'au hasard,
Elle tomboit souvent, donnoit dans maint écart (2)
A la Religion dont elle étoit connue ;
Notre aveugle inspira la plus vive pitié :
Elle vint la trouver, et d'un ton d'amitié
Elle lui dit : Je vois que, t'égarant sans cesse,
Tu t'éloignes du terme où tu dois aspirer ;
　　Et comme ton sort m'intéresse,
　　Pour t'empêcher de t'égarer,
Je pourrai, si tu veux, être ta conductrice
　　Mais je te préviens qu'en ce cas
Il faudra que, cessant de suivre ton caprice,
　　Tu me laisses régler tes pas.
Lorsque l'on est aveugle il faut être docile.
A cette sage loi la Raison souscrivit ;
Et la fille du Ciel, que pour guide elle prit,
Rendit bientôt son sort plus doux et plus tranquille.
　　Mais un jour que par accident
　　Ce guide se trouvoit absent ;

---

(1) La religion nous apprend que le péché a beaucoup obscurci les lumières de la raison.

(2) On fait ici allusion aux erreurs pitoyables où sont tombés les hommes qui n'avoient d'autre guide que la raison.

Elle entendit la voix de la Philosophie (1),
      Qui jadis étoit son amie,
      Et qui lui dit en l'abordant :
Que vient-on de m'apprendre ? et quelle est ta folie !
Tu te laisses mener, dit-on, comme un enfant,
Et la Religion te tient dans ses entraves !
Je te vois avec peine au rang de ses esclaves,
Et je viens t'affranchir de son joug accablant.
Si tu ne vois pas bien, et s'il te faut des guides,
Moi je t'en donnerai qui seront moins rigides ;
      Et qui, ne te gênant pas tant,
Te laisseront agir et marcher librement.
      En lui faisant ces promesses perfides
      La belle ne la trompa pas ;
Car elle lui donna pour diriger ses pas
La licence, l'orgueil, les passions, le vice.
Mais plus aveugles qu'elle, hélas ! ces conducteurs,
      La traînant d'erreurs en erreurs,
La firent aboutir au fond d'un précipice,
      Où se trouvoient tous les malheurs ;
      Enfans du délire et du crime (2).
      Alors notre pauvre Raison
Voit que de l'imposture elle étoit la victime ;
      Et maudissant la trahison
      De la fausse et cruelle amie,
Pour réparer les maux de la Philosophie,
Elle adresse ses vœux à la Religion.
La fille sainte vient, l'encourage, l'anime,
L'aide, lui tend la main, la tire de l'abîme,
Et devient son appui, sa consolation.

(1) On entend par ce mot la fausse philosophie de notre siècle, qui, par ses principes impies et irréligieux a entraîné la France dans un abime de crimes et de malheurs, d'où la religion seule peut la retirer.

(2) C'est dans le temps que l'irréligion régnoit en France, qu'on y a remarqué le plus de désordres et de malheurs.

Ah ! lui dit la Raison, de douleur pénétrée,
Mes maux et mes erreurs m'ont enfin éclairée ;
Et je le reconnois avec confusion ;
    Si je me suis tant égarée,
Si mes honteux écarts m'ont tant déshonorée,
C'est que j'ai méprisé tes conseils et ta loi.
Mais puisque par tes soins ma faute est réparée,
Jamais je n'aurai plus d'autre guide que toi.

Voulons-nous éviter les malheurs et les crimes
Où la philosophie entraîna la raison ?
Fermons toujours l'oreille à ses fausses maximes,
N'écoutons que la voix de la Religion.

FABLE II.

La Rose et l'Immortelle.

Plus jalouse encore que belle,
La Rose à ses côtés voyant une Immortelle (1),
La prit pour sa rivale ; et sur elle soudain
    Jetant un regard de dédain :
    Comment peux-tu donc, lui dit-elle,
    Oser te comparer à moi,
    Ou me croire semblable à toi ?
N'est-il donc entre nous aucune différence ?
Contemple mon éclat, regarde mes couleurs,
    Quoi ! je suis la reine des fleurs,
Et je n'obtiendrois pas sur toi la préférence !
    Oh ! je n'aurois pas l'imprudence
De vous la disputer, lui dit avec douceur
L'Immortelle modeste et pleine de candeur ;
Je connois votre éclat, ma vue en est ravie ;

(1) *L'immortelle* est une fleur qui ne se fane jamais, et qui conserve toujours son éclat : c'est pour cela qu'on lui a donné ce nom.

Mais cet éclat éblouissant
N'excite point ma jalousie.
Un bien n'est précieux que lorsqu'il est constant ;
Et du soir au matin votre beauté flétrie
Ne brille que quelques instans.
Mes charmes, je le sais sont bien moins attrayans ;
Mais des ans ils bravent l'outrage ;
Et c'est là, selon moi, le plus grand avantage
J'aime mieux briller moins, et briller plus long-temps.

Dans ces deux fleurs on voit une fidèle image
De la vertu, de la beauté :
La vertu vit et dure autant que l'immortelle ;
La beauté, de la rose a la fragilité.

FABLE III.

Le Maître et le Disciple.

Se souciant fort peu du grec et du latin,
Un écolier paresseux et mutin,
Au lieu de s'occuper à lire,
De l'étude employoit le temps
A former avec de la cire
Des marmousets, des jeux d'enfans.
Son Argus (1) l'aperçoit, et d'abord d'importance
Il le réprimande, il le tance (2).
Autant en emporte le vent ;
L'enfant fait comme auparavant,
Et reprend les jouets qu'on lui veut interdire.
Voyant donc que, quoi qu'il pût dire,

(1) On se sert de ce nom pour désigner un maître vigilant, parce qu'Argus, selon la Fable, avoit cent yeux, dont cinquante étoient toujours ouverts.
(2) Il lui fait de vifs reproches.

Il ne feroit que battre l'air ,

Le maître , en homme adroit et sage ,

D'un moyen tout nouveau crut devoir faire usage.

Il prend quelques morceaux de fer ,

S'approche du mutin , regarde son ouvrage.

Que vous travaillez bien ! lui dit-il en riant.

Ces figures en cire annoncent du talent.

J'en suis ravi , mon fils. Mais de votre industrie

Faites usage , je vous prie ,

Sur ces morceaux de fer , et tâchez d'en former

Quelque portrait , quelque figure :

D'y mettre votre temps , bien loin de vous blâmer

J'en serai très-charmé : c'est moi qui vous l'assure.

Qu'exigez-vous de moi ? dit alors l'écolier.

Le fer ne peut pas se plier ,

Et vous prétendez que j'en tire

Même parti que de la cire !

Non , non ; mes efforts seroient vains ,

Et la chose n'est pas possible.

Rendez le fer moins inflexible ,

Et je remplirai vos desseins.

Vous raisonnez au mieux, reprit le maître habile ,

Qui vouloit réprimer son indocilité.

Mais apprenez pourtant qu'il seroit plus facile

De façonner le fer , malgré sa dureté ,

Que de former l'esprit d'un enfant indocile.

Voulez-vous donc que mes soins vigilans

Règlent vos mœurs , cultivent vos talens ?

Loin de me résister et de me contredire ,

Soyez à mon égard ce qu'est pour vous la cire.

FABLE IV.

L'Ours et ses Petits.

Chacun aime sa géniture (1) :
Ainsi l'a voulu la nature.
Rien ne le prouve mieux que l'exemple d'un ours (2).
    Bien qu'il ne passe pas pour tendre,
    Cet animal va nous apprendre
    Que, quel qu'il soit, un père l'est toujours ;
Et même souvent trop. Malheureux à la chasse,
Notre ours fut obligé de passer plusieurs jours
Sans voir les trois petits qui composoient sa race :
    Mais d'abord qu'il fut de retour,
    Entraîné vers eux par l'amour :
Où sont donc mes petits ? dit-il avec tendresse.
    Qu'ils viennent, que je les caresse ;
    Ils sont si charmans, si jolis !
Le bon ours se trompoit ; c'étoit tout le contraire ;
Ils étoient mal léchés ; mais il parloit en père (3).
    On amène donc les petits ;
    Ils s'avancent avec leur mère.
Sitôt que l'ours les voit, il se jette sur eux,
    De les embrasser il s'empresse ;
Et par un mouvement aveugle, impétueux,
    Pour les caresser encore mieux,
    Avec ses pattes il les presse ;
Mais gauche et maladroit autant qu'affectueux,
En les pressant, hélas ! il en étouffe deux.

(1) Ses enfans.
(2) L'ours est un des animaux les plus cruels et les plus féroces.
(3) Les pères se dissimulent, pour l'ordinaire, les défauts de leurs enfans, et les regardent même quelquefois comme autant de bonnes qualités.

Que l'amour soit toujours guidé par la sagesse.
Souvent un excès de tendresse
Aux enfans qu'on chérit devient pernicieux.

FABLE V.

L'Abeille et le Papillon.

Un papillon naissant faisoit le fanfaron,
Et se préféroit sans façon
A tous les animaux qui s'offroient à sa vue,
Qui pourroit, disoit-il, sans avoir la berlue,
A mes brillans attraits comparer sa beauté ?
Voyez l'or et l'azur éclater sur mes ailes.
Où pourra-t-on trouver des couleurs aussi belles ?
L'abeille n'a de beau que son activité.
Que trouvera-t-on dans la mouche,
Qui puisse charmer et qui touche ?
Hélas ! son air et sa couleur
Ne sont propres qu'à faire peur.
Et ce long animal qu'on nomme *demoiselle* (1),
Avec moi pourroit-il entrer en parallèle ?
Rien de fin dans ses traits, nulle proportion :
En lui tout est grossier ; dans moi tout est mignon,
Non, non, rien n'égale ma gloire.
Je n'ai qu'à déployer mes attraits enchanteurs,
Aussitôt les plus belles fleurs
Sur tout autre animal m'accordent la victoire.
Ainsi parloit mon freluquet,
Lorsqu'il fut accosté par une abeille sage,
Qui, ne pouvant souffrir cet orgueilleux langage,
Par ce prudent avis rabattit son caquet :
Il est vrai que sur nous vous avez l'avantage ;

(1) La *demoiselle* est un insecte volant qui a le corps fort long.

Vous êtes un vrai Cupidon (1),
Rien n'égale l'éclat dont tout votre corps brille :
Mais avant d'être papillon,
Songez, mon cher ami, que vous fûtes chenille.

Quand un fat ose prendre un air hautain et fier,
Lorsque de se vanter il a la maladresse,
On se plaît à l'humilier
En lui rappelant sa bassesse (2).

(1) C'est-à-dire, vous avez autant de grâce et de beauté que Cupidon.

(2) La vérité du sens moral de cette fable est attestée et confirmée par ce proverbe : *Il fait bon battre un glorieux.*

~~~~~~

FABLE VI.

Le Roman et l'Histoire.

Tandis que le Roman étoit partout fêté,
Il vit un jour à son côté
L'Histoire qui, malgré sa beauté naturelle,
Languissoit dans l'obscurité.
Notre galant s'approcha d'elle,
Bien qu'avec lui la dame eût peu de liaison ;
Et, soit par vanité, soit par compassion :
Que je vous plains ! dit-il. Jadis considérée,
Chacun venoit vous visiter ;
On passoit avec vous le matin, la soirée,
On ne pouvoit pas vous quitter.
Maintenant c'est tout le contraire (3) ;
Vous êtes toujours solitaire,
Et l'on craint de vous fréquenter

(3) Cela signifie qu'autrefois on s'appliquoit beaucoup à étudier l'histoire, et qu'à présent on l'abandonne pour s'attacher à lire des romans.

Ce

Ce changement sans doute est extraordinaire.
Mais voulez-vous savoir ce qui fait qu'on vous fuit ?
On dit bien qu'avec vous on s'éclaire, on s'instruit,
Et que votre commerce est toujours salutaire :
Mais on vous trouve un air trop sec, trop sérieux,
    Qui n'inspire que la tristesse ;
    Et l'on aime mieux l'allégresse,
    Les plaisirs, les ris et les jeux.
C'est par là que sur vous j'obtiens la préférence.
    Toujours gai, riant, gracieux,
De me faire chérir j'ai le don précieux.
    Aussi chez moi quelle affluence !
    Les merveilleux, les élégans,
Les femmes du bon ton, les petites-maîtresses,
Bien d'autres gens encor de toutes les espèces,
    Les vieillards, les adolescens,
    Le jeune enfant, la jeune fille,
Et même quelquefois la mère de famille,
    Tout se rassemble autour de moi ;
    Chacun aime à m'avoir chez soi.
Vos succès, mes revers sont faciles à croire,
    Lui répondit alors l'Histoire.
    Moi, par mes récits, je ne veux
Que rendre les humains sages et vertueux.
De là vient que mon ton n'a rien qui divertisse,
Et que le plus souvent on le trouve ennuyeux.
    Mais vous, pour qu'on vous applaudisse,
Vous cherchez à flatter les amateurs du vice ;
    Et pour paroître plus joyeux,
Bravant par fois les mœurs, oubliant la décence,
Sous des traits séduisans vous offrez la licence,
    Vous en augmentez les attraits :
    Voilà d'où viennent vos succès.
Comme il est naturel qu'on aime son semblable
Tout homme vicieux doit vous trouver aimable,
    Et dans un siècle corrompu

Fab. des Enf.   C

Vous devez être mieux reçu.
Mais loin d'être flatté d'un pareil avantage,
Vous devriez plutôt en rougir.

Des méchans le honteux suffrage
N'est propre qu'à nous avilir,
Et l'on ne doit s'enorgueillir
Que de celui de l'homme sage.

FABLE VII.

L'Enfant et le Serin.

Un jeune enfant un jour entendit par hasard
Un serin dont le ton aigre, rauque et criard
Sembloit lui déchirer l'oreille.
Qu'est-ce donc que ceci, dit alors l'écolier?
Les serins chantent à merveille,
Et toi, tu ne fais que crier.
Si je ne voyois ton plumage,
En entendant ta voix et ton vilain ramage,
Je te croirois un autre oiseau.
Pourquoi prends-tu ce ton nouveau,
Et n'as-tu pas le chant de ceux de ton espèce?
C'est, lui dit le serin, que pendant ma jeunesse
Je me trouvois sans cesse à côté d'un moineau;
Et comme cet oiseau chante moins qu'il ne crie,
Malgré moi, de sa voix la mienne a pris le son (1).

Dans la mauvaise compagnie,
Sans le vouloir, on prend un mauvais ton.

(1) Les serins oublient souvent leur propre ramage pour imiter
et répéter les sons qu'ils entendent habituellement.

TABLE VIII. 51

~~~~~~

FABLE VIII.

Le Vieillard et les deux Peintres.

Un vieillard des plus vains, comme des plus cossus (1),
Se voyant sur le point de finir sa carrière,
  Et d'abandonner ses écus
  Pour prendre gîte au cimetière (2),
  Voulut laisser en délogeant,
  Quelque notable monument,
Qui, transmettant ses traits à la race future,
  Le fit vivre au moins en peinture,
  Même après son dernier moment.
Dans ce dessein, il mande deux Apelles (3)
Dont les pinceaux passoient pour être très-fidèles ;
Les charge tous les deux de faire son portrait,
Leur recommande bien de n'omettre aucun trait,
Et promet un présent à celui dont l'ouvrage
Retraceroit le mieux son air et son visage.
Voilà donc nos rivaux la palette à la main,
Et suivant tous les deux un différent dessin.
  L'un simple, franc, plein de droiture
S'applique à copier tous les traits du vieillard,
  Et met en œuvre tout son art
  Pour le peindre d'après nature.
Il trace tour-à-tour son front large et ridé,
  Ses cheveux blancs et sa tête inclinée,
  Ses longs sourcils, sa face sillonnée,
  Son œil éteint et d'humeurs inondé,
  Ses gencives sans garniture,

(1) Des plus riches.
(2) Pour aller loger au cimetière.
(3) Apelles étoit un des plus grands peintres de l'antiquité. On donne son nom à ceux qui excellent dans la peinture.

Son menton pointu, replié,
Ses jambes à fausse tournure,
Son dos courbé, tout son corps appuyé
Sur un bâton d'une antique figure;
Et son ouvrage est fait avec tant d'art,
Qu'en voyant le portrait on croit voir le vieillard.
Mais son rival, plus fin et moins sincère,
Peint son homme d'autre manière.
Il lui donne un air jeune, un brillant coloris,
Un front serein, une face fleurie :
Bref, par sa trompeuse magie,
Son pinceau d'un *Eson* (1) fait presque un *Adonis* (2),
Les deux tableaux finis, on les porte au bon homme,
Qui, la lunette en main, lorgnant son vrai portrait,
Crut y découvrir un fantôme,
Et méprisa celui qui l'avoit fait.
Mais à peine a-t-il vu l'image enchanteresse
Qui, sous les traits de la jeunesse,
N'offroit à ses regards qu'un éclat imposteur :
Ah ! me voilà, dit le vieux radoteur :
Je reconnois mes traits; c'est là ma ressemblance.
A ces mots, se tournant vers l'artiste flatteur,
Il lui livre la récompense.

Je vois bien, dit alors son émule irrité,
Qu'un mensonge qui flatte est toujours sûr de plaire,
Et qu'on ne peut souffrir l'austère vérité,
Quand à ce qu'on désire on la trouve contraire (3).

(1) Vieillard qui, selon la Fable, fut rajeuni par Médée.
(2) Jeune homme renommé par ses grâces et sa beauté.
(3) Les enfans surtout n'aiment pas qu'on leur dise leurs vérités.
C'est là cependant le plus grand service qu'on puisse leur rendre,
parce qu'en leur faisant connoître leurs défauts, on leur apprend à
s'en corriger.

FABLE IX.

Le Fou, Socrate et son Disciple.

Dans ce bas univers chacun a sa folie;
Et tel qui rit tout bas des sottises d'autrui,
    A souvent une autre manie
    Qui fait qu'on rit aussi de lui.
De quel œil faut-il donc voir les défauts des autres?
Il faut y compatir, et prendre garde aux nôtres.
C'est ce que ne fit point un écolier badin
    Qui vivoit jadis dans la Grèce.
Un jour qu'avec Socrate (1) il faisoit son chemin,
Il aperçut un fou d'une nouvelle espèce,
    Un fou vraiment divertissant,
    Qui crioit qu'il étoit de verre,
    Et qui ne redoutoit rien tant
    Que de se laisser choir par terre.
Au lieu d'avoir pitié de son égarement,
    Le jouvenceau (2) ne fit qu'en rire.
Voyez un peu, dit-il, le triple vêtement
    Dont s'est affublé ce beau sire;
    De peur que son corps transparent
    Ne devienne un miroir ardent!
    Admirez comme il se retire,
    Du plus loin qu'il voit un passant!
    Sans doute il craint qu'en le heurtant
    Quelqu'un ne brise la statue (3),
    Et c'est pour cela qu'en marchant

(1) C'est un des plus grands philosophes qu'aient produits la Grèce et le monde entier.
(2) Le jeune homme.
(3) On s'est servi de cette expression, parce que le fou se regardoit comme une espèce de statue de verre.

Il va du pas de la tortue (1).
Il préparoit encor quelque nouveau brocard (2) ;
        Mais tandis que le goguenard (3)
        Bernoit (4) ainsi l'homme de verre,
        Lui-même venant par hasard
A chopper tout-à-coup contre une lourde pierre,
Il s'étend de son long, donne du nez en terre,
        Et pousse aussitôt de grands cris.
        Socrate accourt et le rassure :
Mais profitant aussi de cette conjoncture
Pour guérir son esprit par ses sages avis :
        Apprenez, lui dit-il, mon fils,
        Apprenez par cette aventure
        A compatir aux maux d'autrui.
        Cet homme se croit trop fragile ;
        Mais vous qui faisiez tant l'habile,
        Vous l'êtes encor plus que lui.

(1) La tortue marche fort lentement.
(2) Mot piquant.
(3) Railleur.
(4) Se moquoit de l'homme de verre.

FABLE X.

La jeune Demoiselle et le Miroir.

De se voir prodiguer l'encens de la louange
Comme notre amour-propre est toujours enchanté,
Sur tout ce qui nous flatte il prend d'abord le change,
Et pour lui tout éloge est une vérité.
        C'est ainsi qu'une demoiselle
Jeune encor, mais ayant déjà la vanité
        Qu'à son sexe on croit naturelle,
Fut la dupe autrefois de sa crédulité.
Comme par bienséance et par honnêteté

On avoit cru devoir un jour louer en elle
Les traits d'une beauté que l'on n'y voyoit pas,
Elle s'imagina d'abord qu'elle étoit belle.
Dans cette idée, ayant rencontré sur ses pas
Un miroir qui pour elle étoit chose nouvelle,
Avec empressement dans la glace fidèle
Elle alla contempler ses prétendus appas,
Se promettant d'y voir, et ces traits délicats,
    Et ce teint de lis et de rose,
    Qu'en sa présence on louoit tant.
    Mais elle y vit tout autre chose :
Car, hélas ! le miroir qui n'étoit point galant,
    En lui présentant sa peinture,
    Ne lui montra dans sa figure
    Que des yeux petits, qu'un nez grand ;
    Et qu'une couleur basanée,
    La jeune fille alors tout étonnée,
S'écria tristement : Sont-ce donc là mes traits ?
Non ; la glace, je crois, les a changés exprès.
Oh oh ! dit le miroir ; doucement ! je vous prie.
Moi je ne change rien, mais c'est là la flatterie
Qui peint toujours en beau les objets les plus laids.
Si vous souhaitez donc vous croire encor jolie,
    Allez retrouver vos flatteurs.
Ils vanteront encor vos attraits enchanteurs :
    Mais sachez, ma petite amie,
    Que ces messieurs vous tromperont.

Les femmes rarement peuvent se bien connoître :
On les peint à leurs yeux non pas comme elles sont,
    Mais telles qu'elles voudroient être (1).

(1) Il est bon que les jeunes personnes soient instruites de ces vérités, afin qu'elles ne prennent pas à la lettre les louanges qu'on
pourroit leur donner.

FABLE XI.

L'Oison.

Entre les animaux divers
Qui d'une basse-cour peuploient le vaste espace,
Un oison (1) s'étoit seul élevé dans les airs :
    Mais il voloit de si mauvaise grâce
    Il agitoit si pesamment
    Ses ailes et sa lourde masse,
Qu'il auroit bien mieux fait de rester à sa place,
Ou de continuer à marcher seulement.
Cependant, aussi sot que tous ceux de sa race,
Et fier de voir sous lui poulets et dindonneaux,
    Il faisoit l'oiseau d'importance :
    Hé bien ! indignes animaux,
    Leur disoit-il d'un ton de suffisance,
Oserez-vous encor vous croire mes égaux ?
Voyons donc, franchissez cet intervalle immense
    Qu'à vos yeux je viens de franchir.
    Mais vous n'aurez pas l'imprudence
De vouloir le tenter, et vous devez sentir.......
Il alloit ajouter quelqu'autre impertinence ;
Mais comme il ne put plus en l'air se soutenir,
    Il tomba lourdement à terre,
    Et notre fat, avec raison,
Fut honni par tous ceux qu'il insultoit naguère (2)
    Qu'une sotte présomption
Ne vous fasse jamais imiter cet oison.
Celui qui, ne parlant de lui qu'avec estime,
Affecte fièrement de mépriser autrui,
De son orgueil devient tôt ou tard la victime
Et le mépris finit par retomber sur lui.

(1) L'oison est le petit d'une oie.
(2) Il y a peu de temps.

FABLE XII.

Les deux jeunes Frères.

J'ai lu dans un auteur que deux jeunes enfans,
Nés sous le même toit et des mêmes parens,
    Par les goûts et le caractère
    Paroissoient tellement unis,
    Qu'ils sembloient au doux nom de frère
Joindre les sentimens des plus tendres amis.
Tout leur étoit commun, le plaisir et la peine.
Si l'un étoit content, l'autre en étoit ravi ;
Et lorsque l'un souffroit, l'autre souffroit aussi.
L'aîné devint malade ; et pour qu'il fût guéri,
    Il lui falloit ouvrir la veine ;
La faculté (1) du moins le prétendoit ainsi.
Cette nouvelle mit le plus jeune en souci.
Il vint voir le malade en toute diligence,
Et lui dit en entrant, d'un ton de doléance :
    Que je te plains, mon bon ami !
    Tu dois être saigné, dit-on, après midi.
O que je voudrois bien partager ta souffrance !
    Tu ne souffrirois qu'à demi.
Mais ce ne fut pas tout. Dès qu'il vit la lancette,
Dès le moment surtout qu'il vit sur la palette (2)
    Le sang de son frère couler,
    En proie aux plus vives alarmes,
    Il se mit à verser des larmes,
    A crier, à se désoler :
    Si bien que le malade même,
    Touché de sa douleur extrême
    Fut réduit à le consoler.

(1) Les médecins.
(2) Petite écuelle où l'on reçoit le sang de ceux que l'on saigne.

Le lendemain ce fut tout autre scène.
      Le petit bonhomme content
Vint voir son *bon ami* qu'il crut convalescent ;
Et pour lui bien prouver qu'il n'étoit plus en peine,
Au lieu de larmoyer, il se mit, en riant,
A manger d'un gâteau qu'il disoit excellent.
Que tu me fais plaisir ! lui dit alors son frère.
Comme j'ai le dégoût, tu veux me ragoûter.
Voyons donc ce gâteau ; çà, fais-le-moi goûter.
Oh ! doucement ! dit l'autre en tirant en arrière (1),
Ce n'est pas pour autrui, c'est pour moi seulement
Que j'ai, pour l'acheter, déboursé mon argent.
Quoi ! répondit soudain le malade en colère,
Tu voulois partager ma souffrance avec moi,
Et tu prétends garder tout ton gâteau pour toi !
Hé bien ! garde-le donc ; mais ne viens plus me faire
      L'éloge de ton amitié :
      Malgré tes pleurs et ta pitié,
      Je ne puis le croire sincère.

Quand on est bon ami, l'on donne avec plaisir,
Et de ce que l'on a l'on ne croit bien jouir,
Que lorsqu'on le partage avec ceux que l'on aime :
Mais garder tout pour soi, c'est n'aimer que soi-même.
      Et celui qui n'aime que lui,
      Ne peut pas être aimé d'autrui.

(1) En s'éloignant.

FABLE XIII.

Le Carlin et le Chat.

Un jeune Carlin (1) et *Mitis* (2)
Vivoient dans le même logis :
Mais comme ils n'avoient pas le même caractère ;
Comme le chien étoit docile, caressant,
Et que du chat l'humeur étoit toute contraire (3)
On choyoit le premier, on l'aimoit tendrement,
Et pour l'autre on étoit au moins indifférent.
Il s'aperçut bientôt de cette indifférence ;
    Et s'en plaignant amèrement :
D'où vient, dit-il au chien, l'extrême différence
    Que j'aperçois entre nous deux ?
    On te régale, on te caresse,
On vante à tout moment tes grâces, ton adresse ;
Et moi, l'on ne me voit que d'un œil dédaigneux,
    Et le maître ni la maîtresse
Ne m'ont jamais daigné témoigner leur tendresse.
Je n'ai pas, il est vrai, tes talens, tes appas ;
Mais si je suis moins beau, moins adroit, moins habile,
    Je tâche de me rendre utile ;
J'empêche les souris de faire des dégâts,
Et ce n'est pas, je crois, rendre un petit service :
    Mais je ne sers que des ingrats.
Non, lui dit le carlin : on te rend bien justice ;
On dit bien que tu sais donner la chasse aux rats ;
Mais pour être chéri cela ne suffit pas.
L'utile, mon ami, plaît peu, sans l'agréable,
Et pour se faire aimer, il faut se rendre aimable.

(1) Espèce de chien qui a le museau gros et noir.
(2) Nom qu'on donne aux chats.
(3) Les carlins sont ordinairement fort caressans, et en général,
les chats ne le sont guère.

6

FABLE XIV.

La Mode et la Vertu.

Sans être étroitement unies,
Ni vivre entr'elles comme amies,
La mode et la vertu se voyoient fréquemment ;
Et quoique leur humeur, leurs goûts, leur caractère,
Ne se ressemblent nullement,
Quoique l'une soit grave, et que l'autre, légère,
Change et varie à tout moment,
En assez bonne intelligence
Elles avoient long-temps vécu.
La mode avec raison respectoit la vertu ;
La vertu pour la mode avoit de l'indulgence,
Et loin de la blâmer avec sévérité,
Elle lui pardonnoit et sa légèreté
Et ses caprices vains, et sa folle inconstance.
Mais cédant à la vanité,
Ou voulant se donner un air de nouveauté,
Un jour notre jeune étourdie
Dans un nouvel ajustement
Oublia presque entièrement
Les lois de la pudeur et de la modestie (1)
Et se faisant honneur de son effronterie,
Avec un habit peu décent
Chez son amie elle eut l'audace de paroître.
Pour mieux lui reprocher un excès si criant,
Celle-ci fit semblant de ne pas la connoître.
Quoi ! vous ne me connoissez pas !
Dit la mode. Je suis.... Vous êtes la licence,
Répondit la vertu, qu'outroit son impudence.

(1) Les modes actuelles ont donné lieu à cette peinture, qui n'est
malheureusement que trop fidèle.

Vous le montrez assez par vos honteux appas.
Mais fuyez loin d'ici : votre seule présence
Suffiroit pour ternir l'éclat de mon honneur,
Et pour vous je ne puis avoir que de l'horreur.

Cette réception à la belle étoit due,
Et l'on ne devoit pas la traiter autrement ;
        Mais on assure cependant
Que chez plus d'une femme elle fut bien reçue (1).

(1) L'indécence qu'on remarque depuis quelque temps dans la
parure de bien des femmes nous a paru rendre cette fable nécessaire.
Puisse-t-elle préserver de ce désordre les jeunes personnes qui la
liront ! Puissent-elles y apprendre à concilier toujours la modestie
avec la mode, et à sacrifier même, s'il le faut, la mode à la modestie
qui est le plus bel ornement des personnes du sexe.

FABLE XV.

Le Limaçon sorti de sa coquille.

Un jeune limaçon sortit de sa coquille :
Il en étoit tout fier, et s'en croyoit plus beau ;
        Par quoi, faisant le damoiseau (2),
Il disoit aux passans : Voyez comme je brille !
        Tu brilles ! lui dit l'un d'entre eux :
        C'est sans doute à tes propres yeux ;
        Car aux nôtres, je te l'assure,
        Jamais tu ne fus plus hideux.
Lorsque tu te tenois dans la demeure obscure
        Où t'avoit placé la nature,
        Par cette heureuse obscurité
Tu cachois tes défauts et ta difformité ;
Mais en voulant briller tu nous les fais connoître,
        Et trahi par ta vanité,
Tu ne parois rien moins que ce que tu crois être.

(2) C'est-à-dire se donnant un air d'importance.

A tout fat, à tout petit-maître
Qui, pour faire oublier sa basse extraction,
  Affecte de se méconnoître,
Ose trancher du grand, et fait le fanfaron,
Rien ne conviendroit mieux qu'une telle leçon.

~~~~~~

FABLE XVI.

La Poule et les Poulets.

Tandis que dans un chaume occupés à manger,
Plusieurs petits poulets, sans craindre aucun danger,
Cherchoient, les uns des grains, les autres quelque
   plante
  Qui pût rassasier leur faim,
  Leur mère, toujours vigilante,
  Vit tout-à-coup dans le lointain (1)
Un oiseau dont l'aspect lui donna l'épouvante.
  Son amour dans le même instant
  Lui fait pousser un cri perçant
  Pour rappeler sa troupe errante;
  Et d'abord que tous ses petits
  Autour d'elles sont réunis,
  Dans la cour de la métairie
Elle mène en courant sa famille chérie.
Pourquoi donc fuyons-nous? dit alors un poulet:
Je n'ai rien vu qui pût menacer notre vie,
Et nous prenons, je crois, l'alarme sans sujet.
Sans sujet! dit la poule. Ah! voyez dans les nues
Ce grand aigle de qui les ailes étendues
  Semblent encor se diriger vers nous.

(1) Les poules ont la vue très-perçante; elles découvrent de loin
les oiseaux de proie; et dès qu'elles en voient quelqu'un, elles
poussent un grand cri pour rassembler leurs petits autour d'elles,
et les mettre en sûreté.

Il n'est point d'ennemi plus à craindre pour vous,
Et ce n'est pas pour rien que j'ai fui sa présence
Si je n'eusse pas su le découvrir de loin,
Si de vous appeler je n'eusse pas eu soin,
  Si surtout votre obéissance
N'avoit pas secondé d'abord ma prévoyance,
C'en étoit fait de vous, et vraisemblablement
  A cet aigle dans ce moment
  Vous serviriez tous de pâture (1).
N'oubliez donc jamais le danger effrayant
Que vous avez couru dans cette conjoncture,
Et que ma voix toujours vous trouve obéissans.
  Vous êtes jeunes, ignorans,
  Vous n'avez point d'expérience;
  Mais sachez du moins obéir,
Et de tous les périls cette seule science
  Suffira pour vous garantir.
  La mère même la plus sage
Ne pourroit pas donner un conseil plus prudent:
  Mais il faudroit que chaque enfant
Imitât les poulets, et le mît en usage.

(1) De nourriture.

~~~~~~

FABLE XVII.

La Mère, la jeune Fille et le Parterre.

On sait que trop souvent la jeunesse frivole
  De la beauté fait son idole :
  C'est là le seul don, le seul bien
  Qui lui paroisse désirable;
  A ses yeux le reste n'est rien :
Mais pour se détromper qu'elle lise ma fable.

  Belle, mais pleine de fierté,
  Et n'estimant que sa beauté,

La jeune Iris, avec sa mère,
Pour la première fois alla voir un parterre
Où toutes les plus belles fleurs
Etaloient à l'envi leurs brillantes couleurs.
D'abord sa vue en fut ravie :
Et pour mieux contenter l'envie
Qu'elle avoit de les voir et de les admirer,
Dans ce séjour où tout étoit fait pour lui plaire,
Elle ne cessa pas d'errer,
Que la nuit ne vînt l'en tirer.
Espérant de pouvoir encor s'y satisfaire,
La belle, à quelque temps de là,
Avec sa mère y retourna.
Mais alors quelle différence !
Et combien elle vit tromper son espérance !
Hélas ! au lieu du spectacle flatteur
Qu'offroit auparavant le parterre enchanteur,
Elle n'y trouva plus que des couleurs ternies,
Que des fleurs sèches ou flétries.
Surprise de ce changement,
Elle s'écria tristement :
O maman ! que sont devenues
Toutes ces belles fleurs qu'ici nous avions vues ?
Qu'est-ce qui peut avoir effacé leurs attraits ?
C'est le temps, répondit la mère ;
Et c'est le temps aussi qui changera vos traits.
Cessez donc d'en être si fière,
Et n'estimez plus tant cette vaine beauté
Qu'on vous voit préférer à tout autre avantage :
Ces fleurs, de la fragilité
Vous offrent la fidèle image.

Ma fille, il n'est qu'un bien dont la solidité
Des ans ne craigne point l'outrage ;
C'est la vertu qui s'embellit par l'âge
Et qui fait en tout temps notre félicité.

FABLE XVIII.

Les deux Diamans.

Du sein de la même carrière
Nous sommes sortis tous les deux,
Disoit un jour à son confrère
Un diamant tout raboteux :
Ma grosseur vaut celle d'un autre,
Et mon prix, ce me semble, égale bien le vôtre :
Cependant nous avons un sort tout différent.
    Chacun vous admire et vous prise,
Vous attirez sur vous les regards du passant ;
    Et moi, si l'on ne me méprise,
On me voit tout au moins d'un œil indifférent.
    D'où vient donc cette indifférence ?
Et tandis qu'avec vous j'ai tant de ressemblance,
Pourquoi suis-je partout moins loué, moins chéri ?
C'est, lui dit l'autre alors, c'est que je suis poli (1).

    Par ces mots remplis de sagesse
Apprenez, mes enfans, que sans la politesse,
Les talens les plus beaux, les dons les plus heureux,
Sont comme un diamant informe et raboteux.

(1) Pour que les diamans brillent, il faut qu'ils soient polis.

FABLE XIX.

Le Petit-Maître devant son Miroir.

Un petit-maître (1) bien frisé,
Bien musqué, bien adonisé,
Pour mieux arranger sa parure,
Ayant que de se faire voir,
Voulut encor donner un coup d'œil au miroir
   Là, considérant sa figure
   Son accoutrement, son allure :
  En vérité, disoit le damoiseau,
   Je ne crois pas que la nature
   Ait jamais rien fait d'aussi beau:
Voyez ce port, cet air, cet aimable sourire:
Faut-il être surpris si le monde m'admire ?
Jadis il admiroit Adonis, Cupidon (2),
Et dans moi je crois bien qu'il trouve leur image.
   Oui, vous le croyez tout de bon?
Dit alors le miroir surpris de ce langage.
   Mais répondez-moi, beau mignon :
   Que veut dire ce vermillon
   Dont vous couvrez votre visage?
   Des femmes c'est là le partage ;
   Mais sur le front d'un homme sage
   On ne doit voir d'autre rougeur
Que celle que produit une aimable pudeur.
   Que faites-vous de cette cadenette
   Qu'on voit flotter au gré du vent ?

(1) On donne le nom de *petit-maître* à tout jeune homme qui met trop d'affectation dans son ton, dans ses manières et dans sa parure.

(2) Adonis et Cupidon se rendirent célèbres par leurs grâces et leur beauté.

Voulez-vous donc qu'en vous voyant
On vous prenne d'abord pour une girouette ?
Et ce petit chapeau que fait-il sous le bras (1) ?
    Mon ami , ne sentez-vous pas
    Que la malice , à gloser toujours prête,
Dira qu'apparemment vous n'avez point de tête ?
    Et vous nous dites sans façon ,
Qu'on croira voir en vous un autre Cupidon,
Un nouvel Adonis ! Quelle présomption !
On vous prendra plutôt pour un vrai Sybarite (2),
    Un petit-maître , un freluquet,
Qui, tout bouffi d'orgueil, n'a point d'autre mérite
    Que sa parure et son caquet.
Cessez donc, croyez-moi , de faire l'agréable,
    Et sachez qu'un homme d'honneur
Ne doit chercher à plaire , à se rendre estimable
Que par les qualités de l'esprit et du cœur.
    Du miroir tel fut le langage.

Si les miroirs parloient encor de notre temps,
    A combien de nos jeunes gens
Ne pourroient-ils pas faire une leçon si sage !

(1) Le miroir ne fait mention que des modes qui étoient en vogue dans le temps qu'il parloit. On ne connoissoit alors ni les oreilles de chien, ni les mouchets, ni les habits carrés, ni les souliers pointus, ni les cheveux à la Titus, ni mille autres jolies inventions qui font tant briller nos petits-maîtres du jour.

(2) Les Sybarites étoient un peuple efféminé et méprisable par sa mollesse.

~~~~~~

FABLE XX.

Le Lis et le Roseau.

Sur les rives d'un fleuve , entre plusieurs roseaux,
    Un lis levoit sa tête altière,
    Lorsqu'on vit tout-à-coup les flots

S'élever, franchir leur barrière,
Et se précipitant dans la campagne entière,
Menacer d'entraîner plantes, arbres, troupeaux,
Un roseau qui du lis connoissoit l'humeur fière,
Du danger qu'il couroit voulant le prévenir,
Crut devoir lui donner cet avis salutaire :
Mon ami, lui dit-il, si vous voulez bien faire,
Contre le cours des eaux n'allez pas vous roidir ;
Vous lutteriez en vain contre leur violence :
          Mais songez plutôt à fléchir ;
C'est ce qui m'a cent fois empêché de périr :
Croyez-moi, profitez de mon expérience.
Moi fléchir ! dit le lis fier et plein d'arrogance.
A ce trait de bassesse osez-vous m'exhorter ?
Sans doute vous croyez que je suis un des vôtres.
Mais faites, s'il vous plaît, votre sermon à d'autres.
          Fallût-il me voir emporter,
Je ne montrerai point une telle foiblesse.
L'insensé tint parole : il eut la hardiesse
          De vouloir faire tête aux flots ;
          Et pour prix de cette prouesse,
          Il fut entraîné par les eaux.

Il faut savoir céder, quand on le peut, sans crime.
          Lorsque l'on a trop de fierté,
          De son inflexibilité
L'on est le plus souvent la première victime.

~~~~~~

⋆ FABLE XXI.

La Brebis, l'Agneau et le Berger.

Une brebis avoit mis au monde un agneau :
          Mais bien qu'il ne fît que de naître,
          Quoiqu'il fût bien fait, gras et beau,

Elle ne voulut pas d'abord le reconnoître (1).

  A peine elle le regardoit

  Quand elle le voyoit paroître ;

  Et lorsque d'elle il s'approchoit,

Loin de le recevoir, elle le repoussoit.

  Les animaux ont aussi leurs manies,

Leurs caprices, leurs tics et leurs antipathies.

  Le pauvre agneau se désoloit ;

  Et dans l'excès de sa tristesse,

  Il crioit, il bêloit sans cesse.

  Alors un berger qui le vit,

  Touché de sa douleur, lui dit :

  Console-toi, prends patience,

Et de te faire aimer ne perds pas l'espérance.

Ta mère, je le sais, ne te traite pas bien ;

  N'importe : toi, n'épargne rien

  Pour te l'attacher et lui plaire.

Une mère toujours finit par être mère.

  Notre agneau suivit cet avis ;

  Et pour lui marquer sa tendresse,

A sa marâtre (2) il fit caresse sur caresse.

A ses bons procédés l'insensible brebis

  Ne put s'empêcher de se rendre,

Et le traitant bientôt comme l'on traite un fils,

Elle n'eut plus pour lui que l'amour le plus tendre.

  Enfans, avez-vous par malheur

  Une mère en qui la rigueur

Etouffe à votre égard la bonté maternelle ?

Pour vous en faire aimer, et pour gagner son cœur,

  Prenez cet agneau pour modèle.

(1) Plusieurs bergers m'ont assuré que cela arrivoit souvent.

(2) On donne ce nom à la brebis, parce qu'elle se comportoit en marâtre, et non en bonne mère.

~~~~~~

FABLE XXII.

L'Ecolier, la Guépe et le Laboureur.

Un écolier espiègle et même un peu méchant,
    Vit un jour, en se promenant,
    Un nid de guêpes où la mère
    Choyoit avec soin ses petits.
Bien que ces animaux, toujours restés tapis,
N'eussent rien fait qui pût provoquer sa colère,
    L'enfant, suivant son caractère,
    Se fait un jeu de les vexer;
Et s'armant pour cela d'une longue baguette,
Dans le nid percillé qui leur sert de retraite
    Il ne craint pas de l'enfoncer.
    Mais la guêpe qui n'est pas tendre (1),
    Pour se venger ou se défendre,
    Fond sur le petit malfaiteur,
    Et vous lui fait une piqûre
    Qui, dans l'instant, de sa figure
    Du double augmentant la grosseur,
Lui fait bientôt pousser de grands cris de douleur.
    A sa voix un bon laboureur
    Quitte son travail, et s'empresse
De venir au secours du petit malheureux.
Qu'avez-vous, lui dit-il, d'un ton plein de tendresse,
Et pourquoi poussez-vous tant de cris douloureux?
Çà, parlez; à vos maux je viens porter remède;
Car en cas de besoin il faut que l'on s'entr'aide.
    Alors, confus et larmoyant,
    L'écolier, sans déguisement,

(1) La guêpe est une grosse mouche presque semblable à une abeille. Sa piqûre est très-douloureuse, et fait d'abord enfler la partie du corps qui a été piquée.

Lui raconte son aventure ;
Et le bon paysan, touché de son malheur,
Par ses discours d'abord l'anime, le rassure :
Et par ses soins ensuite il calme sa douleur.
Mais pour guérir aussi son cœur :
Vous voyez, lui dit-il, les maux que l'on s'attire
Lorsque l'on est assez méchant
Pour se faire un plaisir de nuire.

Corrigez-vous donc, mon enfant ;
Profitez du malheur qui vient de vous instruire,
Et souvenez-vous bien que le mal que l'on fait
Rend toujours malheureux celui qui le commet.

FABLE XXIII.

Le Paysan qui se regarde au Miroir.

Un de ces campagnards pour qui tout est nouveau,
Et qui n'ont vu que leur hameau,
Avoit appris par aventure,
Qu'un verre bien poli, qu'on appeloit *miroir*
Présentoit à chacun ses traits et sa figure.
Ce fait le surprit fort : il courut pour s'y voir.
Mais à peine a-t-il vu sa triste et large face,
(C'étoit un homme des plus laids)
Que ne pouvant penser que ce fussent ses traits,
Il crut que le miroir lui faisoit la grimace
Et de lui se moquoit exprès.
Trompé par cette idée, il se fâche, il s'agite,
Il se démène, il se dépite ;
Et le miroir de répéter (1)
Tous les gestes qu'il lui voit faire.
Quoi, tu viens encor m'insulter !

(1) C'est-à-dire se met à répéter.

Dit alors notre homme en colère
Me prends-tu donc pour un oison (1) ?
Attends, attends, je vais te mettre à la raison.
A ces mots, transporté de rage,
Et voulant se venger de ce nouvel outrage,
Sur la glace il décharge un grand coup de bâton.
Mais cette fureur inutile,
Bien loin de le venger, combla son désespoir.
D'abord il n'avoit qu'un miroir,
Dans un moment il en eut mille (2),
Qui, venant tour-à-tour lui tracer son portrait,
Le firent dessécher de honte et de regrets.

Pour se venger d'un vain outrage
On s'attire de vrais malheurs ;
Et quand on se roidit contre le badinage,
On ne fait qu'augmenter le nombre des railleurs.

(1) Pour un sot.
(2) Chaque morceau du grand miroir brisé devint un petit miroir
où le paysan voyoit sa laide figure.

FABLE XXIV.

Le Revenant (3).

Un jeune enfant à qui sa vieille gouvernante (4)
Racontoit tous les jours quelque histoire effrayante
De revenant, d'esprit follet,

(3) On donne ce nom à un mort que l'on croit être revenu en ce
monde : mais c'est à tort qu'on le croit. Les *revenans* sont une chimère ; ils n'existent que dans le cerveau de ceux qui s'imaginent les
avoir vus.
(4) Comme il y a beaucoup de domestiques ignorans qui, par les
contes absurdes qu'ils font aux enfans, leur donnent des idées fausses,
et les disposent à s'effrayer de tout, j'ai cru que cette fable pourroit
les préserver de ce danger.

Un

Un soir que dans sa chambre il étoit sans lumière,
Avant que le sommeil eût fermé sa paupière,
Ouït je ne sais quoi qui remuoit, sautoit,
    Et contre ses rideaux grimpoit.
    Frappé du bruit qu'il entend faire,
Et près de lui croyant avoir un revenant,
D'abord à son secours il appelle son père.
Le tendre père accourt avec empressement,
Et le croyant malade, il lui dit plein d'alarmes :
Qu'as-tu donc, mon enfant? Sens-tu quelque douleur?
Non, répond le marmot en versant quelques larmes;
    Mais je suis tout transi de peur.
— Et qu'est-ce donc, mon fils, qui cause ta frayeur?
    — Ah! quand j'y pense, j'en frissonne.
A peine dans mon lit je m'étois étendu,
Qu'un de ces revenans dont m'a parlé ma bonne,
En faisant un grand bruit dans ma chambre est venu.
    — Un revenant! le connois-tu?
    A tes yeux l'as-tu vu paroître?
    — Oh non; je l'ai seulement entendu.
— Hé bien, mon fils, je veux t'apprendre à le con-
    noître,
    Et je vais te le faire voir.
Le père, après ces mots, lui montre un gros chat noir,
Qui, poursuivant un rat, avoit fait le tapage
    Dont s'étoit effrayé l'enfant;
Puis il lui dit : Voilà, mon fils, le revenant
Dont tu t'étois formé la plus horrible image;
    C'est ce chat qui t'alarmoit tant.
Apprends, en le voyant, à devenir plus sage.
Apprends que l'on ne doit se livrer à la peur
    Que lorsqu'on sait sans aucun doute
    Que le danger que l'on redoute
Est propre à faire naître une juste frayeur.

FABLE XXV.

Les Rames et le Gouvernail.

CONTRE le gouvernail de certaine galère
Les rames murmuroient, et disoient en grondant :
　　Quoi ! faut-il donc qu'à tout instant
　　Nous luttions contre l'onde amère (1),
　　Tandis que monsieur, sans rien faire,
　　Se carre au haut du bâtiment ?
　　Est-il donc d'une autre nature ?
Non, non..... Le gouvernail entendit ce murmure ;
　　Et sans faire aucun mouvement,
Aux rames il laissa tout le gouvernement.
Mais comme elles alloient sans règle et sans mesure,
Pour prix de leur audace, au premier coup de vent,
Malgré tous leurs efforts, elles se dévoyèrent,
　　Et contre un rocher se brisèrent.

　　　Voilà le sort qui vous attend,
O vous qui méprisez l'autorité suprême.
Le peuple ne sauroit se gouverner lui-même (2) ;
Il se perd dès qu'il veut se rendre indépendant.
D'un enfant indocile on en peut dire autant.

　(1) Eau de la mer, qui est amère.
　(2) L'anarchie et les désordres qui ont régné en France pendant
tout le temps que le peuple a voulu se gouverner lui-même, sont
une preuve malheureusement trop frappante de la vérité de cette
maxime.

　　　FIN DU LIVRE SECOND.

LIVRE TROISIÈME.

—

FABLE PREMIÈRE.

La Mère, l'Enfant et la Ruche.

Un enfant à tête légère,
Comme il se promenoit un jour avec sa mère,
Aperçut une caisse où certain peuple ailé (1),
      Sous le même toit rassemblé,
      Sans connoître le nom de frère,
      Vivoit avec fraternité,
Et pour le bien commun, sans profit ni salaire,
Se livroit au travail avec activité.
Je parle d'une ruche; on doit assez m'entendre (2)
Mais comme on ne sait rien dans un âge encor tendre,
      Le marmot ne connoissoit pas
Ce peuple heureux, actif, industrieux, fidèle,
Que dans chaque famille et dans tous les états
      On devroit prendre pour modèle.
Pour le connoître il fit ce que font les enfans,
Demande sur demande. A quoi sert cette caisse,
      Dit-il? Des insectes volans
      En sortent, y rentrent sans cesse :
      Maman, que font-ils là dedans?
Voyons-le. Gardez-vous, dit la mère alarmée,
      D'approcher de ces animaux;
Personne impunément ne trouble leurs travaux,

(1) Des abeilles parmi lesquelles on voit régner un parfait accord et qui travaillent toutes avec ardeur pour le bien commun.
(2) On appelle *ruche* la caisse où elles sont renfermées.

2

De ce qu'ils font je suis bien informée ;
     Je vais vous l'apprendre en deux mots.
Cette caisse est le lieu qu'habitent les abeilles :
C'est là que leur instinct, heureux présent du Ciel,
Leur fait, avec un art mis au rang des merveilles,
Former, du suc des fleurs, et la cire et le miel.
Le miel ! Bon ! dit l'enfant. Vous savez que je l'aime ;
     Je vais donc bien m'en régaler.
Arrêtez, dit la mère, en le voyant aller :
Vous commettriez, mon fils, une imprudence ex-
     trême,
     Et pour votre punition
Vous vous verriez percé de cent coups d'aiguillon.
D'abord intimidé par cette remontrance,
L'enfant à son projet promet de renoncer ;
Mais faisant à son goût céder l'obéissance,
Bientôt il laisse exprès sa mère s'avancer,
     Se glisse, s'éloigne en cachette,
S'approche de la ruche, y plonge une baguette,
En tire un peu de miel, et de cette liqueur
     D'abord sa bouche satisfaite
Se plaît à savourer l'agréable douceur.
Plaisir, hélas ! trop court. Bientôt avec fureur
     Les abeilles, de leur retraite,
     Fondent sur le petit voleur ;
Et perçant de leurs traits ses mains et son visage,
Elles lui font pousser mille cris de douleur.
Sa mère les entend, accourt et le soulage ;
Ensuite elle lui dit : Vous devez voir, mon fils,
Qu'un enfant doit toujours obéir à sa mère,
Puisque c'est pour avoir méprisé mes avis,
Que, des mouches à miel excitant la colère,
Vous avez éprouvé, croyant vous satisfaire,
Un malheur qui vous rend à présent tout confus.
Puisse au moins ce malheur vous être salutaire,
Et vous apprendre à fuir les plaisirs défendus !

Votre confusion , votre douleur amère
   Vous montrent quel en est le fruit.

Comme celle du miel, leur douceur nous attire ;
   Elle nous flatte et nous séduit ;
   Mais toujours le remords les suit ,
Et, comme l'aiguillon , le remords nous déchire.

~~~~~~

FABLE II.

Le Diamant et le Lapidaire.

Un diamant informe et tout couvert de terre
Ne pouvoit consentir à se laisser tailler ,
   Et d'abord que le lapidaire (1)
   S'occupoit à le travailler :
Pourquoi, lui disoit-il, me mettre à la torture ?
   On dit souvent que la nature
   M'a donné trop de dureté (2) ;
Mais vous avez sans doute une ame encor plus dure.
Ah ! mettez fin , de grâce , à votre cruauté ,
   Et tirez-moi de cette roue ,
   Où je me vois si maltraité.
Oui , mon ami, dit l'ouvrier , j'avoue
   Que je vous traite avec rigueur :
   Mais si ma main trop indulgente
N'avoit soin de polir votre masse brillante ,
Vous resteriez toujours sans prix et sans valeur.
Souffrez donc, mon ami, souffrez un peu de gêne
   Il faut souffrir, dit-on, pour être beau :
On est dédommagé tôt ou tard de la peine
Le diamant le fut, car dès que le ciseau

(1) C'est le nom qu'on donne à l'artiste qui taille les diamans.
(2) Le diamant est très-dur.

3

L'eut dépouillé de la matière
Qui voiloit son front radieux,
Il brilla comme la lumière (1),
Et par son vif éclat il charma tous les yeux,
Lui qu'on ne regardoit naguère
Que comme un caillou raboteux.

Inutilement la nature
Nous auroit départi les dons les plus brillans,
Si le travail et la culture
Ne faisoient valoir ses présens.

(1) Quand les diamans sortent du sein de la terre, ils sont tout
bruts, et couverts d'une matière qui leur ôte tout leur éclat. Pour
les rendre brillans, il faut qu'on les dépouille de cette matière en les
polissant et en les taillant. Il en est ainsi des talens dont la nature
nous a doués : ils ne peuvent briller que par le secours du travail
et de la culture qui les développent et les perfectionnent.

FABLE III.

Le Laboureur accusé de magie.

Sur les bords que le Tibre (2) arrose de ses eaux,
Vivoit jadis un laboureur habile,
Dont le champ, quoiqu'il fût de son fonds peu fertile,
Récompensoit toujours ses pénibles travaux.
Vainement les saisons paroissoient déréglées ;
Sécheresse, vents ou gelées :
Tout sembloit respecter ses fruits et ses moissons ;
Et tandis que les champs de tous les environs
Trompoient des possesseurs les vœux et l'espérance,
Les siens étoient pour lui la corne d'abondance (3).
Ses voisins en furent témoins ;

(2) Fleuve d'Italie.
(3) C'est-à-dire produisoient des fruits abondans. Cérès qui, selon

Et loin d'attribuer son bonheur à ses soins,
    Aveuglés par la jalousie,
    (On sait qu'elle est de tout métier)
    Ils vous l'accusent de magie,
    Et le citent comme sorcier.
Le laboureur paroît, et pour toute défense,
    Dans la salle de l'audience
Il introduit son fils avec ses deux taureaux,
    Ses bêches avec ses rateaux ;
    Et parlant avec assurance :
    Voilà, dit-il, les instrumens
    Des charmes, des enchantemens
    Qu'ose me reprocher l'envie.
C'est d'eux seuls que je tiens tous ces fruits abondans
Qu'on dit être l'effet de la sorcellerie.
    Condamnez-moi donc, j'y consens :
    Mais songez qu'étant mes complices
Ils doivent partager avec moi les supplices,
Comme ils ont partagé mes soins et mes travaux.
Le sage laboureur se tut après ces mots.
Il n'avoit pas besoin d'en dire davantage.

Ce plaidoyer, bien mieux que les plus beaux discours,
De son juge d'abord lui gagna le suffrage ;
Et son exemple apprit à tout le voisinage
Que lorsque l'on travaille on réussit toujours (1).

la Fable, étoit la déesse des fruits et des grains, avoit pour attribut
une corne d'où sortoit une grande quantité d'épis et de fruits, et
qu'on appeloit pour cela corne d'abondance.

(1) Cette maxime est vraie en général. Il peut pourtant arriver
que des événemens imprévus empêchent qu'on ne retire de son travail les avantages qu'on s'en promettoit ; mais dans ce cas on n'a du
moins rien à se reprocher.

FABLE IV.

Les deux hommes laids.

Deux hommes dont le corps ainsi que la figure
D'Esope (1) retraçoient et la taille et les traits,
Pour tout dire en un mot, deux hommes des plus laids,
    Je ne sais par quelle aventure,
En face l'un de l'autre étoient un jour assis.
    L'un d'eux, enclin à la satire,
    A l'aspect de son vis-à-vis,
Avec un air malin se mit d'abord à rire :
Ensuite à son voisin montrant son compagnon :
Regardez, lui dit-il, regardez ce beau sire :
    Examinez cet air mignon ;
    Voyez ce port et ce corsage.
Il faudroit, selon moi, montrer ce personnage
Ainsi que l'on fait voir la curiosité :
Le peuple sûrement en seroit enchanté,
    Et l'on croiroit à la merveille.
Ces sarcasmes de l'autre avoient frappé l'oreille ;
Cependant il se tut : mais prenant un miroir,
Et l'offrant au railleur afin qu'il pût s'y voir :
Pour repousser, dit-il, votre amère censure,
Je ne vous rendrai pas injure pour injure,
    Mais ce miroir vous répondra.

    Contemplez-y votre figure,
    Votre taille, votre structure,
    Et tout cela vous apprendra
Que si nous glosons tant sur les défauts des autres,
C'est que, le plus souvent, nous ignorons les nôtres.

(1) Esope a toujours passé pour un des hommes les plus difformes
qui aient jamais existé : aussi on ne le représente jamais qu'avec une
bosse énorme et tous les autres attributs de la laideur.

‿‿‿‿‿‿‿‿‿‿‿‿‿‿‿‿‿‿‿‿‿‿‿‿‿‿‿‿‿‿‿‿‿‿‿‿

FABLE V.

La Fourmi et ta Mouche (1).

Une fourmi qui, dans son magasin,
Pour pouvoir en hiver sustenter son ménage,
Charioit tout le jour du grain,
Rencontra par hasard une mouche volage,
Qui, blâmant sottement cette précaution,
Lui dit : Que fais-tu donc ? et quelle est ta folie ?
Nous sommes à présent dans la belle saison :
  Au plaisir elle nous convie ;
Et loin de t'empresser comme moi d'en jouir,
Tu donnes au travail ce beau temps de la vie !
Eh ! laisse là tes grains ; songe à te divertir,
Et goûte les douceurs que l'été nous présente.
Le plaisir rend heureux, et le travail tourmente.
  Votre conseil peut être bon,
Répondit la fourmi : mais qu'il le soit ou non,
Ma conduite, je crois, est beaucoup plus prudente.
  L'été ne dure pas toujours,
Et le beau temps passé, viennent les mauvais jours.
  Or, si je manque alors de subsistance,
Vous qui me blâmez tant, viendrez-vous m'en fournir?
Peut-être, hélas ! de faim on vous verra mourir.
  Par mes travaux et par ma prévoyance,
  Contre l'hiver qui doit venir
  Laissez-moi donc me prémunir.

(1) Si j'ai osé traiter ce sujet après l'inimitable La Fontaine, ce
n'est pas que j'aie eu la sotte présomption de vouloir en quelque
sorte lutter avec lui ; mais j'ai cru qu'en développant mieux le sens
moral qui résulte de l'action dont il m'a fourni l'idée, j'en rendrois
le récit plus utile aux enfans, et j'ai sacrifié mon amour-propre à
leur instruction.

          D 5

Pour se mettre à l'abri d'une grande souffrance
    Il faut savoir un peu souffrir.

Si de notre fourmi l'homme avoit la prudence,
    Il songeroit à l'avenir :
Et bien loin de donner tout son temps au plaisir,
    Par les travaux de la jeunesse
Il se prépareroit une heureuse vieillesse.

FABLE VI.

L'Epagneul.

Un épagneul (1), dès sa jeunesse,
    Par ses grâces et sa beauté
Avoit si bien su plaire à sa vieille maîtresse,
Qu'il étoit devenu l'objet de sa tendresse,
    Ou plutôt son enfant gâté.
Elle lui prodiguoit mainte et mainte caresse :
    Elle l'appeloit son *bijou,*
    Son bon ami, son *petit chou;*
    Sur ses genoux elle l'avoit sans cesse :
Elle le nourrissoit avec délicatesse,
Lui donnoit des biscuits, des croûtes de pâté,
    Et des bonbons de toute espèce.
Rien ne manquoit alors à sa félicité;
Mais au bonheur enfin succéda la détresse.
    La bonne dame délogea,
    Ou pour mieux dire on la porta
    De son logis au cimetière;
Et sitôt qu'elle y fut, sa famille héritière
    Vint partager tout son butin.
Mais que devint alors l'épagneul orphelin?
    Hélas ! au lieu d'une seconde mère,

(1) Petit chien qui a le poil fort long et très-fin.

(Car pour lui la dame l'étoit)
Il n'eut plus qu'un maître sévère,
Qui, loin de le gâter, à peine le soignoit.
　　Plus de bonheur, de bonne chère
　　Il n'avoit pour son ordinaire
Qu'un morceau de pain noir qu'un valet lui jetoit.
　　Plus de coussins, plus de duvet ;
　　Son lit étoit la terre nue ;
Et même du logis souvent on le chassoit,
Pour le faire coucher au milieu de la rue.
　　Une nuit qu'il s'y lamentoit,
　　Plusieurs autres chiens l'entendirent,
　　Vinrent le trouver, et lui dirent :
　　Qu'est-ce donc qui te fait gémir ?
Ah ! leur dit l'épagneul en poussant un soupir,
Vous le voyez assez : isolé, solitaire,
Ne vivant que de pain, et couché sur la terre,
　　Je ne puis que beaucoup souffrir.
Quoi ! pour toi, lui dit-on, cette vie est trop rude !
Tu n'en as donc jamais contracté l'habitude ?
　　Pour nous il en est autrement.
Comme toi mal nourris, et couchant sur la dure,
　　Nous n'en vivons pas moins gaiment ;
　　Et ce qui cause ton tourment,
Sans la moindre douleur chacun de nous l'endure.
Ah ! reprit l'épagneul, vous me montrez l'erreur
Qui m'a fait jusqu'ici mal juger du bonheur.
　　Lorsque la maîtresse chérie
　　Que la mort, hélas ! m'a ravie,
Me prodiguoit jadis les aises, les douceurs,
Je regardois mon sort comme digne d'envie :
Mais je vois maintenant qu'une trop douce vie
　　Est une source de malheurs (1).

(1) Voilà pourquoi les enfans ne doivent pas trouver mauvais qu'on les élève un peu durement.

6

FABLE VII.

L'Enfant et la Poule.

Une poule étoit dans son nid :
Un enfant qui, fuyant le travail et la gêne,
　　　Alloit rôdant partout, la vit,
　　　Et sur son seul air il comprit
Qu'elle faisoit effort, qu'elle avoit de la peine.
Mais un moment après il vit changer la scène :
　　　De son nid la poule sortit,
Et se mit à chanter, tant elle étoit contente (1).
Sa joie à l'écolier parut fort surprenante.
Naguère, lui dit-il, tu paroissois souffrir,
　　　Et je te vois te réjouir !
　　　A quoi dois-tu donc l'avantage
De passer tout-à-coup de la peine au plaisir ?
La poule alors lui fit cette réponse sage :
Quand je semblois souffrir, je faisois mon ouvrage,
C'est-à-dire mon œuf. A présent qu'il est fait,
　　　Mon cœur joyeux et satisfait
　　　Eprouve une vive allégresse,
　　　Et je m'applaudis en chantant.
　　　Veux-tu bientôt en faire autant ?
　　　Surmonte d'abord la paresse,
　　　Fais bien ton devoir, mon enfant,
　　　Il en coûte un peu pour le faire ;
　　　Mais l'a-t-on fait, on est content,
　　　Je peux t'en parler savamment,
Et mon exemple en est la preuve la plus claire.

(1) Les poules ont coutume de chanter lorsqu'elles sortent du n
où elles ont fait leur œuf.

FABLE VIII.

Le Serin.

Un serin que le sort avoit fait prisonnier,
    Ne pouvoit pas souffrir la cage.
En vain lui disoit-on qu'un pareil esclavage
    Le délivroit de l'épervier (1);
    En vain, pour lui plein de tendresse,
    Son maître s'occupoit sans cesse
A lui faire oublier l'ennui de sa prison;
En vain il le formoit avec la serinette (2),
    Le nourrissoit à la brochette,
    Le régaloit de maint bonbon,
    Lui traçoit, dans un paysage,
Des arbres et des bois une fidèle image :
Tout cela ne put rien sur l'oiseau dégoûté ;
Le drôle n'en vouloit qu'à la réalité :
Car enfin, disoit-il en son joli langage,
    Cet appareil est bel et bon ;
Mais de quelque ornement que l'on pare ma cage,
Elle n'est, après tout, qu'une belle prison.
La liberté, voilà ma seule passion.
Tandis que dans lui-même il parloit de la sorte,
Son maître vient le voir, et, par un cas fortuit,
Après avoir garni sa cage d'un biscuit,
Il oublie en partant d'en refermer la porte.
    On juge bien que le reclus (3)
    Ne rappela pas son Argus (4)

(1) Oiseau de proie.
(2) Instrument de musique avec lequel on apprend aux serins à siffler des airs.
(3) Le serin qui étoit enfermé comme un reclus.
(4) Son maître qu'on appelle Argus, parce qu'il étoit fort vigilant.

Pour lui donner avis de cette inadvertance :
Mais profitant soudain de cette circonstance,
Sans tarder un moment, sans faire ses adieux,
    Loin de son manoir (1) odieux
    Il s'enfuit d'une aile légère.
Le voilà donc enfin au comble de ses vœux.
Loin d'un maître, à son gré, trop dur et trop sévère,
Il comptoit, l'insensé, dans ce nouvel état
Etre heureux et trouver de quoi se satisfaire :
    Mais il comptoit sans un vieux chat
Qui, sur un toit voisin étant en sentinelle,
    Au moment qu'il battoit de l'aile
    Vous le croque en guise d'un rat.

Défiez-vous, enfans, des appâts agréables
    Que vous offre la liberté :
En nous donnant l'espoir de la félicité,
Souvent elle nous rend encor plus misérables.

(1) Sa demeure.

~~~~~~

FABLE IX.

La Mouche et le Lait.

Une mouche, en faisant sa ronde,
    Vit un vase rempli de lait :
Bon ! dit-elle aussitôt, c'est bien ici mon fait (2) ;
Me voilà l'animal le plus heureux du monde :
    De cette liqueur sans seconde (3)
    Je vais m'abreuver à souhait.
    Ainsi pensoit notre pécore
    Elle ne savoit pas encore
    Que la liqueur qui l'attiroit

(2) C'est-à-dire ce qu'il me faut, ce qui est fait pour moi.
(3) Incomparable, qui n'a pas son égale.

Renfermoit un piége secret :
Encore moins prévoyoit-elle
Que bientôt elle s'y prendroit.
Elle y fond donc à tire-d'aile,
Et s'y rassasie à loisir.
C'est fort bien ; mais ensuite il falloit en sortir,
Et de l'étang de lait regagner le rivage (1).
Or elle eut beau ramer, tourner de tout côté,
Rien ne put la sauver d'un funeste naufrage ;
La dame alla boire au Léthé (2).

Dans le lait on trouve l'image
Des attraits séduisans qui flattent nos désirs,
Et la mouche, à l'enfant ignorant et volage,
Par son malheur apprend le danger des plaisirs.

(1) On désigne par ces mots les bords du pot rempli de lait, qui
étoit comme un étang pour la mouche.
(2) C'est-à-dire elle périt. Le Léthé étoit un fleuve qu'il falloit
selon la Fable, traverser pour aller aux enfers.

FABLE X.

La Mouche et le Miel.

Quand dans le pot au lait la mouche fit naufrage (3).
Une de ses sœurs, qui la vit,
Plaignit son triste sort, et dit,
Comme auroit pu le faire un grave personnage :
De l'amour du plaisir voilà quel est le fruit.
Il promet le bonheur, en donne l'espérance,
Et c'est à la mort qu'il conduit.
Oh ! je profiterai de cette expérience,
Et je n'aurai pas l'imprudence
D'aller rôder alentour de ce pot ;

(3) Ceci a rapport à ce qui est dit dans la fable précédente.

Mais sans aucun danger j'aurai ce qu'il me faut.
On vient de mettre sur la table
Un grand bassin rempli de miel,
Et je pourrai, grâces au Ciel,
Aller me régaler de ce mets délectable,
Sans craindre de me fourvoyer ;
Le miel n'est pas du lait : moins clair et moins liquide
On peut, d'un pas ferme et solide,
Errer sur sa surface, et ne pas se noyer.
Sur ce raisonnement, pleine de confiance,
Elle va se poser sur la douce liqueur,
Et long-temps avec complaisance
Elle en savoure la douceur :
Mais quand, après avoir ainsi bien fait bombance,
Elle voulut se retirer,
Elle sentit avec surprise,
Que par les pieds elle étoit prise ;
Et ne pouvant se dépêtrer (1),
Au milieu de ce miel dont elle étoit éprise,
Elle finit par expirer.

Apprenez, jeunesse volage,
A craindre les dangers qui sont autour de vous :
Comme notre mouche peu sage,
N'en fuyez pas un seul ; mais évitez-les tous.

(1) Se débarrasser, se retirer du miel.

FABLE XI.

Le Trompette prisonnier et le Vainqueur.

Après un combat meurtrier,
Un trompette (1) fait prisonnier
Vint au vainqueur demander grâce,
Disant pour se justifier
Qu'il n'avoit point quitté sa place ;
Qu'on ne l'avoit pas vu courir de rang en rang,
Ni verser seulement une goutte de sang.
Toute la faute que j'ai faite,
Si c'en est une cependant,
C'est, ajouta le suppliant,
D'avoir embouché la trompette.
Oui ; mais en l'embouchant ne prétendois-tu pas,
Lui dit le vainqueur équitable,
Animer contre nous tes chefs et leurs soldats ?
Pourquoi donc te ferois-je un sort plus favorable
Qu'à tous nos autres ennemis ?
Qui fit faire le mal est aussi condamnable
Que ceux mêmes qui l'ont commis.

(1) On donne ce nom à ceux qui sonnent de la trompette dans les régimens de cavalerie.

FABLE XII.

La jeune Fille et la Corme.

Non moins méchante que jolie,
Joignant aux plus beaux traits l'esprit le plus malin,
Avec sa bonne un jour la jeune Rosalie
Se promenant dans un jardin,

Vit un cormier sur son chemin :
De l'eclat de son fruit comme elle fut ravie,
D'abord de le goûter elle eut la fantaisie,
  Et de fait elle le goûta :
Mais comme elle trouva sa chair aigre et piquante
Autant que sa couleur étoit vive et brillante,
En faisant la grimace elle le rejeta ;
  Et confuse de sa méprise :
Quoi ! peut-on bien, dit-elle, ainsi tromper les gens?
L'éclat est au dehors, et l'aigreur au dedans !
Il est vrai, dit la bonne en voyant sa surprise :
Mais ce fruit, dont l'éclat a causé votre erreur,
  N'a rien qui doive vous surprendre :
Bien d'autres que la corme (1) ont un dehors trom-
   peur ;
  Il doit seulement vous apprendre
  Qu'eût-on la plus rare beauté,
  A plaire on ne doit point s'attendre,
  Si l'on n'y joint pas la bonté.

(1) La corme est le fruit du cormier ; elle a la peau rouge et lui-
sante, mais sa chair est âpre et acide.

FABLE XIII.

L'Écureuil et l'Enfant.

Si plus d'un grave auteur n'avoit pas déjà dit
Que, toujours clairvoyans pour les défauts des autres,
  Nous fermons les yeux sur les nôtres,
On en pourroit trouver là preuve en mon récit.

  Enfermé dans un grand cylindre (2)
Qu'on avoit entouré d'un treillage de fer,
Les pieds en mouvement, le nez, la tête en l'air,

(2) Caisse ronde et oblongue.

Un écureuil joli, mignon et fait à peindre,
  Dans sa prison tournoit, tournoit,
  Et sans cesse se démenoit.
  En examinant son adresse,
  Son air gai, vif et sa prestesse,
  Les enfans qui le regardoient
En étoient ébahis et s'en extasioient.
Mais l'un d'entr'eux faisant le grave personnage,
  Bien qu'il fût un maître étourdi,
  Lui dit : que fais-tu, mon ami ?
Tu t'agites sans cesse et te mets tout en nage :
Mais de tout ce travail quel est donc l'avantage ?
  Et vous, qui faites le pédant,
Répondit aussitôt l'écureuil à l'enfant,
Quel fruit retirez-vous du jeu, du badinage
  Qui vous occupe à tout instant ?
Si je m'amuse, c'est que je ne puis mieux faire ;
  Mais vous, vous pouvez au contraire
  Vous occuper utilement.
Vous jouez toutefois continuellement,
Comme si vous n'aviez que cette seule affaire :
  Et vous me blâmez cependant !
  Je serois sans doute blâmable,
Si, comme vous, j'étois un être raisonnable :
  Mais je n'ai pas cet heureux don.
Vous seul, qui vous piquez d'avoir de la raison,
De n'aimer que le jeu vous êtes condamnable (1).

C'étoit faire à l'enfant une bonne leçon.
  Mais lui fut-elle profitable ?
  Se corrigea-t-il ? Hélas ! non :
Il imita toujours l'écureuil de ma fable.

---

(1) Ce qu'on fait dire ici à l'écureuil est très-vrai. On est véritablement inexcusable lorsque, malgré le secours de la raison, que
Dieu nous a donnée pour nous servir de guide, on se conduit aussi
mal que les animaux qui en sont dépourvus.

FABLE XIV.

Les Statues.

En sa faveur trop prévenue,
Et placée au milieu d'un superbe jardin,
  Une grande et belle statue
Pour les autres, dit-on, n'avoit que du dédain.
  S'imaginant être leur reine,
Elle les regardoit du haut de sa grandeur
  Elle ne leur parloit qu'à peine,
  Et qu'avec un ton de hauteur.
Sa conduite piqua l'une de ses compagnes
Qui, pour humilier sa sotte vanité,
Lui dit : D'où vous vient donc, ma sœur, tant de fierté ?
  Comme nous au sein des montagnes
N'étiez-vous pas jadis sans forme et sans beauté ?
  Je sais qu'étant plus exhaussée
Vous paroissez avoir plus de grandeur que nous ;
Mais sans le piédestal où l'on vous a placée,
Nous serions sûrement aussi grandes que vous.
Je sais encor qu'en vous on voit plus de finesse :
  Mais l'extrême délicatesse
  Des traits qui vous font tant briller,
  Vient uniquement de l'adresse
De l'homme dont la main sut si bien vous tailler :
Tout ce que vous avez et tout ce que vous êtes,
Vous le devez, ma sœur, à son habileté ;
  Et c'est un vol que vous lui faites,
  Quand vous en tirez vanité.

  Jeunes beautés, quand, à la vue
Des charmes dont le Ciel daigna vous embellir,
Vous sentirez vos cœurs s'enfler, s'enorgueillir,

Songez à la leçon qu'on fit à la statue,
Et gardez-vous d'oser vous arroger l'honneur
De ce qui n'est en vous qu'un don du Créateur (1).

(1) Si l'on suivoit cette sage maxime, on verroit dans le monde
bien moins de femmes et de jeunes personnes orgueilleuses et fières
de leur beauté.

FABLE XV.

Les Enfans, l'Agneau et le Chevreau.

Vivant à la campagne, et ne sachant que faire,
Un enfant se chargea d'élever un agneau,
Et son frère entreprit de former un chevreau :
    Différens par le caractère,
Des élèves le sort fut aussi différent.
    Doux, caressant, sensible, aimable,
        L'agneau continuellement
A son maître cherchoit à se rendre agréable :
De joie il remuoit la queue en l'abordant ;
        Il le regardoit en bêlant ;
Et sembloit lui vouloir exprimer sa tendresse,
Il le suivoit partout, et lui léchoit la main ;
Et l'enfant lui rendoit caresse pour caresse.
Mais le chevreau, quinteux, pétulant et mutin,
        Se conduisoit d'autre manière.
        Quand on l'appeloit il fuyoit ;
        Et lorsqu'avec une lisière,
De force son Mentor après lui le traînoit,
        Il regimboit, il se cabroit,
        Et quelquefois dans sa colère,
        Avec sa corne il le frappoit.
        Son guide à son tour le battoit,
        Et sans cesse ils étoient en guerre.

Un jour que plus qu'à l'ordinaire
L'enfant avoit tancé son lutin de chevreau (1),
    Celui-ci vint trouver l'agneau,
Et, tout triste, il lui dit : Comment peux-tu donc faire
Pour t'attacher ton maître et t'en faire chérir,
Tandis que jusqu'ici je n'ai pu réussir
Qu'à m'attirer du mien la haine et la colère ?
Comment ? reprit l'agneau. Voici tout le mystère
    Qu'il sera bon de t'éclaircir :
Ton caractère au mien, tu le sais, est contraire :
    Or, mon ami, c'est notre caractère
    Qui nous fait aimer ou haïr.
Quand il est bon, jamais nous ne manquons de plaire ;
Mais lorsqu'il est mauvais, on ne peut nous souffrir.
    Quand l'agneau tenoit ce langage
Les enfans l'écoutoient avec attention ;
    Et l'un d'eux (c'étoit le plus sage)
Dit à l'autre : Entends-tu cette belle leçon ?
Ton chevreau ne sauroit en faire aucun usage :
Entraîné par l'instinct qu'il reçut en partage,
Il le suit, et jamais il ne peut le changer :
    Mais nous, nous pouvons à notre âge,
    De nos défauts nous corriger.
    Profitons de cet avantage ;
Et si nous ressemblions l'un ou l'autre au chevreau,
Tâchons de devenir semblables à l'agneau.

(1) Avoit fait des reproches et des réprimandes à son lutin de chevreau.

FABLE XVI.

La Vertu et la Beauté.

La Vertu par hasard rencontra la Beauté
Qui, sur elle jetant un regard de fierté,
Avec peine sembla supporter sa présence.

Mais insensible à cette offense,
Et toujours pleine de douceur,
La Vertu lui dit sans aigreur :
D'où vient donc ce dédain et cette indifférence
Que j'aperçois à votre abord ?
Autrefois comme des amies
On nous voyoit souvent unies
Qui peut nous empêcher d'être encore d'accord ?
Et qu'ai-je donc enfin qui puisse vous déplaire ?
Rien, lui dit la Beauté. Mais votre air trop austère
Et la gravité de vos mœurs
Ne semblent guère faits pour vous gagner les cœurs.
Oui, reprit la Vertu, je suis grave et sévère :
Mais soit dit entre nous, selon certains méchans,
Vous, de votre côté, vous cherchez trop à plaire ;
Vous êtes trop vaine, trop fière ;
Et tout cela déplaît à bien des gens.
Savez-vous donc ce qu'il faut faire
Pour nous mettre à l'abri des traits des médisans ?
Tout le monde vous trouve aimable ;
On dit aussi, je crois, que je suis estimable :
Hé bien ! commençons dès ce jour
A former entre nous une étroite alliance ;
Ne nous séparons plus, aidons-nous tour-à-tour :
Dès qu'on nous verra vivre en bonne intelligence,
Nous obtiendrons du monde et l'estime et l'amour,
Et nous en paroîtrons l'une et l'autre plus belles.

Ce traité, qui devoit entr'elles
Unir la Vertu, la Beauté,
Etoit sage et bien concerté :
Mais par malheur, à ce qu'il semble,
Il n'est pas bien exécuté :
Car nous ne les voyons que rarement ensemble.

~~~~~~

FABLE XVII.

L'Epagneul et le Chat.

Un épagneul un jour jouoit avec *Mitis* (1) :
Non comme chien et chat, mais comme bons amis ;
Ils faisoient mille tours, s'escrimoient de la pate ,
　　　Mais d'une façon délicate,
Qui n'avoit d'autre effet qu'un doux chatouillement.
　　　Les ris , les jeux et la concorde
Présidèrent long-temps à leur amusement :
　　　Mais vint la pomme de discorde (2).
　　　Surpris à la fois et content
De voir régner entr'eux un accord si charmant,
Leur maître au milieu d'eux jette un morceau friand.
Mais loin d'entretenir l'amitié mutuelle
Qui les avoit unis jusques à ce moment,
Ce don devint pour eux un sujet de querelle,
Qui, donnant à leurs jeux une face nouvelle ,
　　　En fit bientôt un vrai combat.
Ce couple qui s'aimoit d'une amour fraternelle
Reprend son caractère et de chien et de chat :
Chacun d'eux veut avoir le morceau qui le flatte :
Ils font jouer les dents, ils font aller la pate ,
Non pour se chatouiller , ainsi qu'auparavant,
Mais pour se déchirer impitoyablement.
Déjà le sang couloit, et leur rage mortelle
Eût conduit l'un des deux aux bords de l'Achéron (3) ,

(1) Nom qu'on donne aux chats.
(2) La Fable raconte que la Discorde ayant un jour jeté une pomme dans un festin des dieux, elle excita par ce moyen une grande dispute entre Junon , Vénus et Pallas. C'est d'après ce fait qu'on dit *la pomme de discorde*, pour désigner un sujet de querelle.
(3) Fleuve des enfers.

Si le maître aussitôt, pour finir leur querelle,
   N'eût fait jouer Martin bâton (1).

    D'abord que l'intérêt s'y mêle,
   Le jeu n'est plus amusement ;
Il devient passion, fureur, emportement.

(1) Ne les eût frappés avec un bâton.

FABLE XVIII.

Le Livre et les Joujoux.

Pourquoi détournez-vous sans cesse ces enfans ?
Disoit à maints joujoux un livre de morale,
Que tous les écoliers laissoient seul dans la salle
   Pour courir aux amusemens.
Sur ce sujet à tort vous nous cherchez querelle,
Lui dit l'un des joujoux. Loin de les attirer,
Nous serions tous charmés de nous en délivrer ;
Car avec eux toujours c'est fatigue nouvelle :
Mais les petits lutins savent nous prévenir.
Je ne vois pas pourquoi, lui répondit le livre :
Vous pouvez tout au plus servir à divertir ;
Au lieu que moi, j'instruis et j'apprends à bien vivre.
   Et c'est justement pour cela
   Que tout enfant vous fuit et vous fuira,
   Dit le joujou. L'expérience
Doit vous avoir appris que cette race-là
Sur tout le reste au jeu donne la préférence :
   C'est là comme leur élément.
   Si donc, content de les instruire,
   Vous leur apprenez seulement
   A bien vivre, à se bien conduire,
   Ils ne verront dans vous rien d'attrayant.
   S'ils étoient sensés, raisonnables,

Fab. des Enf.   E

Jaloux de devenir savans et vertueux ;
Au sabot, au volant, à tous les autres jeux,
Sans doute ils trouveroient vos leçons préférables ;
    Mais, les enfans ne le sont point :
Aux occupations utiles, importantes,
Ils préfèrent toujours les choses amusantes ;
Et souvent l'homme même est enfant sur ce point.

FABLE XIX.

La Rose et la Violette.

La rose censuroit un jour la violette,
    Et lui disoit : en vérité,
    Ma sœur, vous êtes trop discrète ;
Sous un feuillage épais cachant votre beauté,
Personne ne vous voit en votre humble retraite,
Et vous ne vous plaisez que dans l'obscurité.
    Moi, je suis un autre système ;
Au lieu de me cacher, je me montre au grand jour
    Mais aussi tout le monde m'aime,
Et chacun vient ici pour me faire la cour
    Il est vrai, dit la violette ;
Mais si j'ai moins de gloire et de célébrité,
    Du moins je suis en sûreté,
    Et dans ma demeure secrète
Je puis de l'aquilon (1) braver la cruauté.
    Pour vous, ma sœur, c'est autre chose :
Votre éclat à périr sans cesse vous expose.
    Si les insectes malfaisans
    Ne viennent point par aventure
    Flétrir vos attraits ravissans,
Borée (2) en un clin d'œil souvent vous défigure.

(1) Vent du nord.
(2) Autre nom qu'on donne au vent du nord.

La violette à peine achevoit de parler ;
    Qu'au loin on entendit souffler
    Un vent dont l'horrible murmure
    Répandoit partout la terreur.
La rose en vain voulut résister à sa rage ,
Rien ne put la sauver du souffle destructeur ;
    Tandis que sa modeste sœur (1) ,
Bravant dans sa retraite , et le vent et l'orage ,
Avec tout son éclat conserva sa fraîcheur.

Dans le sort de la rose apprenez à connoître
    Les dangers de la vanité :
    On n'est jamais en sûreté
    Quand on aime trop à paroître.

(1) La violette.

~~~~~~

FABLE XX.

La jeune Dame et la Mode.

La mode est une souveraine
    A laquelle il faut obéir :
Mais lorsque , voulant trop étendre son domaine
    Elle prétend nous asservir
    Jusques à nous faire trahir
Les devoirs que prescrit l'austère bienséance ,
Elle n'a plus de droit à notre obéissance ,
Et tout cœur vertueux devroit lui résister.
Mais on voit dans le trait que je vais raconter
Que , bien loin de trouver la moindre résistance ,
    Pour tout soumettre à sa puissance ,
    Elle n'a qu'à se présenter.
    Une élégante et jeune dame
   Vers elle, un jour, vit venir une femme
    Qui, mise fort peu décemment,

2

Blessoit tous les regards par son accoutrement (1).
  En voyant son effronterie,
Elle en fut étonnée, elle s'en indigna ;
  Et redoutant sa compagnie,
  Elle s'enfuit, et l'évita.
Mais quelque temps après vint une autre inconnue,
Habillée à peu près de la même façon
  Que celle dont avec raison
Madame avoit blâmé le peu de retenue,
Et contr'elle d'abord elle fut prévenue
Mais elle crut devoir lui demander son nom.
  Je suis la Mode, lui dit-elle :
  De l'élégance et du bon ton
Je viens, dans mes atours, vous offrir le modèle.
Ah ! pardon ! dit la dame avec un air riant,
  Si, quand je vous ai vu paroître,
J'ai semblé tout-à-coup ne pas vous reconnoître.
  J'étois distraite apparemment :
Mais pour vous je ne fus jamais indifférente,
Et vous pouvez compter sur mon attachement.
A ces mots, oubliant sa parure indécente,
Elle lui tend la main avec empressement,
L'accueille et la reçoit comme une amie intime.

Ce qui d'abord en soi sembloit illégitime,
Dès qu'il est à la mode on le croit innocent (2) :
Sous son nom il n'est rien que la vanité n'ose :
Mais le nom, comme on dit, ne fait rien à la chose.

(1) Par la manière dont elle étoit mise.
(2) Si l'on fait observer à une jeune personne que certaines parures qu'elle se met ne sont pas assez décentes, et blessent la modestie : *C'est la mode*, répond-elle aussitôt. Et dès lors elle croit n'avoir rien à se reprocher. Mais un de nos poètes a dit avec juste raison :

  La mode ne peut pas légitimer le crime.

FABLE XXI.

Les deux Enfans et les Mouches.

Plus *fait douceur que violence.*
Le bon La Fontaine l'a dit ;
Et l'on va voir dans mon récit
Qu'à son autorité se joint l'expérience.

Deux enfans se trouvoient dans une appartement
Où les mouches sembloient se plaire.
L'un des deux dit en les voyant :
Ces mouches-là nous font la guerre ;
Hé bien ! nous, de nous en défaire
Faisons-nous un amusement.
Oui, ce seroit, dit l'autre, une fort bonne affaire,
Mais ne leur causons aucun mal ;
Car se montrer cruel envers un animal,
C'est la marque, je crois, d'un mauvais caractère.
Ne cherchant qu'à nous divertir,
Contentons-nous de les saisir,
Et voyons qui de nous en prendra davantage.
J'y consens, reprit l'autre enfant.
Et voilà nos lutins d'abord en mouvement.
Mais pour faire plus sûrement
De plus de mouches prisonnières,
Ils s'y prennent de deux manières :
L'un, croyant qu'il pourroit les prendre avec la main,
Les poursuit, va, vient, se démène,
Et souvent se démène en vain,
L'autre met seulement du miel dans un bassin,
Et sans prendre la moindre peine,
Sans chercher sa proie, il l'attend.
Les mouches, à ses vœux s'empressant de se rendre,

5

Ne le font pas long-temps attendre ;
    D'elles-mêmes incontinent
Au miel qui les attire elles viennent se prendre (1),
    Et notre drôle en avoit cent,
        Quand l'autre n'en avoit pas .trente.
Celui-ci dont l'humeur étoit fort violente,
Admira la vertu de la douce liqueur (2) ;
    Et convaincu, par cette expérience,
        Qu'on résiste à la violence,
        Mais que l'on cède à la douceur,
Il résolut dès lors d'adoucir son humeur.

(1) Les mouches aiment beaucoup le miel, qui est pour elles
comme une espèce de glu où elles s'empêtrent.

(2) L'idée de cette fable est tirée d'une maxime de saint François
de Sales qui, pour faire sentir le prix de la douceur, avoit coutume
de dire avec son ton naïf : *On prend plus de mouches avec une cueille-
rée de miel qu'avec un baril de vinaigre.*

~~~~~~

FABLE XXII.

La Fusée.

Quoi ! faudra-t-il toujours demeurer sur la terre,
Tandis que nous voyons mille astres radieux
        Briller au séjour du tonnerre ?
Ne suis-je pas légère et brillante comme eux ?
Montons, élevons-nous, rendons-nous immortelle ;
Faisons voir aux humains une étoile nouvelle.
        Dans son désir ambitieux
        Ainsi parloit une fusée
        Qui, par son orgueil abusée
    Croyoit pouvoir figurer dans les cieux ;
        Et sur cela, la demoiselle
Ose porter son vol vers le séjour des dieux.
        Mais dans le temps qu'à tire-d'aile

La belle s'élevoit en l'air
Elle s'évanouit, hélas ! comme un éclair,
Et cet astre nouveau ne fut qu'une chimère.

Lorsque l'on est présomptueux,
Lorsqu'on veut s'élever au-dessus de sa sphère (1),
Loin de se procurer un sort plus glorieux,
Pour prix de son orgueil on n'a, pour l'ordinaire,
Que la honte d'avoir été trop téméraire.

(1) C'est-à-dire au-dessus de sa condition, de sa fortune, de la
portée de ses talens.

FABLE XXIII.

La Perdrix, ses Petits et le Chien de chasse.

Sous ses ailes une perdrix
Tenoit avec soin ses petits,
Lorsqu'elle vit de loin venir un chien de chasse
Qui dirigeoit ses pas du côté de son nid.
Dès le moment qu'elle le vit,
Pour sauver sa petite race :
Mes enfans, leur dit-elle, au moins ne bougez pas,
Et que la peur ailleurs n'entraine point vos pas :
L'ennemi vient et la mort vous menace ;
Mais si vous savez m'obéir,
Je saurai vous en garantir.
Tandis qu'elle parloit, Brifaut (1) vers elle avance ;
Et quand elle le voit à certaine distance
Cherchant à l'induire en erreur,
Elle pousse d'abord plusieurs cris de douleur (2) ;

(1) Nom du chien de chasse.
(2) L'auteur a vu faire à une perdrix tout ce qui est décrit dans
cette fable.

4

Puis volant terre à terre avec l'aile baissée,
   Et ne cessant pas de gémir,
   Elle contrefait la blessée.
A cet aspect le chien croit déjà la tenir,
Et vers elle aussitôt il se met à courir.
   Notre commère, adroite et fine,
   Par son vol ralenti l'affine (1),
L'allèche par l'espoir de pouvoir la saisir,
Et l'éloigne du nid qu'il eût pu découvrir.
Mais sitôt qu'elle vit que sa chère couvée
   De tout danger étoit sauvée,
   Se moquant de son ennemi,
   Elle prit son vol ordinaire,
   Et le laissa bien en arrière
   Tout confus et tout ébahi,
   Après une telle disgrâce,
   Brifaut s'enfuit l'oreille basse :
   Mais au contraire la perdrix,
   Contente, comme on peut le croire,
Et par ses cris de joie annonçant sa victoire,
   Revient auprès de ses petits,
Qui, suivant ses conseils, étoient restés tapis.

Dans ce récit touchant autant qu'il est fidèle,
   Pour les mères quel beau modèle !
   Pour les enfans quelle leçon !
Sans en être attendri l'on ne peut pas le lire ;
   Et l'on est tenté de se dire :
   L'instinct vaut mieux que la raison.

(1) L'attire en le trompant par sa finesse.

FABLE XXIV.

Le Travail et l'Oisiveté.

Le Travail, accablé de peine
De son sort tristement déploroit la rigueur :
    L'Oisiveté, libre et sans gêne,
    Périssoit presque de langueur.
Comme ils étoient d'un goût et d'une humeur con-
    traire,
    Loin de se soulager entr'eux,
    Ils s'étoient toujours fait la guerre.
    Mais lorsque l'on est malheureux
    On commence à devenir sage,
    Et l'on sent mieux tout l'avantage
Que procurent la paix et la fraternité :
    Le Travail et l'Oisiveté
    Dans leur détresse l'éprouvèrent.
    Las, à la fin, de guerroyer,
    Au lieu de se contrarier,
    A l'amiable ils s'accordèrent ;
    Et bientôt cet heureux accord
    Adoucissant leur triste sort,
    Chacun d'eux fut moins misérable ;
De ses fatigues l'un se sentit soulagé,
L'autre de ses ennuis vit le poids allégé.

    Quel est le sens de cette fable ?
    Je vais l'expliquer en deux mots :
    Trop travailler ne peut que nuire ;
    Ne rien faire est encore pire ;
Il faut, pour être heureux, savoir joindre à propos
Le repos au travail, le travail au repos.

E 5

FABLE XXV.

Le Bateleur (1) et les deux Singes.

Un de ces bateleurs dont toute la ressource
   Est de tromper et d'amuser les gens,
   Imagina, pour recruter sa bourse,
     D'attirer à lui les passans
     Par un tour de nouvelle espèce.
     Il avoit eu l'art de dresser
     Deux jeunes singes pleins d'adresse,
Il leur avoit appris à sauter, à danser :
     Mais c'étoit encor peu de chose ;
Il vouloit opérer une métamorphose (2),
     Et les faire passer pour nains
     Qui venoient des pays lointains.
     Dans cette idée, il les habille,
     L'un en garçon et l'autre en fille,
     Et les montrant sur ses tréteaux (3)
     Il leur fait danser en cadence
     Et menuet et contre-danse :
     Il falloit voir ! Plusieurs lourdeaux
     Disoient, trompés pas l'apparence :
     Voyez un peu ces deux enfans !
O comme ils sont adroits, malgré leur petitesse !
     Ma foi, parmi nos jeunes gens,
   On ne voit pas une telle souplesse.
    Je le crois bien, disoit le bateleur ;
Ce sont ici des nains d'une nouvelle espèce.
    Oui, dit alors tout bas un spectateur :

(1) Un bateleur est un homme qui fait des tours pour amuser le peuple.
(2) Un changement.
(3) Espèce de théâtre où les bateleurs font leurs tours.

Le Bateleur et les deux Singes.

Montrons que ce n'est point ainsi qu'on nous abuse.
  Il n'eut pas plutôt dit ces mots,
Que tandis que les nains dansoient sur les tréteaux,
  Pour découvrir enfin la ruse
  Il y fit rouler quelques noix.
 C'en fut assez, nos danseurs cette fois
  Oubliant mesure, cadence,
  Et laissant là la contre-danse,
Courent à quatre pieds vers les morceaux friands
  Qui réveillent leur convoitise,
Et dévorent les noix qui craquent sous les dents.
 Le peuple alors découvre avec surprise
  Qu'ils étoient singes seulement ;
Et les prétendus nains perdent en un moment
  La gloire qu'ils s'étoient acquise.

  C'est en vain que l'on se déguise ;
On se voit tôt ou tard trahi par son penchant,
  Comme nos singes en dansant,
  Le furent par leur gourmandise.
Au lieu donc de chercher à se faire estimer
  Par la feinte et par l'imposture,
  Il faut tâcher de réformer
Les penchans vicieux qu'on tient de la nature.

LIVRE QUATRIÈME.

FABLE PREMIÈRE (1).

L'Enfant et la Chenille.

Un enfant paresseux autant qu'on puisse l'être,
Vit, en se promenant un jour avec son maître,
Un gros vers dont le corps étoit tout reluisant.
O le bel animal ! dit-il en le voyant (2).
Voyez, monsieur, voyez les couleurs dont il brille !
     Je voudrois bien savoir son nom.
Ce ver, dit le Mentor, s'appelle une chenille,
Et mérite en effet votre admiration.
     Mais savez-vous ce qu'il faut faire ?
Il nous faut l'emporter, le mettre sous un verre.
     Là, par nos bons soins, il croîtra,
Et vous pourrez enfin voir ce qu'il deviendra ;
     Témoin de sa métamorphose (3),
Vous en serez un jour sûrement enchanté.
Comment ? — Je ne puis pas vous en dire autre chose.
L'enfant, pour contenter sa curiosité,
Suit d'abord ce conseil : le ver est emporté ,

---

(1) Cette fable paroitra d'abord trop longue pour des enfans,
mais j'espère qu'en voyant les détails où j'ai été obligé d'entrer pour
leur bien expliquer le point d'histoire naturelle que je voulois leur
apprendre en leur donnant une leçon de morale, on m'en pardonnera
les longueurs.
(2) Il y a des chenilles de différentes espèces : celle dont on parle
ici étoit une des plus belles.
(3) De son changement.

Il est bien nourri, bien traité.
Quand il eut toute sa croissance
Notre jeune ignorant, contre son espérance
Le voyant un jour s'occuper
A filer, à s'envelopper
De fils qu'il tiroit de lui-même :
Que fais-tu là ? dit-il. Ta sottise est extrême :
Quoi ! tu ne fus jamais ni plus gras ni plus beau ;
Tu pourrois vivre ici sans travail et sans gêne ;
Et, pour t'ensevelir, à te faire un tombeau
Je te vois travailler et prendre de la peine (1) !
Si j'en prends, dit le ver, ce n'est pas sans raison ;
Je sais quelle en sera bientôt la récompense :
Venez dans quelques jours, pour votre instruction,
Voir ce qu'aura produit mon application.
Vous m'avez taxé d'imprudence ;
Mais peut-être qu'alors vous changerez de ton.
Ne pouvant résister à son impatience,
L'enfant vient le soir même, et voit que son fileur,
En travaillant avec ardeur,
Déjà d'une toile légère
S'est enveloppé tout le corps :
Mais comme l'enveloppe est encor assez claire,
En le regardant de dehors,
Il voit qu'il a changé de forme et de figure (2).
Le lendemain autre aventure :
Les fils doublés, serrés, ont fait un peloton,
Qui, cachant le reclus, n'offre aux yeux qu'un cocon.
L'enfant ne comprend point ces jeux de la nature :
Cependant toujours curieux,
Chaque jour il revient, épie et considère
Si rien n'annonce encor l'événement heureux

(1) La chenille travailloit alors à faire l'espèce de cocon où elle devoit s'enfermer comme dans un tombeau.

(2) Lorsque la chenille a fait son cocon et s'y est enfermée, elle prend une forme toute différente de celle qu'elle avoit auparavant.

Qu'il ignore, mais qu'il espère.
Enfin sur le cocon comme il avoit les yeux,
Il le vit qui s'ouvroit; puis par cette ouverture
Il aperçut le ver qui de sa sépulture
Sortoit en se traînant, humide, empaqueté.
Ce fut pour lui comme un miracle;
Il crut voir un ressuscité.
Mais bientôt un autre spectacle
Vint encore exciter son admiration.
Revêtu de formes nouvelles,
Le ver, devenu papillon (1),
Par degrés déploya ses ailes;
Et comme elles étoient fort belles,
En y voyant briller l'azur, la pourpre et l'or,
Le petit curieux, pour le mieux voir encor,
S'empressa de lever le verre.
Mais voilà que, quittant la terre,
Le nouveau papillon prend soudain son essor,
Et s'ouvre dans les airs une libre carrière :
Gai, radieux et triomphant,
Il parcourt en volant la chambre tout entière;
Il vient même planer sous les yeux de l'enfant
Et peu s'en faut qu'il ne lui dise :
Vois comme je suis beau, comme je suis brillan
Mais il falloit voir la surprise
De notre petit ignorant !
Les yeux toujours fixés sur l'insecte volant :
Qu'est-ce donc que ceci? dit-il en l'admirant.
Est-ce un charme? est-ce une méprise?
Non, non, lui répondit le papillon prudent;
C'est le fruit de la peine et du travail constant
Qui n'étoit à vos yeux qu'une extrême sottise
Et que vous blâmiez hautement.
Si je vous l'eusse dit, vous n'auriez pu me croire :

(1) En sortant du cocon dont il s'étoit enveloppé, le ver se change en papillon.

Mais témoin de mon changement,
Vous devez voir bien clairement
Que c'est le travail seul qui conduit à la gloire.

~~~~~~

FABLE II.

La Grangère et la Poule.

Une grangère avoit une poule chérie,
Qui seule de la basse-cour,
Sans être pourtant mieux nourrie
Faisoit un gros œuf chaque jour.
Notre grangère, trop avide,
S'imagina qu'en vivant mieux
Cocotte (1) en pourroit faire deux.
Aussitôt elle se décide
A la faire manger en son particulier,
Et se met à la bien choyer;
Grains et pâtes de toute espèce,
Elle ne lui refuse rien.
La poule, profitant des dons de sa maîtresse,
En prit tant qu'elle put, et s'engraissa si bien,
Qu'elle ne fut bientôt qu'un peloton de graisse.
Mais que résulta-t-il de ces soins superflus?
Loin de faire deux œufs, Cocotte n'en fit plus.

L'abondance toujours engendre la paresse:
Ma fable sert de preuve à cette vérité.
Aussi demande-t-on, par curiosité,
Pourquoi certain auteur qui travailloit sans cesse,
En parvenant à la richess,
Est tombé dans l'oisiveté?
On n'a coutume de répondre
Que par ce proverbe usité:
Quand la poule est trop grasse elle ne peut plus pondre.

(1) Nom de la poule.

~~~~~~

FABLE III.

La Carpe et le Carpillon.

Instruite par l'expérience,
    Que dans plus d'une occasion
La jeunesse se perd faute de connoissance,
Une carpe disoit à son cher carpillon :
Quand tu verras dans l'eau, du bout d'un long bâton,
    Descendre une longue ficelle,
    Et t'offrir quelque appât friand (1),
Garde-toi bien, mon fils, de courir après elle,
    Mais plutôt fuis-la promptement.
    Tout imprudent qui s'en approche
    A son fer aussitôt s'accroche,
    Et périt misérablement.
De t'en approcher donc ne fais pas la sottise.
Le carpillon promit qu'il ne la feroit pas.
Mais quelque temps après, certaine friandise
    Par ses trop dangereux appas
    Vint allécher sa gourmandise.
Il vit dans la rivière, au bout d'un hameçon,
Un morceau qui sembloit devoir être fort bon,
Mais qui cachoit le fer dont lui parloit sa mère,
    Et pour pouvoir se satisfaire,
L'insensé se faisant lui-même illusion :
Je vois, dit-il, l'appât, la corde et le bâton
Que ma timide mère a pris soin de me peindre ;
Mais où donc est le fer qu'elle me faisoit craindre ?
Je ne l'aperçois pas.... Je puis donc sans danger
    Aller tout bonnement manger

(1) On veut parler ici de la pêche à la ligne, qui se fait à peu
près comme on le dit dans les vers précédens,

Le morceau friand qui me tente.
Il le fit tout de suite, et, contre son attente,
Le pauvre malheureux à l'hameçon se prit.
　　Mais, avouant sa faute, il dit
Le sort que je subis est le juste salaire
Du mépris que j'ai fait des conseils de ma mère,
Pour goûter un plaisir qui m'étoit interdit.

FABLE IV.

Fanfan.

Fanfan (1) avoit un air aimable ;
Ses yeux spirituels annonçoient des talens :
Mais quoiqu'il fût instruit par un maître estimable,
Dans l'étude il faisoit les progrès les plus lents.
Cependant il comptoit son dixième printemps (2).
De toute instruction le croyant incapable,
Son père tous les jours disoit en soupirant :
Ah ! mon fils ne sera jamais qu'un ignorant !
　　Il en étoit inconsolable.
Un ami qui le vit un jour se désoler,
Le mène en son jardin ; et pour le consoler,
　　Se servant d'une parabole (3) :
　　Je vois là, dit-il, un poirier
Dont la stérilité m'afflige et me désole :
Empressé de le voir bientôt fructifier,
Je l'ai fait cultiver par un bon jardinier ;
　　Mais rendant son art inutile,

(1) Nom d'un enfant.
(2) Il étoit dans sa dixième année.
(3) Image dont on se sert pour rendre la vérité sensible. Ici, par exemple, l'enfant qui ne fait que des progrès lents dans l'étude est représenté sous l'image d'un poirier qui ne porte des fruits que bien tard.

Cet arbre, toujours infertile,
  Dans dix ans ne m'a rien produit,
Et je crois qu'on ne peut en attendre aucun fruit
  Que dites-vous ? reprit le père ;
  Vous êtes trop impatient,
Et ce retard n'a rien qui ne soit ordinaire.
Je puis sur ce sujet vous parler savamment :
  Un poirier de la même espèce
  Étoit planté dans mon jardin :
Quoiqu'on le soignât bien, on le soignoit en vain,
  Et durant toute sa jeunesse
Il trompa constamment mon espoir et mes vœux :
  Mais lorsqu'il eut pris sa croissance,
Transformé tout-à-coup en corne d'abondance (1)
Il produisit enfin des fruits délicieux.
Or, vous verrez ainsi votre arbre paresseux
  Combler un jour votre espérance.
Ah ! vous me rassurez, lui dit l'ami prudent.
Mais je voudrois aussi que cette expérience
Pût vous tranquilliser sur le sort de Fanfan.
  Oui, consolez-vous, père tendre :
Les jeunes arbres sont l'image des talens.
Les fruits qu'on s'en promet viennent avec le temps ;
  Mais il faut savoir les attendre.

---

(1) C'est-à-dire devenu tout-à-coup fertile. La corne d'abondance,
l'un des attributs de Cérès, déesse de la terre, étoit remplie d'épis,
de raisins et de toutes sortes de fruits.

~~~~~~

FABLE V.

Flore et l'Enfant.

Un enfant par hasard entra dans un jardin
Que Flore (1) avoit orné des fleurs les plus brillantes.
   Roses, œillets, jonquilles, amarantes
   Vinrent s'offrir aux yeux de mon lutin.
     La beauté de ces fleurs le tente ;
Il voudroit, s'il pouvoit, les cueillir à la fois ;
Mais Flore n'en laissa qu'une seule à son choix.
     Il choisit donc la plus brillante,
Je veux dire la rose, et sur elle soudain
     Il se mit à porter la main :
     Mais comme il la sentit blessée
Par les traits dont la fleur se trouvoit hérissée (2),
     Indigné de sa trahison :
Va, péris, lui dit-il, sur ton triste buisson :
     Je vais chercher une autre rose
Qui, plus belle que toi, n'aura point d'aiguillon.
     Il le fit bien, mais à quoi bon ?
     Ce fut partout la même chose,
     Et l'enfant se mit à pleurer.
Flore aperçut ses pleurs, et pour le rassurer
Elle lui dit : Mon fils, en vain tu te chagrines ;
Tu ne trouveras point de roses sans épines.
     Mais si tu veux enfin jouir
De cette fleur qui fait l'objet de ton envie,
     Commence par la dégarnir
     Des traits dont elle est investie ;
Ensuite sans danger tu pourras la cueillir.

(1) Déesse des fleurs et des jardins.
(2) On sait que la tige de la rose est toute garnie d'épines.

A tout jeune écolier je dis la même chose :
　　Votre étude, ainsi que la rose,
　　A ses épines, ses ennuis ;
　　Surmontez-les d'abord avec courage,
　　Et puis vous aurez l'avantage
D'en recueillir sans peine et les fleurs et les fruits.

~~~~~~

FABLE VI.

Le Bœuf et l'Âne.

Qu'as-tu donc, mon ami ? disoit le bœuf à l'âne,
　　Et d'où te vient cet air boudeur ?
　　Le travail te feroit-il peur ?
Tu dois pourtant savoir que le sort nous condamne
　　A ne jouir d'aucun repos,
　　Et que la peine et les travaux
　　Sont, par malheur, notre apanage.
　　Ce que tu dis, je le sais bien,
Répondit le baudet (1) en prudent personnage :
　　Je ne suis pas âne pour rien ;
Je dois porter le bât, et ce triste partage
　　Ne me cause point de douleur.
Pourquoi donc, dit le bœuf, es-tu triste et rêveur ?
Pourquoi ? répondit l'âne. Eh ! puis-je ne pas l'être ?
Tu sais ce que j'ai fait jusqu'ici pour mon maître :
　　Au marché dès le grand matin
J'ai porté chaque jour le fruit de son jardin ;
J'ai charié son foin dont je ne mange guère ;
J'ai fait tourner tout seul la meule du moulin,
　　Bien qu'elle ne soit pas légère.
Mais par inadvertance, et sans vouloir le faire,
Ce matin j'ai bronché, je me suis abattu,

(1) Nom qu'on donne à l'âne.

Dans la boue et dans l'eau, le fruit s'est épandu ;
    Et soudain notre homme en colère
M'a maudit mille fois, et m'a si fort battu,
    Que j'en ai tout le corps moulu :
    Voilà ce qui me désespère.
Devoit-il envers moi se montrer si sévère ?
Sachant, comme il le sait, mon zèle à le servir,
Il devoit bien plutôt, hélas ! me secourir.
J'en conviens, dit le bœuf touché de sa misère :
Mais c'est là des humains la conduite ordinaire.
C'est en vain que l'on prend à cœur leur intérêt :
Une inattention, une faute légère
Leur fait seule oublier tout ce que l'on a fait
    Pour les servir et pour leur plaire.

~~~~~~

FABLE VII.

La vieille Dame et le Mendiant.

J'AIME bien qu'on soit bon ; mais pour que la bonté
    Soit toujours utile et louable,
Il faut qu'en exerçant sa libéralité
    On soit humain et raisonnable :
    Il faut qu'à de vils animaux
    Préférant toujours son semblable,
    De l'homme pauvre et misérable
    On cherche à soulager les maux.
    L'exemple d'une douairière
Va montrer que souvent on fait tout le contraire.
A son cher épagneul (1) elle offroit un biscuit.
    Un homme à mendier réduit,
Sur ce trait de bonté la croyant aumônière,
    Ne douta pas que pour calmer sa faim
Elle ne lui donnât au moins un peu de pain ;

(1) Il y a une espèce de chiens qu'on appelle *épagneuls.*

Et vint d'abord lui tendre une main suppliante ;
     Mais il la lui tendit en vain :
A rejeter ses vœux la dame fut constante,
     Prétendant qu'elle n'avoit rien
Pour pouvoir par ses dons soulager la misère.
Comment ? vous n'avez rien, lui dit le pauvre hère ;
Vous régalez pourtant de biscuits votre chien.
     Oui, répondit la douairière,
     J'en conviens, je le nourris bien ;
Mais ne faudroit-il pas avoir un cœur de pierre,
     Pour négliger son entretien ?
Il est si caressant ! vois comme il me fait fête !
Faut-il laisser mourir de faim la pauvre bête ?
Oh ! non, reprit le pauvre avec un ton malin ;
Il vaudroit mieux laisser périr votre prochain.
     Au chien l'homme est-il comparable ?

     Pour l'honneur de l'humanité,
     Je voudrois bien, en vérité,
     Que ce trait ne fût qu'une fable (1).

(1) C'est moins une fable que la peinture d'un travers malheureusement trop commun dans le monde. Mais on a cru devoir le mettre
sous les yeux des enfans, pour leur apprendre de bonne heure à s'en
préserver, et à ne pas aimer les animaux plus que leurs semblables,
comme le font souvent bien des hommes, et surtout bien des femmes
qui ne prodiguent leurs soins et leurs dons qu'à des chiens ou à des
chats.

FABLE VIII.

Le Berger, les Paysans et le Loup.

Guillot, jeune berger, enclin au badinage,
     Imagina, pour s'égayer,
     De mettre l'alarme au village :
     Et pour pouvoir mieux l'effrayer :

Les Bergers, les Paysans et le Loup.

Au loup ! s'écria-t-il en faisant grand tapage.
    Les paysans du voisinage
Volent vers le troupeau qu'ils croyoient en danger.
Où donc est l'ennemi ? disent-ils au berger.
Montrez-nous donc le loup. De nos mains s'il se tire,
    Il sera bien adroit. Guillot,
    Tranquille et sans dire un seul mot,
Leur répond en faisant un grand éclat de rire,
Et semble s'applaudir de les avoir trompés.
    Les bons paysans attrapés
    Comprirent alors le mystère
Et virent que Guillot s'amusoit seulement.
Mais quelque temps après ce fut une autre affaire ;
    Le loup parut réellement,
Et, malgré le berger, dévora promptement
Un agneau qu'il venoit de ravir à sa mère.
    Trop foible contre le larron,
Guillot se mit alors à crier tout de bon :
Au loup ! au loup ! au loup ! Secourez-moi, de grâce !
Mais il eut beau crier, s'agiter, s'épuiser,
Pas un seul paysan ne bougea de sa place ;
Chacun crut qu'il vouloit encore s'amuser,
Et le loup à son aise acheva le carnage.
Le berger désolé descendit au village,
Raconta son malheur ; et voulant s'excuser,
Que les hommes sont durs, dit-il en son langage,
    Et qu'ils ont peu d'humanité !
Mon ami, lui dit-on, à notre dureté
    Vous ne devez pas vous en prendre,
    Vous devez seulement apprendre
Qu'un menteur avéré, dit-il la vérité,
Par ceux qu'il a trompés n'est jamais écouté.

FABLE IX.

Le jeune Hibou.

Ennuyé d'être solitaire
Un beau jour un jeune hibou (1),
Dans le dessein de se distraire,
Prit enfin le parti de sortir de son trou
    Pour aller dans son voisinage
    Visiter les autres oiseaux.
    Ce parti sembloit être sage;
Car il fait bon toujours vivre avec ses égaux.
Mais notre récabîte (2) étoit grossier, sauvage
De la société n'avoit aucun usage;
    Et lorsqu'on a tous ces défauts,
    On a bien de la peine à plaire:
    Aussi le hibou ne plut guère.
Son air rébarbatif, sa sotte gravité,
Ses manières sans grâce et sa rusticité,
Tout attira sur lui les traits de la satire.
    On ne pouvoit le voir sans rire;
    Et, loin d'être bien accueilli
    Il fut partout sifflé, honni,
Et devint des oiseaux le jouet et la fable.
Il n'y put pas tenir; il en fut tout confus;
Et sentant qu'il jouoit un rôle méprisable,
    Il partit et ne revint plus:
Mais il apprit du moins, que pour paroître aimable,
    Et pour jouir du doux plaisir
De plaire à ses égaux, de s'en faire chérir

(1) Le hibou est peut-être l'oiseau le plus désagréable que l'on puisse voir.
(2) Solitaire.

Il faut être poli, doux, liant, sociable,
Si vous ne l'êtes pas, enfans, attendez-vous
A n'être regardés que comme des hibous (1).

(1) Quand quelqu'un est sauvage, grossier et impoli, on a coutume de dire de lui dans le monde : *C'est un hibou.* On dit la même chose d'un enfant qui n'a ni manières ni politesse.

~~~~~~

FABLE X.

Les deux Poiriers.

Curieux comme on l'est d'ordinaire à son âge,
    Questionnant à tout propos,
    Mais d'ailleurs rempli de défauts,
A son père un enfant tint un jour ce langage :
Papa, des deux poiriers qui sont dans le jardin,
Quoiqu'on les ait plantés dans le même terrein,
L'un ne donne jamais qu'un fruit âpre et sauvage,
Et l'autre nous produit des beurrés excellens (2).
    Comment cela peut-il se faire ?
    Ces arbres sont-ils différens ?
    Non, répondit le tendre père ;
    Ils ne le sont pas dans un sens.
    La même forêt est leur mère ;
Avec le même soin ils furent transplantés :
    Ils ont été tous deux entés :
Mais chez l'un l'ente a pris, et sur l'autre au contraire
    Elle n'a jamais réussi :
    Voilà pourquoi l'un de l'autre diffère.
    Mais moi, mon fils, j'aurois aussi
    Une question à vous faire :
    D'où vient que vous et votre frère,

(2) Les beurrés sont une espèce de poire très-fondante et très-bonne. Il y a le beurré gris et le beurré blanc : on ne sait auquel des deux on doit donner la préférence.

Fab. des Enf.   F

Quoique nés des mêmes parens,
Par les mœurs et le caractère
Autant que les poiriers vous êtes différens?
La question vous embarrasse!
Et vous ne me répondez rien!
Hé bien! je vais, mon fils, répondre à votre place
Seulement écoutez-moi bien;
Cette leçon pourra vous être profitable
Vous aviez tous les deux plus d'un défaut notable:
Vous ressembliez au sauvigeon (1):
Mais pour vous corriger, de l'éducation
J'employai la vertu puissante;
C'étoit à mes yeux comme une ente (2);
Et de sa séve bienfaisante (3),
Que j'avois fais passer en vous,
J'attendois les fruits les plus doux.
Grâce au Ciel, votre frère a rempli mon attente,
Et, semblable au beurré dont le goût vous enchante,
Il plaît à tout le monde, il est doux, il est bon,
Et sa conduite fait ma consolation.
Mais vous, quoiqu'élevé de la même façon,
Je vois, mon cher enfant, et c'est ce qui m'afflige,
Que rien, hélas! ne vous corrige,
Et que si l'âge, joint à la réflexion,
Ne vous rend pas un jour plus sage,
Vous serez toujours tel que notre sauvageon.
Puissiez-vous ne jamais accomplir ce présage !

(1) On donne le nom de *sauvageon* aux arbres qui n'ont pas été
greffés, et qui ne produisent que de mauvais fruits.

(2) L'*ente* est un scion ou un petit rejéton d'un arbre qu'on greffe
ou qu'on applique sur un autre arbre auquel on veut faire porter du
fruit différent de celui qu'il produit naturellement.

(3) La *séve* est une espèce d'humeur qui se répand par tout l'arbre
ou par toute la plante, et qui lui fait pousser du nouveau bois et des
fruits. La séve est dans les arbres et dans les plantes ce que le sang
est dans le corps des animaux.

~~~~~~

FABLE XI.

Le Cordonnier et le Singe.

Dans sa boutique un cordonnier
Faisoit bonnement son métier :
Un singe de son voisinage,
Qui tous les jours le visitoit,
Faisoit aussi le sien, il le contrefaisoit.
Regardant tous ses tours comme un pur badinage,
Notre bon sabrenas (1) d'abord s'en amusoit;
Mais enfin ennuyé de se voir contrefaire,
Et contre l'animal se mettant en colère,
    De sa boutique il le chassa.
    Comme il ne le redoutoit guère,
Bientôt après chez lui le singe retourna,
    Et plus que jamais affecta
D'imiter en tout point ce qu'il lui voyoit faire.
    Ah ! tu te moques donc de moi !
    Dit alors notre homme en furie.
Hé bien ! moi, je me vais débarrasser de toi,
Et mettre enfin un terme à cette comédie.
    Pour exécuter ce projet
    Il prend aussitôt un tranchet (2)
    Et se l'applique sur la gorge
    En paroissant bien appuyer ?
Le singe voit ce geste, il veut le copier,
Prend le fer, dans le cou se l'enfonce, et s'égorge

    On rencontre bien des enfans
    Qui souvent à singer les gens

(1) Nom qu'on donne aux cordonniers.
(2) Espèce de couteau tranchant dont les cordonniers se servent
pour couper le cuir.

2

Semblent prendre un plaisir extrême :
Mais cette fable leur apprend
Qu'en jouant ce rôle indécent,
On se nuit bien plus à soi-même
Qu'à ceux dont on se moque en les contrefaisant.

~~~~~~

FABLE XII.

Le Prince et les Galériens.

Dans certains de nos ports sont des prisons de bois
Où certains criminels condamnés par les lois,
Une rame à la main, vont faire pénitence,
        Et recevoir la récompense
        Due à leurs infâmes exploits (1) :
    (Vous m'entendez ; je parle des galères).
Un prince étant entré dans ce lieu de misères,
        Voulut en voir les habitans ;
Et croyant qu'il feroit cesser leur esclavage,
    Ceux-ci mirent tout en usage
Pour lui persuader qu'ils étoient innocens.
        L'un accusoit la calomnie ;
L'autre, des magistrats blâmoit la dureté :
Celui-ci se disoit victime de l'envie ;
Celui-là s'excusoit sur sa légèreté :
Le suivant apportoit une raison semblable,
        Bref, s'il eût fallu s'y fier,
On devoit sur-le-champ les tous congédier.
        Je me trompe : il fut un coupable ;
Et tandis que chacun cherchoit à s'excuser,
Voilà qu'un bon vieillard paroît pour s'accuser.
Pour moi, dit celui-ci, je serai plus sincère :
        Prince, je rends grâces aux Dieux
De ce qu'ils n'ont puni mes crimes odieux

(1) A leurs crimes.

Que par la rame et la galère :
D'abord voleur de grand chemin,
Pour mieux cacher mes vols je devins assassin ;
Et si de mes forfaits on eût eu connoissance,
J'aurois depuis long-temps fait une triste fin ;
La roue (1) auroit été ma digne récompense.
Le prince fut charmé de sa sincérité ;
Et contre lui feignant d'être irrité :
Quoi ! dit-il, dans cette demeure,
Et parmi tant d'honnêtes gens (2)
On souffre cet infâme et ce chef de brigands !
Non ! non ! qu'on le chasse sur l'heure ;
Il corromproit bientôt tous ces cœurs innocens.
On exécuta la sentence.
Tous nos hardis menteurs restèrent en prison,
Tandis que l'autre apprit, par son expérience,
Que l'aveu d'une faute en obtient le pardon.

(1) Instrument de supplice sur lequel on faisoit expirer autrefois les plus grands criminels.
(2) Le prince appeloit ainsi par ironie les galériens qui s'étoient tous donnés pour innocens. L'ironie est une manière de s'exprimer, par laquelle on se moque de ceux qu'on paroît louer.

FABLE XIII.

Les deux Chevaux.

Fier de sa superbe encolure
Et des beaux harnois qu'il portoit,
Dom coursier, cheval de monture,
Levoit la tête, hennissoit,
Caracoloit et bondissoit,
Quand il vit tout-à-coup un cheval de charrue,
Qui, sous le joug, traçoit un pénible sillon.
Plus fier encor à cette vue,

5

Il insultoit son compagnon,
Et prend envers lui le haut ton :
Regarde, lui dit-il, contemple cette grâce,
      Ce port, cet air majestueux !
      Tu prétends être de ma race ;
      Mais tu dois voir qu'entre nous deux
      Il existe une différence.
      Il est vrai, dit le laboureur (1) ;
      Dans toi l'on voit plus de prestance,
      Plus de grâce, plus d'élégance :
      Mais si, tranchant du grand seigneur (2),
Je voulois comme toi briller et ne rien faire,
Si je ne m'occupois à labourer la terre,
Privé d'orge, d'avoine et de maint autre grain
Dont l'usage est pour toi si doux, si salutaire,
      Tu ne ferois que maigre chère ;
Tu ne serois bientôt ni si gras ni si vain.
De ces grains mes travaux augmentent l'abondance
Ainsi je te procure une douce existence,
      Et je deviens ton bienfaiteur :
Loin donc de me traiter avec tant de hauteur,
Pour moi tu dois avoir de la reconnoissance.

      Le bon cheval avoit raison ;
      Et l'homme orgueilleux et futile,
Qui des cultivateurs méprise l'art utile,
Devroit bien s'appliquer cette sage leçon (3).

(1) Le cheval qui labouroit.
(2) C'est-à-dire si voulant vivre comme un grand seigneur.
(3) Les enfans aussi doivent se l'appliquer, et s'accoutumer à regarder les cultivateurs comme les pères nourriciers du genre humain.
Cette idée les engagera à avoir pour eux tous les égards qu'ils méritent.

FABLE XIV.

Le Jet d'eau et le Ruisseau.

En faisant ses détours un assez grand ruisseau
Aperçut par hasard un superbe jet d'eau :
  Ce spectacle frappa sa vue.
Une eau qui, se frayant un chemin tout nouveau
En montant paroissoit vouloir toucher la nue,
  Et s'élever jusques aux cieux,
  Etoit pour lui chose inconnue ;
  Et comme il étoit curieux :
Comment, s'écria-t-il, cela se peut-il faire ?
J'ai plus d'eau dans mon lit que n'en a ce bassin ;
  Cependant ce seroit en vain
Que je m'efforcerois de m'élever de terre :
  Expliquez-moi donc ce mytère.
  Puisque vous le voulez savoir,
Répondit le jet d'eau, je vais vous satisfaire :
  Tout ce que vous venez de voir
N'est que l'effet de l'art et d'une heureuse gêne.
  Si je voulois librement, comme vous,
  Suivre la pente qui m'entraîne,
  Je coulerois sans nulle peine ;
Mais je ne coulerois que parmi les cailloux,
Et je m'égarerois, je me perdrois peut-être (1).
  Que fais-je donc ? pour mieux paroître,
  Lorsque je descends des coteaux,
  Je me cache dans des tuyaux.
Là resserré, poussé par le poids qui me presse,
J'acquiers plus à la fois de force et de vitesse.

(1) On fait allusion ici au sort des jeunes gens qui s'égarent et
qui se perdent, parce que, ne voulant suivre que leurs penchans
ils refusent de s'assujettir à la moindre gêne.

4

Je sors, et mon élan rapide, impétueux,
En franchissant les airs me porte vers les cieux.
   Voilà mon secret, mon histoire;
   Voilà la source de ma gloire.
C'est en faisant effort, c'est en me captivant,
Que je brille et m'élève au-dessus de ma sphère (1)

   Pour se distinguer du vulgaire
   Il faut que l'homme en fasse autant.
Sans gêne et sans effort on ne fait rien de grand.

(1) C'est-à-dire au-dessus de l'endroit où je devois naturellement
couler.

FABLE XV.

L'Ecolier et le Serin.

Un enfant qui, toujours paresseux et volage,
   En deux ans n'avoient rien appris,
Entendit un serin qui, perché dans sa cage,
Siffloit parfaitement un air des plus jolis (2).
Surpris, émerveillé de ce charmant ramage,
Je savois, dit l'enfant, qu'un serin chante bien;
Mais j'ignorois qu'il pût être musicien :
Comment, ajouta-t-il, as-tu donc fait pour l'être ?
   Comment j'ai fait? répondit le serin :
   J'ai profité des leçons de mon maître;
Et lorsqu'il me siffloit le soir et le matin,
J'oubliois tout le reste, et j'étois tout oreille :
   C'est à force de l'écouter
Que j'ai, dans quelques mois, appris à l'imiter;
Et c'est pourquoi l'on dit que je siffle à merveille.

(2) On sait que les serins réussissent souvent à siffler l'air qu'on
leur apprend.

Mais il ne dépend que de toi
De te rendre à ton tour habile ;
Il ne faut qu'être comme moi,
A ce que l'on t'enseigne attentif et docile.

Que chaque enfant pour lui prenne cette leçon ;
Elle est aussi sage qu'utile :
On n'apprend rien sans peine et sans attention :
Le savoir est le fruit de l'application.

FABLE XVI.

Le Chat, le Serin et le Miroir.

CONTRE la glace d'un miroir
Un chat vit un serin, ou du moins crut le voir.
Il se trompoit ; c'étoit seulement son image,
Et le serin étoit vis-à-vis, dans sa cage.
N'importe ; notre chat, non moins sot que gourmand,
Alléché par l'appât d'un morceau si friand,
S'en tient à la seule apparence ;
Et pour le vrai serin prenant sa ressemblance,
Il ne songe qu'à le saisir.
Pour y pouvoir mieux réussir,
D'abord faisant le bon apôtre,
Il dissimule son dessein,
Affecte de paroître en avoir un tout autre,
Se détourne, et prend un chemin
Qui le mène loin du serin.
Mais ce n'est là qu'une finesse.
Bientôt le drôle avec adresse
S'en approche à pas lents ; et quand près du trumeau,
Il croit pouvoir gripper (1) le morceau qui le flatte,

(1) C'est-à-dire saisir.

F 5

Il mesure son coup, porte en avant la pate.
Frappe droit à la glace, et ne prend point l'oiseau
Tout surpris, il regarde, et l'aperçoit encore :
Qu'est-ce donc que ceci ? dit alors la pécore :
Me serois-je trompé ? Voyons, et pour l'avoir
    Prenons-nous-y d'autre manière.
Cela dit, se plaçant vis-à-vis du miroir,
Et tout son corps portant sur ses pieds de derrière
Les deux autres en l'air, il s'élance en avant,
    Et ne prend encor que du vent.
    Piqué d'une telle disgrâce,
Il se résout enfin d'user en même temps
    De ses griffes et de ses dents.
Il ouvre donc la gueule, il saute sur la glace :
    Avec sa machoire il la casse ;
    Et de plus il a le chagrin
    De manquer encor le serin.
Mais ce ne fut pas tout : cette scène comique,
Pour l'auteur eut bientôt un dénoûment tragique :
Le maître qui de loin avoit vu le dégât
    Que venoit de faire le chat,
    Pour le punir de sa sottise,
S'avance avec un fouet, le poursuit en courroux
    Le frappe à plus d'une reprise
    Et par une grêle de coups
Il lui fait expier sa folle gourmandise.
    Alors *Mitis* (1) se lamentant :
De mes efforts, dit-il, voilà donc le salaire !
    Ah ! je le comprends maintenant,
Ce qui sembloit d'abord devoir nous satisfaire,
Souvent, hélas ! nous rend à la fin malheureux.

    Si tout le monde étoit sincère,
Bien d'autres que le chat feroient de tels aveux.

(1) Nom qu'on donne aux chats.

FABLE XVII.

L'Enfant, le Père et le Singe.

Dans les accès de sa colère
Un jeune enfant par fois portoit sa cruauté
Jusqu'à battre son petit frère.
Le père, révolté de sa méchanceté,
Sur ce vice lui fit plus d'une remontrance :
Mais n'ayant pu l'en corriger ;
Il voulut que du moins par son expérience
Il en sentit tout le danger ;
Et voici ce que sa prudence
Lui fit imaginer pour remplir son dessein :
Feignant d'être content de son jeune lutin,
Un jour il lui donna, comme pour récompense,
Un jeune singe bien malin,
Mais qui d'être méchant n'avoit point l'apparence :
Le marmot le reçut d'abord avec plaisir,
Espérant que ses tours pourroient le réjouir.
Il ne se trompa point : par ses espiégleries,
Son adresse et ses singeries,
Les premiers jours dom Gille (1) l'amusa.
Mais bientôt la chance tourna (2) :
L'animal, enclin à mal faire,
Reprit bientôt son caractère ;
Et comme un jour le jeune enfant
Le grattoit, lui tiroit le poil en badinant,
N'entendant pas la raillerie,
Le singe sur lui se jeta,
Le mordit et l'égratigna
Avec une telle furie,

(1) Nom qu'on donne aux singes.
(2) C'est-à-dire bientôt il en fut tout autrement.

6

Que de sa main le sang coula.
Alors notre méchant alla trouver son père,
Et lui dit, pénétré d'une douleur amère :
Papa, quel animal m'avez-vous donné là ?
Voyez ce qu'il m'a fait ! Ah ! délivrez-m'en vite,
    Et donnez-le à qui le voudra :
Pour moi je le déteste autant qu'il le mérite.
Ah ! vous n'aimez donc pas qu'on vous fasse du mal ?
Lui répondit son père avec un air sévère.
Cependant vous savez qu'à votre jeune frère
    On vous en a souvent vu faire,
Comme vous en a fait ce méchant animal ;
Et si vous détestez son mauvais caractère,
    On abhorre le vôtre aussi.
Voulez-vous donc, mon fils, vous faire aimer, et plaire ?
Soyez bon : quand on l'est, on est toujours chéri.
Mais lorsqu'on est méchant, on est partout haï.

~~~~~~

FABLE XVIII.

Le Chasseur et les Convives.

Puisque nous sommes réunis,
    Disoit un jour à ses amis
    Un chasseur en sortant de table,
Je vous invite tous à partager le râble
    D'un lièvre tué de ma main :
    Çà, tôpez là (1), messieurs, après-demain.
La proposition étoit trop agréable ;
    Chacun tôpa, mais par malheur
Le lièvre étoit encor par vaux et par montagne.
    Cependant notre fier chasseur
    Dès l'aube se met en campagne,

(1) C'est-à-dire promettez-le-moi.

Il bat les plaines et les bois,
Et voit enfin partir deux lièvres à la fois.
S'il eût été prudent et sage,
Il eût cherché d'abord à s'en assurer un :
Point du tout ; monsieur veut en avoir davantage,
Il vise à tous les deux, et n'en attrappe aucun.
Dieu sait combien notre homme avide
Se trouva sot. En vain il bat encor les champs ;
Sa gibecière reste vide,
Et de ses efforts impuissans.
Il ne rapporte que la honte
De se voir fort loin de son compte,
Et d'avoir invité son monde avant le temps.
Mais sa douleur fut bien plus vive
Lorsque le lendemain, à l'heure du repas,
Il entendit chaque convive
Lui demander si le lièvre étoit gras.
Il rougit, et d'abord ce fut là sa réponse.
Mais comme on revenoit à la même semonce,
Il avoua son piteux cas,
Se lamentant sur sa disgrâce,
Et maudissant son chien, son fusil et la chasse.
Alors quelqu'un, voulant le consoler :
Pour deux lièvres manqués pourquoi vous désoler ?
Dit-il ; cet accident ne doit point vous surprendre :
A vous rendre plus sage il peut même servir,
Puisqu'il est propre à vous apprendre
Que lorsque l'on veut réussir
Il ne faut pas trop entreprendre (1).

(1) Les enfans sont sujets à ce défaut : en voulant tout apprendre
à la fois, ils n'apprennent rien.

FABLE XIX.

L'Enfant et le Sabot (1).

Un écolier étoit si paresseux,
Que pour vaincre son indolence,
Il falloit l'enfermer, le mettre en pénitence.
Mais à ces moyens rigoureux,
Par égard pour sa foible enfance,
On faisoit quelquefois succéder l'indulgence;
On lui promettoit quelques jeux;
Et Dieu sait quelle étoit alors son allégresse.
Aussitôt le petit marmot
Reprenoit ses jouets, et surtout son sabot:
Il le faisoit tourner avec beaucoup d'adresse.
Mais comme il lui falloit pour cela s'agiter,
Et qu'il n'aimoit pas trop la peine,
Le drôle se lassoit bientôt de le fouetter.
Un jour qu'il étoit hors d'haleine,
Voyant le sabot s'arrêter:
Pourquoi me forces-tu de te fouetter sans cesse?
Lui dit-il, et pourquoi ne cèdes-tu qu'aux coups?
Le sabot, lui voulant reprocher sa paresse,
Lui dit : Je vous imite, et je fais comme vous.

Ce reproche désagréable
Auroit dû corriger l'enfant;
Car au sabot être semblable,
Et n'avoir point de sentiment;
C'est de tous les défauts le plus humiliant.

(1) Le sabot est une espèce de toupie qu'on fait tourner en le
frappant avec un fouet.

FABLE XX.

Le Vieillard et son Bâton. *

Confiné dans la solitude,
Abandonné des siens, rongé d'inquiétude,
Et par quelque distraction
Voulant à ses chagrins faire diversion,
Un vieillard dit à son bâton :
O toi ! qui fus toujours mon compagnon fidèle,
Viens, viens m'aider à faire une course nouvelle.
Si tu ne me soutenois pas,
Je risquerois, à chaque pas,
De faire quelque lourde chute :
Mais je suis assuré que tu me soutiendras.
De me servir bientôt tous les autres sont las,
La moindre peine les rebute ;
Mais sans te rebuter de rien,
Tu m'aides constamment, tu me sers de soutien.
O que je suis heureux d'avoir ton assistance !
Sans toi je n'aurois point d'appui :
Car quoiqu'on se pique aujourd'hui
D'humanité, de bienfaisance,
En me laissant dans l'abandon,
Tous les jours on me fait comprendre
Qu'un vieillard doit bien moins attendre
Des hommes que de son bâton.

Le vieux bonhomme avoit raison,
Et sa plainte pour nous doit être une leçon :
Puisse-t-elle du moins apprendre à la jeunesse
Que, par devoir autant que par compassion,
Elle doit aux vieillards en toute occasion
Servir de bâton de vieillesse !

FABLE XXI.

Les Grains de blé. *

Papa, disoit un jour un enfant à son père,
    Savez-vous ce que m'ont produit
Les quelques grains de blé que j'avois mis en terre ?
        —Non ; l'on ne m'en a pas instruit.
    — Devinez donc. — Oh ! c'est une autre affaire
    Mon fils, je ne suis pas devin.
        — Hé bien ! sachez que chaque grain,
        Par un prodige inconcevable (1),
        M'en a rendu dix fois autant.
Ne regardez-vous pas cela comme incroyable ?
        — Non loin d'y voir rien d'étonnant,
Je ne trouve rien là qui ne soit ordinaire.
        — Mais comment donc peut-il se faire
        Que dix grains en produisent cent ?
        — Ah ! tu veux savoir le comment !
        Mais ce *comment* est un mystère
Que ne peut découvrir l'œil le plus clairvoyant.
        Dans les présens de la nature,
Comme dans les bienfaits de la religion,
        Tout surpasse notre raison :
        Là vérité, toujours obscure,
S'y fait sentir à tous, mais nul ne la comprend.
Contens donc de jouir des dons du Tout-Puissant,
        Gardons-nous de vouloir comprendre
Ce qu'il veut dérober à notre entendement ;
        Mais attachons-nous à lui rendre
        L'hommage qu'il a droit d'attendre
        De notre cœur reconnoissant.

(1) C'est en effet un prodige qui devroit nous faire bénir la Provi-
dence, mais auquel nous sommes devenus presque entièrement insen-
sibles, parce que nous l'avons continuellement sous les yeux.

FABLE XXII.

L'Eléphant et le jeune Lion.

Un éléphant un jour trouva sur son chemin
    Un jeune lion orphelin,
    Dont l'air respiroit la tristesse :
Le voyant malheureux, sans père et sans appui,
Notre bon éléphant (1) le conduisit chez lui,
Le traita comme un fils qu'on aime avec tendresse,
Et comme il faut toujours instruire la jeunesse,
Sans cesse il lui donnoit les plus sages avis.
Il lui disoit surtout : Garde-toi bien, mon fils,
    Garde-toi de suivre la pente
Qu'ont tous ceux de ta race à la férocité :
On leur fait ce reproche ; il est bien mérité :
Des hôtes des forêts ils sont tous l'épouvante ;
    Toi, deviens-en l'amour par ta bonté.
La source du bonheur est dans la bienfaisance.
    L'élève avec reconnoissance
Paroissoit écouter cette sage leçon,
    Et promit bien, foi de lion,
Que loin d'être cruel, féroce et sanguinaire,
    Il seroit doux comme un mouton.
    Cette promesse étoit sincère,
    Mais il falloit l'exécuter ;
    Et la jeunesse est si légère,
Que sur ses bons propos on ne peut pas compter.
Cependant, tant qu'il fut sous les yeux de son maître,
    Ferme en sa résolution,
    Il fut paisible, humain et bon,

(1) L'éléphant est un des animaux les plus grands et les plus ro-
bustes ; mais il n'a rien de féroce : il est au contraire naturellement
bon, et il ne s'irrite que lorsqu'on provoque sa colère par quelque
mauvais traitement.

Ou du moins il sut le paroître ;
Mais il cessa bientôt de l'être
D'abord qu'il fut devenu grand.
Alors il quitta l'éléphant
Pour rejoindre ceux de sa race ;
Et là, plus de leçons, d'exemples de bonté ;
Les lions n'en donnoient que de férocité (1).
Il les voyoit tous les jours, à la chasse,
Se ruer et faire main basse
Sur tous les animaux qu'ils trouvoient sur leurs pas.
Ce spectacle d'horreur d'abord ne lui plut pas.
Aux leçons de son maître il étoit trop contraire :
Mais comme dans son caractère
La nature avoit mis un fonds de cruauté,
Bientôt l'aspect du sang cessa de lui déplaire ;
Bientôt même il en fut flatté,
Et croyant qu'il pouvoit prendre pour son modèle
De ceux qui l'entouroient la conduite cruelle,
Au lieu de se montrer aussi doux qu'un mouton,
Il devint, à la fin, pire encor qu'un lion.

L'instruction est salutaire,
Elle forme à la fois et le cœur et l'esprit :
Le mauvais exemple, au contraire,
Les corrompt et les pervertit.
En vain donc, mes enfans, pendant votre jeunesse
Un père, un maître vertueux
Vous auroient-ils donné des leçons de sagesse :
Si vous ne fuyez pas des hommes vicieux
L'amitié, le commerce et même la présence,
Leur exemple contagieux
Infecteroit bientôt vos mœurs, votre innocence,
Et vous rendroit méchant comme eux (2).

(1) Les lions sont naturellement très-féroces.
(2) La vérité du sens moral de cette fable est confirmée par ce proverbe anglais : *Dis-moi qui tu fréquentes, je te dirai qui tu es.*

FABLE XXIII.

Le Peuplier et le Pêcher.

ENORGUEILLI de sa hauteur,
Un peuplier des plus grands, avec un ton moqueur,
Insultoit au pêcher que sa petite taille
Lui faisoit regarder comme pure canaille :
    Il vous le traitoit d'avorton,
    De nain, de petit mirmidon.
    Mais pour lui c'étoit autre chose :
Il portoit, disoit-il, sa tête jusqu'aux cieux ;
Et de peu s'en falloit que, s'égalant aux dieux,
    Il ne fît son apothéose (1).
Le pêcher, indigné de ce ton orgueilleux :
J'en conviens, lui dit-il, ta grandeur en impose :
Mais dis-moi, mon ami, qu'est-ce que tu produis ?
    Rien ; tu n'es qu'un arbre stérile.
Moi, je m'élève peu, mais je donne des fruits,
    Et par là je me rends utile :
    Aussi, bien que je sois petit,
    On me recherche, on me chérit,
Dans les plus beaux jardins on me donne une place,
    Tandis que tu vois qu'on t'en chasse,
Et qu'on te souffre à peine alentour des fossés (2).
    Cela doit te prouver assez
Que, quelque grand qu'on soit, on n'est pas esti-
    mable
    Lorsque l'on ne fait aucun bien.

(1) Il ne se donnât pour un dieu.

(2) On a coutume de planter les peupliers le long des fossés, parce que cet arbre ne vient bien que dans un terrein humide.

Ce pêcher-là parloit en être raisonnable :
On ne peut estimer ce qui n'est bon à rien (1).

(1) Voilà pourquoi les enfans doivent s'appliquer de bonne heure
au travail ou à l'étude, afin que par ce moyen ils puissent dans la
suite être utiles à la société ; et qu'on ne dise pas d'eux qu'ils ne
sont bons à rien.

FABLE XXIV.

La Poule, les Poulets et les petits Canards.

A maints petits canards, comme à plusieurs poulets,
Une poule, en couvant, avoit donné naissance (1).
On sait qu'il est entr'eux beaucoup de différence :
Mais, sans avoir égard à leurs différens traits,
La poule avoit pour tous une égale tendresse.
Bien des mères n'ont pas une telle sagesse.
La nôtre surveilloit ses petits avec soin ;
  Et quand ils alloient un peu loin,
D'abord craignant pour eux (tout alarme une mère),
D'une voix irritée elle les appeloit ;
  Soudain chacun d'eux accouroit :
Et faisant succéder l'amour à la colère,
Sous ses ailes alors elle les rassembloit.
  Un jour, faute d'expérience,
Elle les conduisit sur les bords d'un ruisseau ;
Et voilà nos canards qui, se jetant à l'eau (2),
  Y nagent avec complaisance,
Et même d'y plonger se font tous un plaisir.
  La poule, craignant pour leur vie,
  S'imagine qu'ils vont périr :

(1) On fait ordinairement couver les œufs de canard par des poules.
(2) Les canards, lors même qu'ils sont encore petits, n'aiment
rien tant que de nager, et dès qu'ils voient de l'eau, ils s'y jettent
avec empressement.

Elle se désole, elle crie ;
Sa voix sur tous les tons appelle les fuyards :
Mais elle a beau crier, appeler ; les canards
    Ne songent qu'à se satisfaire,
    Et la laissent se désoler.
    Alors, voulant la consoler,
Quelqu'un lui dit : Pourquoi cette douleur amère ?
    Hé quoi ! ne savez-vous donc pas
Que l'amour maternel fait souvent des ingrats ?
    L'accident qui vous désespère
Parmi les hommes même est assez ordinaire :
Et chez eux tous les jours on trouve des enfans
Qui, pour se satisfaire et suivre leurs penchans,
    Méprisent la voix de leur mère.
La seule chose en quoi leur conduite diffère,
    C'est que dans ces enfans mal nés
La désobéissance est toujours volontaire ;
Au lieu que vos canards, par l'instinct entraînés,
Font nécessairement ce qu'il les porte à faire (1).
Mais cette différence excuse vos petits,
Et nous fait mieux sentir le tort des mauvais fils.

---

(1) Les animaux ne sont pas libres, mais les hommes le sont : et
c'est ce qui les rend coupables lorsqu'ils manquent à leurs devoirs,
parce qu'il ne tiendroit qu'à eux de les remplir, en faisant un bon
usage de leur liberté.

~~~~~~

FABLE XXV.

Le Renard et l'Ane.

Dans le temps qu'au clair de la lune
    Un renard, vieux et fin matois,
    Rôdoit par les champs et les bois
    A dessein de chercher fortune,
    Il rencontra sur son chemin

Un défilé profond, un sentier difficile,
Coupe-gorge parfait, vrai poste d'assassin,
Vrai tombeau de gibier. Notre renard habile
    En vit le danger : et d'abord
    Songeant à revirer de bord (1) :
Holà ! s'écria-t-il, ce pas-ci m'a la mine
    De renfermer quelque piége secret.
    Il me semble y voir un filet,
Ou bien un braconnier qui fonde sa cuisine
Sur le premier passant qui fera le trajet;
Mais qu'il m'attende bien; il fera maigre chère
    S'il n'a que moi pour tout butin.
    Ainsi parloit le fin compère,
Lorsqu'un âne, arrêté sur le bord du chemin,
    Lui tint à peu près ce langage :
Hé quoi ! maître renard, vous manquez de courage!
Vous qui fûtes toujours si rempli de valeur,
Vous reculez ! hélas ! que devient votre honneur ?
    Déjà plus d'un lièvre timide
A franchi ce sentier qui vous fait tant de peur.
J'admire, dit Bertrand (2), leur courage intrépide;
Mais pour les imiter, oh ! je n'en ferai rien.
Si les autres sont fous, renard veut être sage (3).
Après cette réponse, il partit, et fit bien.
On ne peut qu'approuver sa fuite et son langage :
Si nous savions agir et penser comme lui,
    Les mauvais exemples d'autrui
Causeroient parmi nous beaucoup moins de ravage.

(1) C'est-à-dire à revenir sur ses pas.
(2) Nom qu'on donne au renard.
(3) Belle maxime que tous les hommes devroient prendre pour rè
gle de leur conduite.

        FIN DU LIVRE QUATRIÈME.

LIVRE CINQUIÈME.

FABLE PREMIÈRE.

L'Ecolier et le perroquet.

Un écolier causant avec son perroquet,
Lui dit un jour : Va , va , tu n'as que du caquet.
Quand je t'apprends des mots , ta voix me les répète,
   Souvent mal et quelquefois bien :
Mais pour les expliquer elle est toujours muette ;
Ce qui me fait bien voir que tu n'y comprends rien,
   Et qu'au fond tu n'es qu'une bête.
   Le compliment n'est point flatteur,
   Lui répondit l'oiseau parleur.
   Mais , monsieur, prenez-y bien garde,
   Comme moi ceci vous regarde ,
Et vous vous êtes peint en faisant mon portrait ;
Car quand sur vos leçons il vous interrogeoit ,
Et que vous répondiez par un profond silence,
   Votre mentor en ma présence
   Vous a dit mille fois tout net,
   Que vous n'étiez qu'un perroquet.
   L'écolier ne sut quoi répondre :
Ce discours par lequel il se sentit confondre
   Rabattit soudain son caquet.
Enfans, songez-y bien : si contens de l'apprendre,
   Vous négligez de bien comprendre
   Ce que l'on vous enseignera ,
Au perroquet aussi l'on vous comparera (1).

(1) On dit tous les jours d'un enfant qui ne comprend pas ce qu'il
lit ou ce qu'il récite : *Ce n'est qu'un perroquet.*

~~~~~~

FABLE II.

La Mère, la Fille et le Lis.

O la belle fleur que voilà !
Je n'en avois point vu qui fût comme cela,
  S'écrioit la jeune Isabelle,
  En voyant un lis qui pour elle
  Etoit un objet tout nouveau :
Quel est son nom, maman ? — Un lis. — O qu'il
   est beau !
  Je voudrois bien en avoir un semblable.
—Oui, vous l'aimez ? Hé bien ! je vous en fais cadeau.
—Bon ! bon ! O que pour moi ce don est agréable !
  Je vais vite le mettre à l'eau,
Pour qu'il ne perde pas sa blancheur admirable (1).
—C'est bien : de conserver ce qu'on a d'estimable
  J'aime qu'on se montre soigneux.
  Mais si vous aviez en vous-même
  Un bien encor plus précieux,
Dont cette fleur ne fût que l'image et l'emblème
  Ne mériteroit-il pas mieux
  Vos soins et votre vigilance ?
— Sans doute. — Hé bien ! vous l'avez, mon enfant,
Ce bien dont rien ne peut égaler l'excellence,
  Et qu'à votre âge cependant
On ne conserve pas toujours soigneusement,
 — Eh ! quel est donc ce bien ? — C'est l'innocence,
Dont la blancheur du lis nous peint la pureté,
Et dont un rien, hélas ! peut ternir la beauté.
Qu'elle soit donc surtout l'objet de votre zèle,
  Et veillez encor plus sur elle

(1) Le lis est surtout remarquable par sa blancheur.

            Que

Que sur la belle fleur dont votre œil est flatté.
Ce lis ne peut avoir qu'une courte existence ;
Bientôt, malgré vos soins, il perdra sa couleur :
Mais vous pouvez toujours conserver l'innocence ;
Et la faisant toujours régner dans votre cœur,
Vous y ferez régner la paix et le bonheur.

FABLE III.

L'Enfant et l'Hirondelle.

D'une hirondelle à coups de pierre
Un enfant s'apprêtoit à détruire le nid :
Il ne se doutoit pas du mal qu'il alloit faire ;
Il avoit pour cela la tête trop légère :
    Mais l'hirondelle le prévit ;
Et craignant pour les jours de sa petite race,
Elle vient aussitôt le trouver, et lui dit :
    Ah ! je te le demande en grâce,
    Epargne mes pauvres petits :
    Je vois que ta main les menace ;
Mais pourquoi ? Se sont-ils montrés tes ennemis ?
Hélas ! non : de leur nid ils ne sont pas sortis.
Eh ! laisse-les-y donc tranquillement tapis.
    Si tu t'y trouvois à leur place,
    Voudrois-tu qu'on le détruisît ?
Ah ! non sans doute. Hé bien ! la nature nous dit
    Qu'aux autres on ne doit point faire
Ce qu'on ne voudroit pas que tout autre nous fît.
    De cette leçon salutaire
    Le jeune enfant fit son profit :
Les pierres qu'il alloit lancer contre le nid,
Il consentit sans peine à les jeter à terre.
    Mais tous les enfans aujourd'hui

Fab. des Enf.   G

Seroient-ils aussi bons, aussi justes que lui ?
Je le souhaite bien , mais je ne le crois guère.

~~~~~~

FABLE IV.

L'Enfant et l'Oiseau.

Du haut de l'arbre où son nid se trouvoit,
    Un oiseau qui se lamentoit
Faisoit retentir l'air de sa voix gémissante :
Un enfant par hasard en passant l'entendit,
    Et son ame compatissante
    D'abord sur ses maux s'attendrit ;
Puis vers le pauvre oiseau s'avançant, il lui dit :
    Qu'as-tu ? qu'est-ce qui te tourmente ?
Apprends-moi le sujet de tes cris douloureux :
Je rendrai, s'il se peut, ton sort moins rigoureux.
    Ah ! lui dit l'oiseau misérable ,
Ce n'est pas sans raison que je pousse des cris ,
    Et que je suis inconsolable :
    Hier encor j'avois quatre petits :
Depuis qu'ils étoient nés je les avois nourris ;
    J'avois soutenu leur foiblesse
Jusqu'à ce que leurs corps fussent bien affermis ;
Ils paroissoient m'aimer comme je les chéris ,
    Et j'espérois que leur tendresse
Me dédommageroit jusques à ma vieillesse
    Des soins que pour eux j'avois pris :
Mais depuis ce matin ils m'ont abandonnée ;
Ils n'ont pas reparu de toute la journée ;
Et sentant qu'ils n'ont plus besoin de mon secours (1),
Ils m'ont quittée, hélas ! sans doute pour toujours ·

---

(1) Si les animaux abandonnent leurs père et mère dès qu'ils n'ont
plus besoin d'enx, c'est qu'ils n'ont ni raison ni sentiment. Ce seroit
donc s'assimiler à eux que de les imiter ; et rien n'est plus humiliant
pour l'homme, que de se rendre semblable aux bêtes.

Voilà ce qui me désespère.
Garde-toi, mon ami, de causer à ta mère
Un chagrin aussi vif que celui que je sens ;
    Et pour t'animer à lui plaire,
    A la chérir dans tous les temps,
Souviens-toi qu'il n'est point de douleur plus amère
Que d'être délaissé par ses propres enfans.

FABLE V.

Les deux chiens.

Un maître rempli de sagesse,
    Voulant donner une leçon
    Qui, sur l'esprit de la jeunesse,
    Fît une forte impression,
    Eut recours à la même adresse
Dont Lycurgue autrefois crut devoir se servir :
Devant tous les enfans dont il étoit le maître,
    Un jour, sans les en prévenir,
    Dans une cour il fit paroître
Deux chiens de même race, et sous leurs yeux fit
    mettre
Un plat rempli de soupe, avec un lièvre vif :
    Que chacun soit bien attentif,
S'écria-t-il ensuite, et que l'on examine
    Ce que feront ces animaux.
    Et d'abord qu'il eut dit ces mots,
Il lâcha les deux chiens. L'un, qui de la cuisine
Ne s'éloignoit jamais, cherchant l'occasion
    De gober quelque rogaton (1)
    Qui pût flatter sa friandise,
    Entraîné par sa gourmandise
Sur le plat aussitôt s'élance avec fureur :

(1) Reste de viande.

2

L'autre, que tous les jours on menoit à la chasse,
  Court vers le lièvre avec ardeur,
Et de le pourchasser jamais il ne se lasse.
Les élèves d'abord parurent tout surpris
Du parti différent que nos chiens avoient pris :
Mais donnant la raison de cette différence,
L'instituteur leur dit, en homme de bon sens :
De ces deux animaux, l'un à l'intempérance
  S'est livré dès ses jeunes ans,
Tandis que de chasser l'autre a fait son étude.
  Apprenez par là, mes enfans,
  Ce que peut sur nous l'habitude :
  Apprenez que dans tous les temps
On conserve les goûts qu'on a pris dans l'enfance (1) ;
Et, vous ressouvenant de cette expérience,
  N'en prenez point qui ne soient innocens.

(1) On peut regarder la conduite qu'on tient pendant l'enfance
comme un présage presque infaillible de celle qu'on tiendra dans la
suite. Il est rare qu'un enfant sage et vertueux devienne un homme
vicieux et déréglé.

FABLE VI.

L'Enfant et le Volant.

Dans l'art de jouer au volant
 Un enfant encore novice,
 Faute d'usage et d'exercice,
 Le dirigeoit si gauchement,
Qu'au lieu de le pousser en l'air, pour l'ordinaire
 Il le faisoit tomber à terre.
 Tout autre en eût été honteux ;
 Mais notre petit orgueilleux,
 Loin d'avouer sa maladresse,

Au volant s'en prenoit sans cessé ;
Et l'accabloit souvent de traits injurieux.
Celui-ci ne put pas surmonter ses injures ;
Et répondant un jour à ses paroles dures :
Tu me traites, dit-il, de maladroit, de sot,
Quand, au lieu de voler, je fais chutes sur chutes :
Mais n'est-ce pas de toi que me vient ce défaut,
 Qu'à tort si souvent tu m'imputes ?
Tu me diriges mal ; puis-je aller comme il faut ?
Tu me pousses en bas, puis-je monter en haut ?
Non, non. Et cependant voilà comme vous êtes,
 Vous autres, messieurs les enfans ;
 Toutes les fautes que vous faites,
Vous en chargez autrui, pour paroître innocens ;
Mais vous ne paroissez qu'injustes et méchans (1).

(1) Ce que l'on dit ici est très-vrai. La plupart des enfans croient pouvoir se justifier et se disculper en rejetant leurs fautes sur autrui. Ils feroient bien mieux de les avouer et de s'en corriger.

~~~~~~

FABLE VII.

Le Paon et la Poule.

Remarquez-vous, disoit un jour
 A tous les oiseaux d'alentour
 Un paon qui, fier de son plumage,
 Pour en mieux faire l'étalage,
 Se rengorgeoit, se pavanoit,
 Faisoit la roue (2) et s'admiroit :
Remarquez-vous à quel point la nature
 A pris plaisir de me parer ?
Et quelqu'un d'entre vous, en voyant ma parure,
 Oseroit-il à moi se comparer ?
Oh ! non, lui répondit avec un doux langage

(2) C'est-à-dire tournoit de tous côtés pour se mieux faire voir.

3

Une poule modeste et sage :
Sur nous, monsieur le paon, vous avez l'avantage ;
Vous êtes le plus bel oiseau ;
Nous croyons tous ici devoir le reconnoître :
Mais nous vous trouverions encore bien plus beau,
Si vous n'affectiez pas autant de le paroître.

Cette poule avoit bien raison,
Et rien n'est plus sensé que sa réflexion.
La beauté plaît, ravit, et fait taire l'envie,
Quand à ses charmes, qu'elle oublie,
Elle joint la simplicité,
La candeur et la modestie :
Mais notre œil en est révolté
Lorsque nous la voyons unie
Avec l'orgueil et la fierté (1).

(1) Le sens moral de cette fable confirme la vérité de cette maxime dont toutes les jeunes personnes devroient se bien pénétrer : *Moins on se croit belle, plus on le paroît ; et plus on fait l'aimable, moins on se fait aimer.*

FABLE VIII.

Le jeune Voyageur.

Un jeune enfant avoit un long voyage à faire :
Pour aller rejoindre son père,
Qui près de lui le rappeloit :
Mais, pour arriver à la ville
Que ce tendre père habitoit,
Il falloit qu'il suivit un chemin difficile ;
Il avoit à franchir une vaste forêt (2),

(2) Cette forêt, comme on le dira dans le sens moral de cette fable, est l'image du monde où les jeunes gens trouvent des écueils à chaque pas, et où ils ne peuvent manquer de se perdre, s'ils ne sont dirigés par les conseils d'un maître sage et vertueux.

Qui sous l'aspect trompeur d'un lieu plein de délices,
    Cachoit maints et maints précipices,
Où plus d'un voyageur tous les jours se perdoit.
Il avoit donc besoin d'un guide sûr et sage,
    Qui l'empêchât de s'égarer :
Le Ciel heureusement le lui fit rencontrer ;
A sa suite l'enfant entreprend son voyage :
    Il avance, et chemin faisant
    Il aperçoit sur son passage
Tantôt un vallon frais, tantôt un vert bocage
    Qui lui sembloit fort attrayant.
La jeunesse est toujours curieuse et légère :
Le jeune voyageur plus qu'un autre l'étoit,
Et quand dans le lointain il voyoit quelque objet
    Qui paroissoit devoir lui plaire,
Pour le voir de plus près mon drôle s'échappoit :
    Son guide alors le rappeloit,
    Et ne manquoit pas de lui dire :
Croyez-moi, mon enfant, ne vous écartez pas,
Restez dans ce chemin, laissez-moi vous conduire :
    Si vous portez ailleurs vos pas,
Et si vous ne suivez que votre seul caprice,
Vous tomberez un jour dans quelque précipice
    Où vous trouverez le trépas.
    L'avis étoit plein de sagesse ;
    Mais l'étourdi n'en fit point cas.
Un soir qu'il entendit une une folle jeunesse
Faire éclater au loin une vive allégresse,
Enviant son bonheur et voulant en jouir,
    Vers elle il se mit à courir.
    Mais comme bientôt la nuit sombre
    Vint l'envelopper de son ombre,
En marchant au hasard d'abord il s'égara ;
    Puis, après des chutes sans nombre,
Dans un profond abime il se précipita.
En vain son conducteur l'appela, le chercha :

              4

Après avoir erré dans tout le voisinage,
     Et s'être assuré de sa fin,
Il revint en pleurant son malheureux destin.

Du monde la forêt est la fidèle image ;
Et le sort de l'enfant est le triste présage
     De celui de maints jeunes gens,
     Qui, livrés au libertinage,
Méprisent les conseils d'un maître habile et sage,
     Pour ne suivre que leurs penchans (1).

(1) Dès que les jeunes gens sont sortis du collège, ils croient pouvoir se passer de guide et de mentor. C'est cependant alors qu'ils en ont le plus besoin, parce que c'est alors qu'ils entrent dans cette forêt perfide dont je viens de parler dans cette fable.

~~~~~~

FABLE IX.

La Jeunesse et la Vieillesse.

Que je vous plains, ma pauvre mère !
     Que votre sort est malheureux !
Disoit à la Vieillesse, avec un ton piteux
     La Jeunesse vive et légère.
Loin de ce monde aimable, où les yeux et le cœur
Trouvent également de quoi se satisfaire,
Ne pouvant plus prétendre à jouir du bonheur,
     Dans votre gîte solitaire,
     Pour partage vous n'avez guère
     Que les ennuis et la langueur.
     Ah ! vive ! vive le bel âge !
     C'est alors qu'on a l'avantage
De pouvoir à son gré contenter ses désirs,
Et de couler ses jours dans le sein des plaisirs.
     Vous me croyez donc bien à plaindre ?
Lui répondit alors la Vieillesse en riant :

Mais rassurez-vous, mon enfant ;
Grâce au Ciel, je n'ai point à craindre
Les maux qui sur mon sort semblent vous attendrir
Si maintenant je ne puis plus jouir
Des plaisirs qui jadis m'avoient souvent séduite,
Je ne suis pas non plus en proie au repentir
Qui marche toujours à leur suite,
Et qui venoit aussitôt m'en punir.
Si je vis loin de l'allégresse,
Des ris, des plaisirs et des jeux,
J'ai pour compagne la sagesse (1),
Et la sagesse rend mon cœur bien plus heureux.
Oui, croyez-en ma propre expérience ;
A votre âge on a l'apparence,
L'ombre de la félicité ;
Mais au mien on jouit de la réalité.
Ce ne sont que les fleurs que le printemps nous
donne ;
Les fruits sont réservés pour les jours de l'automne.

(1) Les vieillards sont ordinairement plus prudens et plus sages
que les jeunes gens, parce qu'ils ont plus de connoissance et d'expérience.

FABLE X.

Le Père, l'Enfant et les deux Terres.

Regardez, regardez, papa :
O Dieu ! le beau blé que voilà !
Disoit un enfant à son père,
En lui montrant du doigt la moisson d'une terre :
Comme ces épis sont dorés !
Comme ils sont garnis et serrés !
Toutes les fois que je les considère

Je ressens un plaisir nouveau :
On ne peut rien voir d'aussi beau.
Mais pourquoi la terre voisine,
Quoique sur le même niveau,
N'offre-t-elle partout que chardon et qu'épine ?
Pourquoi n'a-t-elle pas aussi du beau froment (1) ?
Pourquoi ? lui répondit le père :
La raison en est assez claire :
C'est que le maître de ce champ,
Trop paresseux, trop négligent,
Ne lui donne aucune culture.
Or dès que le travail n'aide point la nature,
On ne tire aucun fruit de ses plus beaux présens.
Retiens, mon fils, retiens cette maxime ;
Et que sans cesse elle t'anime
A faire valoir tes talens (2).

(1) Le froment est la meilleure espèce de blé.
(2) Il en est des talens comme de la terre, même la plus fertile, il faut nécessairement les cultiver pour en tirer les avantages
qu'on peut s'en promettre.

FABLE XI.

Le Chien de chasse et le Chasseur.

Brifaut étoit bon chien de chasse ;
Mais avec ce talent Brifaut
Avoit par malheur un défaut :
Il étoit gourmand et vorace ;
Et lorsque le chasseur tuoit quelque bécasse,
Quelque caille ou quelque perdreau,
Il couroit, les goboit, n'en faisoit qu'un morceau
Son maître, à cet aspect, se mettoit en colère,
Il le grondoit, il le battoit ;

Mais, hélas ! il avoit beau faire,
Jamais rien ne le corrigeoit.
Pour guérir le mal il falloit
Un remède extraordinaire.
Notre chasseur l'imagina :
De pointes il environna
Une caille en plumes et morte.
Quand il eut préparé le piége de la sorte,
Il appela Brifaut, le mena dans un pré,
Fit partir son fusil ; et dès qu'il eut tiré,
Comme il étoit resté tout exprès en arrière,
Il jeta la caille en avant :
Le chien la vit tomber, et, comme à l'ordinaire,
Il courut se saisir de ce morceau friand.
Mais il paya cher sa sottise ;
Car, pour prix de sa gourmandise
Les pointes, en perçant sa langue et son palais,
Lui firent éprouver de si rudes souffrances,
Qu'il cria, qu'il hurla, que dans ses doléances
Il protesta bien que jamais
On ne lui verroit faire une telle fredaine.
Sa promesse ne fut point vaine ;
Jamais sur le gibier il ne mit plus la dent.
C'est qu'il avoit senti que lorsqu'on est gourmand,
Tôt ou tard de sa faute on endure la peine.

~~~~~~

FABLE XII.

L'Enfant et la Girouette.

Un enfant des plus vifs étant avec son maître,
Comme il avoit la tête en l'air,
Vit au haut d'un clocher certain morceau de fer
Qu'il n'avoit jamais vu peut-être,
Ou que du moins il ne connoissoit pas

6

Les vents en ce moment se livroient des combats,
Et la plaque de fer sur son pivot mobile,
            A leur souffle toujours docile,
            Tournoit, changeoit à tout moment.
            Etonné de ce changement,
            L'enfant dit alors à son guide :
Qu'est-ce donc que ce fer qui n'a rien de solide,
            Et qui sans cesse, au gré du vent,
Passe du nord au sud, du couchant au levant ?
Ce fer dont vous voulez savoir quel est l'usage,
Du vent, dit le mentor, marque le changement ;
            Mais il est aussi votre image :
Vous êtes, comme lui, toujours en mouvement,
Rien ne peut vous fixer une heure seulement,
Et vous n'êtes constant que dans votre inconstance
Mais sachez que si l'âge et la réflexion
N'amènent pas chez vous un peu de consistance,
De ce fer, dont on voit en vous la ressemblance,
            Vous porterez un jour le nom,
Et l'on dira de vous : *C'est une girouette.*
Notre petit marmot, craignant cette épithète,
De sa légèreté se corrigea, dit-on,
            Et dans sa conduite nouvelle
            On crut voir un petit Caton (1).

            Enfans à légère cervelle,
        Voilà pour vous une belle leçon.

___

(1) Caton, célèbre romain, se distingua principalement par la
sévérité de ses mœurs et par sa gravité. De là vient qu'on désigne par son nom tous ceux en qui l'on remarque un extérieur grave
et sérieux.

FABLE XIII.

Le Jardinier et le jeune Poirier.

CRAIGNANT avec raison que le vent et l'orage
    Ne renversassent un poirier
    Que sa foiblesse et son bas âge
    Rendoient très-facile à plier,
    Un jardinier prudent et sage
    Contre un pieux vouloit l'appuyer ;
Et, pour qu'il ne reçût aucun autre dommage,
Il vouloit entourer sa tige du branchage
    De quelque buisson épineux,
    Qui pût le sauver de l'outrage
De la dent des brebis, des chèvres ou des bœufs (1).
    Mais quand il se mit à l'ouvrage :
    Que fais-tu là, dit le poirier ?
    Tu veux, je crois, me mettre en esclavage ?
    Il est vrai, dit le jardinier :
Mais ceci ne se fait que pour ton avantage,
Et c'est pour te sauver que je vais te lier.
Si je n'avois pas soin de te mettre à la gêne,
Le vent te briseroit ou te feroit plier.
    Ha ! lui dit l'arbre d'un ton fier,
Tu peux te dispenser de prendre cette peine :
    Le vent fera ce qu'il voudra :
    S'il lui plaît, il me brisera ;
Mais je ne prétends pas qu'on me mette à la chaîne.
    Ha, ha ! tu le prends sur ce ton !
Reprit le jardinier plein d'indignation ;
    Hé bien ! vis à ta fantaisie ;
Mais tu regretteras cette précaution,

(1) On a coutume de prendre toutes ces précautions pour soutenir et conserver les jeunes arbres.

Et ton refus un jour te coûtera la vie
  Notre bon homme avoit raison ;
  Car un jour qu'avec violence
  Le vent du nord se déchaîna,
L'arbre ne pouvant pas lui faire résistance,
  Par son souffle il le renversa (1).

Enfans, si vous voyez et souffrez avec peine,
  Qu'on gêne votre liberté,
  Songez que cette heureuse gêne
  Doit faire votre sûreté.

(1) La violence des passions opère le même effet sur les jeunes gens, lorsqu'ils ne sont pas soutenus et défendus par l'éducation et par la religion, qui seule est un préservatif assuré contre le vice.

FABLE XIV.

L'Enfant sur une table.

Sur une table un jour on mit un jeune enfant :
  Le petit bonhomme content
  Crut avoir changé de nature ;
Il se flatta du moins d'avoir une stature (2)
  Qu'il n'avoit point auparavant ;
  Et d'abord s'en glorifiant :
Papa, s'écria-t-il, vois comme je suis grand !
  Dis plutôt que tu sembles l'être,
  Répondit le père en riant :
  Mais ce n'est rien de le paroître :
  Il faut l'être réellement.
  Or, si l'on ôte cette table,
  Ou bien si quelqu'un t'en descend,
Reprenant aussitôt ton état véritable,
Tu ne seras qu'un nain (3), au lieu d'être un géan.

(2) Une taille.
(3) Les nains sont fort petits et les géans fort grands.

De la grandeur imaginaire,
Qui paroissoit d'abord te plaire,
Cesse donc d'être si flatté ;
Mais apprends une vérité
Dont tu pourras sentir quelque jour l'importance,
D'un rang supérieur l'éclat, la dignité
Peuvent de la grandeur nous donner l'apparence
Mais non pas la réalité ;
Et si, sans l'avoir mérité
Par des qualités estimables,
On ose en tirer vanité,
Il ne sert qu'à nous rendre encor plus méprisables (1).

(1) Rien n'est en effet plus ridicule et plus méprisé qu'un fat ou un ignorant qui, parce qu'il occupe un rang éminent, affecte un air fier et hautain, et semble dire à ceux qui l'entourent : *Respectez-moi.* Si l'on osoit lui répondre, on lui diroit : *Si tu veux qu'on te respecte, fais-toi respecter par ton mérite et par ta conduite.*

FABLE XV.

Le Paon et le Dindon.

Au milieu d'une basse-cour
Un dindon aperçut un jour
Un paon qui, de sa queue étalant la richesse,
Par le brillant éclat de ses vives couleurs,
Enchantoit les regards de tous les spectateurs.
Le dindon, entendant qu'on le vantoit sans cesse,
Conçut aussitôt le dessein
De briller comme lui, de partager sa gloire ;
Et comme il étoit sot encore plus que vain,
Sans songer que sa queue étoit et courte et noire,
Il la dresse, il l'étale, et puis se promenant,
Il se donne, en se pavanant,

De l'oiseau de Junon (1) pour l'émule et l'image.
Mais bien loin d'applaudir à ce sot personnage,
Les spectateurs surpris le montrèrent au doigt
De son air, de sa queue ils ne firent que rire ;
    Et l'un d'eux finit par lui dire :
Au lieu d'un paon, tu n'es qu'un singe maladroit(2).
On pourroit au dindon comparer à bon droit
Nos jeunes freluquets, nos petites-maîtresses,
Nos élégans enfin, de toutes les espèces.
    Désirant avoir des appas
        Qu'ils n'ont pas,
    Des autres ils singent les grâces :
Mais ces grâces en eux ne sont que des grimaces
Qui, loin de leur donner de nouveaux agrémens,
Font que chacun les hue et rit à leurs dépens.
    Tenons-nous-en à la nature ;
    Soyons ce qu'elle nous a faits :
Vouloir de l'artifice emprunter des attraits ,
    C'est, selon moi, sottise toute pure (3).

(1) Le paon étoit consacré à Junon : c'est pour cela qu'on l'appelle
l'oiseau de Junon.

(2) C'est-à-dire : Au lieu d'être aussi beau que le paon , tout ton
mérite consiste à le contrefaire maladroitement.

(3) Le but de cette fable est d'empêcher les jeunes gens de donner
dans l'afféterie, qui ne sert qu'à rendre ridicules ceux qui veulent
paroître ce qu'ils ne sont pas.

FABLE XVI.

La Danse des Singes *

Plusieurs singes dansoient au milieu d'une rue :
Une mère les vit de son appartement ;
    Et comme ils charmèrent sa vue
Par la dextérité qu'ils montroient en dansant,

Elle voulut que sa jeune famille
    Prît part à son amusement :
Venez, dit-elle à son fils, à sa fille,
    Venez, venez voir des danseurs
D'une nouvelle et singulière espèce.
Ils ne sont pas jolis, mais ils ont de l'adresse,
    Et comme tous les spectateurs,
Vous serez sûrement charmés de la justesse
    Qu'ils mettent dans leurs mouvemens.
Les enfans, en effet, d'abord s'extasièrent ;
    Et les singes pendant long-temps
    Par leur danse les amusèrent.
    Oh ! voyez, voyez, disoient-ils,
    Comme ces singes sont gentils !
Mais quand les danseurs s'en allèrent :
Du bal, leur dit la mère, êtes-vous bien contens ?
Du bal ! lui répondit l'un de ses deux enfans :
    Et vous nous répétez sans cesse
    Que les bals sont pour la jeunesse
    Un écueil des plus dangereux ;
Et, quoique de les voir nous fussions curieux
Vous en avez toujours éloigné notre enfance.
Il est vrai, dit la mère, et c'est avec raison
Qu'à votre égard j'ai pris cette précaution :
Dans nos bals on ne voit à présent qu'indécence ;
On n'y respecte plus les mœurs, la bienséance (1),
    Et l'on s'y permet des propos
    Où tout respire la licence :
    Mais de celui des animaux,
    Dont vous venez de voir la danse,
    Rien ne peut nuire à l'innocence,
    Rien ne blesse l'honnêteté ;

(1) Une jeune dame, qui avoit autant de bon sens que de vertu,
dit, après avoir vu valser pour la première fois : Il faut avoir bien
peu de respect pour la pudeur et se respecter bien peu soi-même
pour se permettre de pareilles danses.

Et ce qui prouve bien notre perversité ,
C'est que, dans le siècle où nous sommes,
Il vaut mieux voir danser les singes que les hommes.

FABLE XVII.

L'Indigence et la Charité.

Dᴇ l'indigent par ses bienfaits
On voudroit bien , dit-on , adoucir la misère.
Ce désir est louable , on ne sauroit mieux faire
Mais ce n'est que par les effets
Qu'on peut prouver qu'il est sincère ;
Et c'est là par malheur ce qu'on ne prouve guère.

Couverte de haillons , sans argent et sans pain ,
L'Indigence enduroit les rigueurs de la faim :
La Charité la vit ; elle en fut attendrie ,
Et pourvut aussitôt à ses pressans besoins :
Mais bientôt par ses dons ainsi que par ses soins
Elle lui fit goûter les douceurs de la vie ;
Si bien que bénissant son sort,
L'Indigence lui dit un jour avec transport :
O Dieu ! comme vous êtes bonne !
Jusqu'ici je n'ai vu personne
Qui comme vous envers moi l'ait été.
J'ai souvent sur mes pas trouvé l'Humanité ,
Et sa fille la Bienfaisance,
Dont le nom est tant exalté ;
Elles compatissoient, ce semble, à mes disgrâces ;
Elles faisoient mille grimaces
Pour m'exprimer leur sensibilité ;
Mais elles me laissoient toujours sans assistance (1).

(1) On veut donner à entendre par là que les gens du monde qui
ᴗe piquent de bienfaisance et d'humanité, mais qui ne sont pas
animés d'un véritable esprit de religion, se bornent à plaindre les
malheureux , et ne se mettent presque jamais en peine de les soulager.

C'est votre libéralité
Qui seule a terminé mes maux et ma souffrance.
Ah ! ne t'étonne point de leur indifférence,
Et ne vante pas tant ma générosité,
    Lui dit alors la Charité;
Mais de nos sentimens apprends la différence.
Celles dont tu te plains ne peuvent voir en toi
    Qu'un être vil et misérable,
    Ou tout au plus que leur semblable;
    Mais au contraire, moi j'y vois
De la divinité l'image respectable (1);
Et je croirois manquer à ce que je lui dois,
Si je ne te tendois une main secourable.

(1) La religion nous apprend que les pauvres sont les membres
de Jésus-Christ, et que ceux qui les auront secourus seront un jour
récompensés comme s'ils l'avoient secouru lui-même. Peut-on croire
cette vérité, et n'être pas charitable ?

FABLE XVIII.

Les deux jeunes Coqs et les Enfans.

Deux jeunes coqs avec furie
    L'un contre l'autre s'élançoient
    A coups de bec se déchiroient,
Et sembloient n'aspirer qu'à s'arracher la vie.
Des enfans par hasard les virent en passant,
Et l'un d'eux indigné, leur dit en les grondant :
Que faites-vous donc là, malheureux que vous êtes?
Ah ! vous agissez bien en véritables bêtes.
Vous devriez toujours vivre en frères bien unis,
Et vous vous comportez souvent en ennemis;
    Et transportés par la colère,
Pour quelques mauvais grains que vous vous dis-
    putez,

Comme des furieux vous vous faites la guerre,
    Vous vous battez, vous vous ensanglantez.
Quelle horreur ! Il est vrai nous sommes condamna-
       bles,
Lui répondit alors l'un des deux champions ;
    Mais ce qui nous rend excusables ,
    C'est qu'après tout nous ne faisons
    (Soit dit ici sans vous déplaire)
Que ce que vous croyez vous-mêmes pouvoir faire .
    Car on s'aperçoit qu'entre vous
    Pour des riens, pour des bagatelles,
    Vous avez souvent des querelles
    Et vous vous battez comme nous :
    Vous êtes pourtant raisonnables ;
    Or, nous qui ne le sommes pas,
    Quand nous nous livrons des combats,
    Nous devons être moins coupables.
    Cessez donc de nous tant blâmer ;
    Mais réprimant votre colère,
Et montrant l'un pour l'autre une amitié de frère,
Apprenez-nous comment nous devons nous aimer .
C'est ce que vous avez, je crois, de mieux à faire.

    Le jeune coq avoit raison :
L'exemple fut toujours la meilleure leçon.

FABLE XIX.

La Vertu, l'Honneur et la Renommée.

Contrainte de faire un voyage
    Dont les dangers lui faisoient peur ,
    En personne prudente et sage,
La Vertu prit pour son guide l'Honneur
    Et, grâces à son conducteur,

Sa marche fut d'abord tranquille et sûre.
Mais on sait bien qu'un voyageur
A souvent en chemin quelque triste aventure.
Les nôtres eurent le malheur
De rencontrer un jour une nymphe perfide,
Emissaire de Cupidon (1),
Qui, voyant la Vertu réservée et timide,
Et la tirant à part un peu loin de son guide,
Lui dit : Que faites-vous avec ce vieux barbon
Qui n'inspire que la tristesse ?
Venez, venez dans ce riant vallon,
Qu'habite la belle jeunesse,
Et vous partagerez ses transports d'allégresse :
Jeune encor, des plaisirs votre âge est la saison,
Saisissez d'en jouir l'heureuse occasion.
La vertu, qu'éblouit une telle promesse
De la nymphe goûta le conseil dangereux,
Et de la suivre eut la foiblesse.
Mais comme, après quelques momens joyeux,
Passés avec les ris, les plaisirs et les jeux,
Le regret, les remords qui marchent à leur suite,
Vinrent remplacer à ses yeux
Le bonheur dont l'espoir l'avoit d'abord séduite,
Reconnoissant ses torts et son erreur,
Elle voulut aller joindre son conducteur,
Pour se mettre à l'abri de quelque autre disgrâce :
Mais en vain elle le chercha,
En vain sa voix plaintive à grands cris l'appela ;
Elle ne put jamais trouver la place
Qu'il occupoit lorsqu'elle le quitta :
Et Dieu sait comme elle en pleura !
Un jour que, de douleur et d'ennui consumée,

(1) Cupidon étoit fils de Vénus, déesse de l'amour, selon la Fable. On dit dans cet apologue que c'est un émissaire ou envoyé de Cupidon qui séduisit la Vertu, parce que c'est l'amour qui est la cause de presque tous les désordres qui régnent parmi les hommes.

Elle gémissoit tristement,
Ayant vu tout-à-coup passer la Renommée,
Elle lui dit en l'abordant :
Vous qui de tout êtes bien informée,
Et qui voyez tout en roulant,
Auriez-vous vu l'Honneur chemin faisant,
Et pourrois-je en avoir par vous quelque nouvelle ?
Ah ! l'Honneur ? lui répondit-elle
Jadis je le voyois souvent ;
Mais depuis quelque temps je ne le vois plus guère :
Vous avez donc avec lui quelque affaire ?
C'étoit mon bon ami, répondit la Vertu
C'est lui qui me guidoit naguère
Sur ces bords éloignés où je suis étrangère :
Mais en m'en séparant, hélas ! je l'ai perdu.
Ah ! tant pis ! je vous plains, ma chère,
Reprit la déesse aux cent voix :
Car j'ai, tout en courant, ouï dire cent fois,
Que pour le rattraper, quoi que l'on puisse faire,
On fait des efforts superflus,
Et que lorsqu'on le perd on ne le trouve plus (1).

(1) Cela signifie que lorsqu'une fois un homme s'est déshonoré, il ne peut plus reconquérir l'estime publique.

~~~~~~

FABLE XX.

L'Epervier et l'Ortolan.

Du haut des airs un épervier (2)
Promenoit ses regards pour chercher une proie,
Lorsqu'il aperçut avec joie
Un pauvre ortolan prisonnier,

(2) L'épervier est un oiseau de proie.

Que, pour mieux attirer tous ceux de son espèce,
     L'oiseleur, rempli de finesse,
Avoit mis bien en vue au milieu du filet :
Bon ! dit en le voyant l'épervier satisfait :
Celui-ci sûrement tombera sous ma serre ;
     Et comme c'est un mét friand,
A la fin je pourrai faire un peu bonne chère (1).
Tout en disant ces mots il fond sur l'ortolan,
Et, pour mieux l'enlever, de sa griffe il le presse ;
Mais, l'oiseleur, piqué de cette hardiesse,
     Et tirant son filet, le prend,
     Et le forban (2), pour son salaire,
     Reçoit la mort au même instant.
     Belle leçon pour tout méchant
Qui cherche son bonheur dans le mal qu'il veut faire :
     On se perd soi-même souvent,
Quand en perdant autrui l'on croit se satisfaire (3).

(1) L'ortolan est un petit oiseau qui est très-bon à manger.
(2) Espèce de corsaire qui ne cherche qu'à faire des prises.
(3) On peut dire que les méchans sont toujours malheureux. S'ils
évitent les châtimens qu'ils méritent par leurs crimes, ils n'échap-
pent pas du moins aux remords qui en sont la suite.

~~~~~~

FABLE XXI.

L'Enfant qui se condamne lui-même.

Un enfant peu religieux
    Devant son père, homme pieux,
Blâmoit un autre enfant qui, plein d'indifférence
    Pour ceux dont il reçut le jour,
Loin de leur témoigner son respect, son amour,
Ne montroit envers eux, dans plus d'une occurrence,
Que froideur, que mépris, que désobéissance.

Quel mauvais fils! disoit-il hautement :
Il faut n'avoir ni cœur ni sentiment,
     Il faut être un monstre exécrable,
     Pour ne pas aimer tendrement
Ce qui doit à nos yeux être le plus aimable.
     Oui, dit le père, assurément
     Cet enfant est très-condamnable ;
   Mais vous, mon fils, vous qui le blâmez tant,
     N'êtes-vous pas aussi blâmable ?
Et ne pourroit-on pas à lui vous comparer ?
— Moi ! comment donc, papa ? pouvez-vous ignorer
     Que je vous aime avec tendresse ?
Par toute ma conduite et par mes sentimens
Je me fais un devoir de le prouver sans cesse.
     — Oui, je le vois et je le sens ;
     Mais je ne suis pas le seul père
Que vous deviez aimer, à qui vous deviez plaire :
     Vous en avez un dans les Cieux (1),
     Qui mérite bien plus qu'on l'aime ;
Et ce père si grand, si bon, si généreux,
Vous l'oubliez sans cesse, et vous l'offensez même :
     Est-il rien de plus odieux ?
Aimez-le donc ce père infiniment aimable,
Et souvenez-vous bien que qui ne l'aime pas
     Se rend encore plus coupable
     Que les enfans les plus ingrats.

(1) Ceci a rapport à la prière que nous adressons à Dieu lorsque nous lui disons : *Notre père qui êtes dans les Cieux*, etc.

FABLE XXII.

Le Serin apprivoisé.

NÉGLIGEANT les leçons d'un maître habile et sage,
     Un enfant revêche et mutin

De son temps ne faisoit usage
Que pour apprivoiser en secret un serin
D'une humeur farouche et volage.
L'oiseau répondit à ses soins ;
Et dans trois mois ou même moins,
Il changea tellement d'humeur, de caractère,
Qu'au moindre signe il s'empressoit de faire
Tout ce que vouloit l'écolier.
De sa docilité notre lutin tout fier,
Devant ses parens et son maître
Se fit un point d'honneur de le faire paroître.
Là, lui tendant le doigt, il lui cria : *Petit !*
Et sur son doigt d'abord le serin se rendit.
Quand il y fut, l'enfant lui fit une caresse ;
Et pour lui marquer sa tendresse,
De son côté, l'oiseau le béqueta,
Et puis sur son ordre il chanta (1).
Alors l'écolier dit, transporté d'allégresse :
Voyez-vous comme il est exact à m'obéir ?
Oui, lui dit son mentor, je vois avec plaisir
Qu'à votre voix il est docile,
Et qu'à vos soins il fait honneur ;
Mais, d'un autre côté, je vois avec douleur
Que tout ce que j'ai fait pour vous est inutile,
Et qu'il est bien plus difficile
D'élever un enfant mutin
Que d'apprivoiser un serin.
Que le vôtre du moins vous serve de modèle ;
Et répondant enfin à mes soins, à mon zèle,
Montrez-vous désormais jaloux
De faire à mon égard ce qu'il a fait pour vous.

(1) Rien de ce qu'on dit ici ne doit paroître invraisemblable, parce qu'on voit tous les jours des serins faire tout ce qu'on attribue à celui qui figure dans cette fable.

~~~~~~

FABLE XXIII.

Les Cyprès.

ARRACHEZ ce jeune cyprès,
   Disoit un jour un sage maître
A deux jeunes enfans qu'il conduisit exprès
Au champ où l'arbrisseau ne faisoit que de naître.
   Aussitôt l'un des deux le prend,
Et, sans le moindre effort, l'arrache en un instant.
   Bon ! dit le maître en l'embrassant :
   Mais vous ne pourrez pas peut-être
Arracher son voisin qui me paroît plus fort.
Essayez cependant. Les enfans essayèrent ;
   Ils firent tous deux un effort,
Tirèrent le cyprès ensemble, et l'arrachèrent.
Fort bien ! reprit le maître avec un air content.
Mais, mes petits amis, il en reste un troisième,
Qu'il faudroit arracher ainsi que le deuxième,
Bien qu'il tienne à la terre un peu plus fortement
   Le voilà ; c'est ce beau, ce grand.
   Çà donc ! armez-vous de courage.
   Comme, lorsqu'on est en bas âge,
On croit pouvoir tout faire, on ne doute de rien,
   Nos enfans entreprirent bien
D'extirper le cyprès, mais en vain ils suèrent,
   En vain leurs forces s'épuisèrent :
   A peine ils purent l'ébranler,
Et furent à la fin forcés de reculer.
Ha ha ! vous êtes donc obligés de vous rendre !
   Leur dit alors le maître avec bonté :
C'est à quoi, mes amis, vous deviez vous attendre ;
Et puisqu'il faut ici dire la vérité,

Le Cyprès.

Quand je vous ai fait entreprendre
Ce travail, j'en voyois l'impossibilité :
Mais par le vain effort que vous avez tenté,
J'ai voulu vous faire comprendre
Que les divers défauts dont il faut vous défendre,
Foibles dans les commencemens,
Acquièrent, quand ils sont raffermis par le temps,
Une force presque invincible,
Contre laquelle on fait des efforts impuissans :
Le vieux cyprès en est une preuve sensible ;
Au lieu qu'en se laissant arracher promptement,
Les jeunes gens doivent apprendre
Que dans un âge encore tendre
On peut de ses défauts triompher aisément.

FABLE XXIV.

Le Lézard et la Tortue.

Que tu me fais pitié ! dit un jour le lézard
A sa voisine la tortue :
Tu ne peux aller nulle part
Sans porter sur ton dos un fardeau qui te tue (1),
Tandis que moi, d'un pied léger,
Je vais trottant partout au gré de mon envie.
Il est vrai, répondit l'animal amphibie (2),
Sans porter ma maison je ne puis voyager :
Mais aussi cette lourde masse,
Contre tous les assauts me servant de cuirasse,
Met tout mon corps en sûreté ;
Au lieu que ta légèreté
Te sauve rarement du coup qui te menace.

(1) On veut désigner par ces mots l'écaille dure et épaisse dont tout le corps de la tortue est couvert.
(2) Qui vit sur la terre et dans l'eau.

2

Dame tortue avoit raison,
Et le fait le prouva mieux que son oraison (1):
    Car bientôt après, une pierre,
    Qui sur eux tomba par hasard,
    Mit en cent pièces le lézard,
    Et laissa la tortue entière.

    Que conclure de ce récit?
    C'est qu'au brillant, à l'agréable
L'utile, le solide est toujours préférable.
Ceci peut comme au corps, s'appliquer à l'esprit.
Préférons donc toujours le bon sens qu'on méprise ;
A l'éclat des talens qu'on admire et qu'on prise ;
Tous les jours on se sauve à l'aide du bon sens,
Et souvent on se perd par l'abus des talens.

(1) Son discours.

~~~~~~

FABLE XXV.

Le Père et ses Enfans.

Sur le soir d'un jour de férie,
    Après le règne du printemps,
    Un père dans une prairie
    Se promenoit de compagnie
    Avec ses deux jeunes enfans.
Ils avoient tous les deux les plus rares talens,
Mais leur conduite étoit d'ailleurs toute contraire.
L'un étoit appliqué, docile, studieux ;
Et l'autre (aux écoliers chose assez ordinaire)
    Aux Muses préféroit les jeux (1) :
C'étoit un indolent, un parfait paresseux.

(1) Comme les Muses président aux sciences, on veut dire par là
que l'enfant préféroit le jeu à l'étude.

Le père avoit bien su saisir son caractère,
     Mais il auroit voulu le corriger.
Comme de ce dessein il s'occupoit sans cesse,
Dans la prairie il vit par hasard voltiger
Deux insectes ailés d'espèce différente ;
     C'étoit le papillon léger,
     Avec l'abeille diligente ;
Et profitant d'abord de cette occasion
Pour faire à son enfant une utile leçon,
     Il lui dit : Savez-vous le nom,
     Connoissez-vous le caractère
     De ces deux insectes volans ?
     Oui, répond l'enfant à son père ;
     Je les connois depuis long-temps :
L'un que l'on nomme abeille est toujours à l'ouvrage,
Et fabrique ce miel que nous trouvons si bon ;
     Et l'autre, appelé papillon,
     Inconstant, léger et volage,
Sans jamais se fixer, erre sur le gazon.
     —C'est fort bien. Mais dites-moi donc
     Lequel des deux est le plus estimable.
—Eh ! peut-on faire entr'eux quelque comparaison ?
     C'est l'abeille. —Oui ? Parlez-vous tout de bon ?
—Sans doute. —J'en suis aise, et vous avez raison.
Au papillon pourtant vous vous rendez semblable ;
Vous n'avez, comme lui, d'autre occupation
     Que les jeux et le badinage,
Et pour vous désigner on se sert de son nom.
     Devenez donc enfin plus sage ;
Et puisque, selon vous, toujours en action,
De l'amour du travail l'abeille est le modèle,
Si vous voulez un jour être estimé comme elle,
Imitez, mon enfant, son application.

FIN DU LIVRE CINQUIÈME.

LIVRE SIXIÈME.

—

FABLE PREMIÈRE.

La Gouvernante et son Elève.

Quoi donc ! toujours la même faute !
Disoit sa gouvernante à la jeune Mion (1).
Vous ferez tous les jours la mutine, la sotte,
Et vous n'étudîrez jamais votre leçon !
Oh la chose est enfin trop forte :
Je ne puis plus souffrir cette obstination,
Et puisqu'en vain je vous exhorte,
Que vous n'entendez pas raison,
Je vais m'y prendre d'autre sorte,
Et devenir sévère envers vous forcément.
D'abord dans votre appartement
Pendant toute la matinée
Vous aurez la bonté de rester confinée ;
Si pour vous corriger cela ne suffit pas,
Au lieu des fruits exquis et des mets délicats
Que vous avez en abondance,
Vous aurez seulement du pain à vos repas.
M'entendez-vous ?... Mais quoi ! vous gardez le si-
lence !
Vous me regardez froidement !
Sans doute que ce châtiment
A vos yeux n'a rien de terrible.
Hé bien ! s'il ne produit en vous nul changement,

(1) Nom de l'élève.

Il en est un auquel vous serez plus sensible,
      Et que vous craindrez sûrement.
      Vous aimez beaucoup la parure,
Et pour vous jamais rien n'est assez élégant :
Mais si vous négligez toujours obstinément
      Et le travail et la lecture,
      Désormais pour tout ornement
Vous n'aurez qu'une robe ou de toile ou de bure (1) ;
      Et sous ce bel accoutrement (2)
Dieu sait comme chacun va vous trouver jolie !
      Ah ! ma bonne, je vous en prie,
Dit alors la mutine avec émotion,
De grâce, épargnez-moi cette punition :
      Je serai toute différente ;
      Je travaillerai, je lirai,
J'apprendrai ma leçon, je vous obéirai,
      Et de moi vous serez contente.
Je le crois, dit alors la sage gouvernante ;
Mais de ce bon propos, bien loin d'être flatté,
      Mon cœur, qui pour vous s'intéresse,
Souffre beaucoup de voir que c'est la vanité,
      Et non l'amour de la sagesse,
      Qui semble vous l'avoir dicté.
      Par là vous me portez à croire
Que vous voulez briller surtout par la beauté ;
Et c'est dans la vertu, la douceur, la bonté
Que nous devons chercher le bonheur et la gloire.

(1) Etoffe grossière qui n'est faite que pour le peuple.
(2) Parure.

FABLE II.

Le Trésor trouvé.

Tu trouveras devant ta porte
Le trésor le plus précieux,
Dit un jour à Damon un oracle fameux.
    La joie aussitôt le transporte ;
    Il court, il vole à sa maison,
Et devant elle il voit, pour surcroît d'allégresse,
    Pythias (1) qui, plein de tendresse,
S'écrie : Ah ! quel bonheur ! voici mon cher Damon !
Celui-ci partageant sa vive affection :
Mon ami, lui dit-il, j'ai la douce espérance
De trouver à ma porte un précieux trésor ;
Par l'oracle je viens d'en avoir l'assurance.
    Çà donc, cherchons l'argent et l'or
    Que nous annonce sa promesse :
    En partageant avec toi ma richesse
Je la rendrai pour moi plus précieuse encor.
    L'un et l'autre aussitôt s'empresse
De bêcher, de creuser tout autour du logis.
Ils travaillent long-temps, ils se mettent en nage,
Mais ils ne trouvent point de métaux enfouis.
    Alors Damon, en homme sage,
    Dit après avoir réfléchi :
    O comme j'étois étourdi !
Je cherchois ce que j'ai. Ce trésor c'est toi-même.
O mon cher Pythias ! qui me chéris, que j'aime.
Le meilleur des trésors est un parfait ami (2) ;
Je viens de le trouver en te trouvant ici.

(1) L'amitié de Damon et de Pythias a été célébrée par plusieurs anciens auteurs, et surtout par Cicéron qui en fait le plus grand éloge.

(2) Un véritable ami adoucit nos maux, et augmente la satisfaction que nous procurent nos biens, en les partageant avec lui : c'est pour cela qu'il passe pour être le plus précieux de tous les trésors.

Le trésor trouvé?.

FABLE III.

L'Enfant et la Rose.

O comme j'aime cette fleur !
Disoit un jeune enfant en voyant une rose,
  Qui, tout nouvellement éclose,
Déployoit à ses yeux sa brillante couleur.
  Je n'avois vu que sa figure,
Je ne la connoissois encore que de nom :
Mais puisque maintenant j'en ai l'occasion,
  Il faut que je me la procure
Elle fera ma joie, et sera ma parure.
Après ces mots l'enfant part pour l'aller cueillir ;
Mais lorsqu'il avança la main pour la saisir,
  Ses épines, par leur piqûre,
  Lui firent comprendre et sentir,
Que d'avance il ne faut de rien se réjouir ;
  Et que, trompé par l'apparence,
  On trouve, en plus d'une occurrence,
La peine où l'on croyoit rencontrer le plaisir.

Ce plaisir enchanteur est semblable à la rose ;
C'est toujours le bonheur qu'il semble nous offrir.
Et ce sont des chagrins que souvent il nous cause.

FABLE IV.

Le Malheur, l'Amitié, la Raison et la Religion.

Ne pouvant de ses maux interrompre le cours,
  Pour en calmer la violence
Le Malheur implora tour-à-tour l'assistance
De tous ceux qui pouvoient venir à son secours.

H 5

A l'Amitié qui se disoit fidèle (1),
Avec un doux espoir il eut d'abord recours,
    Se promettant tout de son zèle ;
    Mais au lieu de le secourir,
    La dame, pour s'occuper d'elle,
    Le laissa seul soupirer et souffrir.
A la Raison alors le pauvre solitaire
    Prit le parti de recourir.
    Celle-ci se mit à lui faire
    Un fort long et fort beau sermon ;
    Elle étala sur les souffrances
    Force grands mots, force sentences ;
Mais elle le laissa sans consolation.
N'attendant plus d'ailleurs ni secours ni remède,
Il tourna ses regards vers la Religion,
La priant instamment de venir à son aide.
    Sensible à la voix du Malheur,
La fille du Ciel (2) vint : elle sécha ses larmes,
Ranima son espoir, dissipa ses alarmes,
    Et calma si bien sa douleur,
Que l'affliction même à ses yeux eut des charmes (3)
        O comme j'étois dans l'erreur !
S'écria-t-il alors plein de reconnoissance :
Sur des moyens humains je fondois l'espérance
De pouvoir de mon sort adoucir la rigueur ;
        Mais, instruit par l'expérience,
Je vois que, ne pouvant éviter la souffrance,
Pour trouver dans ses maux un sûr et prompt secours,
A la Religion il faut avoir recours.

(1) On veut parler de la fausse amitié, parce que la véritable est
très-rare, et que la plupart de ceux qui se disent amis, ne sont,
dans le fond, que des égoïstes.

(2) On désigne la religion par ce nom, parce que c'est du Ciel
qu'elle nous est venue, et que nous devons la regarder comme le
plus beau don du Ciel.

(3) L'histoire de la religion nous offre l'exemple de plusieurs saints
qui se réjouissoient au milieu des souffrances et des tourmens.

FABLE V.

La jeune Fille et sa Poupée.

À faire danser sa poupée
La jeune Caroline étoit tout occupée :
Tantôt par ses discours elle l'endoctrinoit ;
Tantôt avec la main elle la conduisoit ,
Et lui montroit ainsi ce qu'elle devoit faire.
  Mais comme à ses soins l'écolière
  Ne répondoit pas assez bien ,
Qu'elle n'avoit souvent ni grâce , ni maintien ,
Elle impatientoit souvent la demoiselle.
  Que faites-vous ? lui disoit-elle :
Ne pourrai-je jamais vous corriger en rien
Pourquoi ce corps penché , cette tête baissée ?
Tenez-vous comme il faut. Vous ai-je donc dressée
  A vous montrer si gauchement ?
Ne vous ai-je pas dit mille fois , au contraire ,
  Que pour bien penser et pour plaire
  Il falloit s'y prendre autrement ?
  Vous vous moquez apparemment
  De tout ce que je puis vous dire.
Hé bien ! puisque j'ai beau vous faire la leçon ,
Au lieu de m'épuiser en vain à vous instruire,
Je prendrai le parti de vous mettre en prison.
  Oh ! comme vous êtes sévère !
Répondit la poupée. Il arrive souvent
  Que vous ne craignez pas de faire
  Ce que vous me reprochez tant :
  Je vois pourtant que votre bonne ,
  Loin de vous punir , vous pardonne.
  Comme vous je suis un enfant ;

6

Ayez à mon égard la même complaisance :
　　Quand on a besoin d'indulgence,
　　Soi-même on doit être indulgent.

~~~~~~

FABLE VI.

Le Crime et le Châtiment.

ENFANT des passions et du libertinage (1),
De ses heureux succès le Crime triomphoit ;
　　Il portoit partout le ravage,
　　Et partout on le redoutoit.
　　Le Châtiment le poursuivoit ;
　　Mais comme sa marche étoit lente,
　　Et qu'il boitoit même en marchant (2),
Le Crime rassuré lui dit en le bravant :
　　Crois-tu donc que je m'épouvante
En te voyant venir vers moi clopin-clopant ?
Si tu vas de ce train, je ne te craindrai guère ;
　　Tu me poursuivras vainement.
Tu te trompes, lui dit alors le Châtiment :
Je ne suis pas toujours aussi prompt que sévère ;
Peut-être de long-temps je ne t'attraperai ;
Mais sois bien assuré, quoi que tu puisses faire,
　　Que tôt ou tard je t'atteindrai (3).

(1) On qualifie ainsi le crime, parce que ce sont les passions et le libertinage qui en sont toujours la cause.

(2) C'est d'après l'exemple d'Horace, qui représente le châtiment comme boiteux, qu'on s'est servi de cette image.

(3) Le sens de ces vers est que le crime ne peut manquer d'être puni, et que s'il ne l'est pas toujours pendant la vie des coupables, par le glaive de la loi, il le sera du moins après leur mort, par les rigueurs de la justice divine qui ne peut le laisser sans punition. Il est bon que les enfans soient instruits de cette vérité, afin que les succès passagers des méchans ne soient pas un sujet de scandale pour eux.

FABLE VII.

L'Enfant et la Marmotte.

Un enfant qui croyoit ne point faire de faute
En n'usant de son temps que pour se divertir,
    Faisoit un crime à la marmotte (1)
    De passer six mois à dormir :
    Il ne l'appeloit que dormeuse,
Et lui disoit souvent qu'elle devoit rougir
    De se montrer si paresseuse.
    Dame marmotte qui savoit
Le goût que pour le jeu le petit drôle avoit,
    Surprise de sa hardiesse,
Lui répondit un jour : Vous blâmez ma paresse :
Mais vous, à ce défaut n'êtes-vous point sujet ?
Il est des paresseux de différente espèce ;
    On peut l'être dans plusieurs sens ;
On l'est du moins toujours lorsque l'on perd son temps.
    Si donc moi je suis condamnable
    De perdre le mien en dormant,
    N'êtes-vous pas aussi blâmable
    De perdre le vôtre en jouant ?

    Il me semble que la marmotte
Etoit fort raisonnable, et parloit sensément ;
Mais le petit marmot ne l'étoit pas autant :
Pour l'être, il faut savoir reconnoître sa faute,
Et ne pas la blâmer dans autrui seulement.

(1) La marmotte est un gros rat de montagne, qui dort pendant tout l'hiver.

FABLE VIII.

Le Chien-Canard et le Chien-Loup. *

En retournant à la maison ,
Un brave chien-canard portoit une serviette
Où se trouvoit la chair de bœuf et de mouton
   Dont son maître avoit fait emplette.
   En son chemin il rencontra
Un chien-loup qui lui dit : Qu'est-ce donc que cela ?
Quoi ! portant ce qu'il faut pour faire bonne chère ,
   Tu n'as pas l'esprit de la faire ,
   Et tu jeûnes comme un nigaud !
   Pour moi je ne suis pas si sot;
   Je ne fais pas comme Tantale (1) :
   Quand j'ai de quoi, je me régale.
   Ne sois pas dupe , imite-moi :
Saisis l'occasion , puisqu'elle se présente ;
   De cette chair régale-toi.
Si la provision en est trop abondante,
   Pour t'aider j'en prendrai ma part ,
Que me dis-tu donc là ? répondit le canard :
Ce conseil seroit bon pour un chien de ta race,
   Qui , pourvu qu'il se satisfasse,
Fait sans difficulté le métier de voleur;
   Mais un canard a plus d'honneur :
   Pour son maître rempli de zèle ,
   A lui rester toujours fidèle
   Il met sa gloire et son bonheur.
   D'ailleurs, si j'avois l'impudence
De dérober au mien ce qu'il m'a confié ,
Que m'en reviendroit-il ? je serois châtié :

(1) Tantale , selon la Fable, étoit environné de tout ce qui pouvoit flatter son goût, et ne pouvoit ni boire ni manger.

Je n'aurois que des coups pour toute récompense ;
Au lieu qu'en le gardant j'aurai son amitié,
  Son estime, sa confiance,
Et de bons rogatons, restes de ses repas.
  Mon ami, mets-toi dans la tête
Que l'on gagne beaucoup lorsque l'on est honnête,
Et qu'on perd encor plus lorsque l'on ne l'est pas.

  Les hommes ne sauroient mieux faire
Que de prendre pour eux cet avis salutaire ;
  Car il est, dit-on, parmi nous
Bien des gens qu'on pourroit comparer aux chiens-
  loups.

~~~~~~

FABLE IX.

Les Chevaux.

Jadis, tout glorieux de son extraction (1),
Un coursier qu'on disoit issu de Bucéphale (2),
  Mais qui déshonoroit ce nom
  Par une fierté sans égale,
Méprisoit et sembloit vouloir à tout propos
  Morguer tous ceux de ses égaux
Qui ne partageoient pas l'éclat de sa naissance.
  De ce haut et puissant seigneur
L'un d'eux ne pouvant plus supporter la hauteur,
Lui dit : Pourquoi ce ton et cet air d'arrogance ?
  Avez-vous plus d'agilité,
  De force et de légèreté
Que ceux que vous traitez avec tant d'insolence ?
  Dans quelque course ou dans quelque combat
Vous a-t-on jamais vu paroître avec éclat ?

(1) De sa race, de son origine.
(2) Nom du cheval d'Alexandre.

Avez-vous fait quelque prouesse,
Quelque bel exploit ? Hélas ! non :
Si l'on vous connoît dans la Grèce,
C'est seulement par votre nom.
Mais le nom le plus beau, s'il n'est joint au mérite,
S'il n'est pas relevé par la bonne conduite,
Loin d'être une distinction
Pour le faquin qui s'en décore,
Le rend plus méprisable encore,
Et tourne à sa confusion.

Ce cheval-là parloit raison :
Un nom n'honore point quand on le déshonore (1).

(1) On a cru cette fable nécessaire pour détromper les enfans et les jeunes gens qui, séduits par l'éclat de leur origine, s'imaginent souvent que leur naissance et leur nom peuvent leur tenir lieu de mérite.

FABLE X.

Le jeune Solitaire.

Effrayé des discours souvent pleins de licence
Que dans le monde il entendoit,
Un jeune homme pieux et rempli de prudence
Forma le louable projet
De quitter les amis, les lieux qu'il fréquentoit,
Pour s'adonner à la culture
D'un jardin où l'aspect des arbres et des fleurs
Lui procuroit sans cesse une volupté pure,
Dont jamais le remords n'altéroit les douceurs.
Sur ce projet d'abord tous ses amis glosèrent,
Ils en rirent, ils s'en moquèrent,
Et l'un d'entr'eux lui dit un jour d'un ton malin :
Ha ha ! vous êtes donc tout de bon solitaire,

Et l'on ne vous voit plus que dans votre jardin !
Les arbres et les fleurs sans doute ont de quoi plaire.
  Mais, hélas! ils ne disent rien.
  Vous ne les connoissez pas bien,
Lui répondit alors le jeune homme en vrai sage ;
Les arbres et les fleurs ont aussi leur langage :
Les fleurs par leur éclat annoncent la beauté
  Du Dieu dont elles sont l'ouvrage ;
Et les arbres fruitiers, par leur fertilité,
Nous disent que pour nous il est plein de bonté.
Mais fussent-ils muets, sachez que leur silence
  Auroit pour moi bien plus d'attrait
Que les discours impurs, dictés par la licence,
  Où le monde ne m'apprendroit
Que ce que je ne veux et ne dois point apprendre,
  Et ce qui me pervertiroit.

Ce qui ne peut que nuire il ne faut point l'entendre ;
Et l'on doit pour le mal être sourd et muet.

FABLE XI.

L'Arbre.

Tandis qu'on disputoit sur la philosophie,
Qui de nos beaux esprits est la grande manie ;
  Tandis que chacun en faisoit
  La censure ou l'apologie,
  Quelqu'un qui sagement vouloit
Rendre, sans disputer, la vérité palpable,
  Se mit à conter cette fable :

  Un jour dans un cercle nombreux
  On parloit d'un arbre fameux
Que l'on avoit tiré d'une terre étrangère.
L'un en disoit du mal, l'autre en parloit en bien :

Un seul des assistans crut qu'il devoit se taire ;
   Il laissa dire, et ne dit rien.
Mais comme il étoit plein de sens et de prudence :
L'arbre, demanda-t-il, porte-t-il de bon fruit ?
On le disoit ainsi, reprit un homme instruit ;
   Mais à la fin l'expérience
Nous a montré que c'est du poison qu'il produit.
   Oh ! dans ce cas, quoi qu'on en pense,
Lui dit l'homme sensé, cet arbre n'est pas bon.
Un bon arbre ne peut produire du poison :
Or il en est ainsi de la philosophie ;
En vain ses partisans en font l'apologie ;
C'est par ses effets seuls que l'on doit en juger :
Les maux qu'elle a causés en prouvent le danger (1).

(1) Les philosophes se sont vantés d'avoir fait la révolution ; et la révolution a été, comme tout le monde le sait, une source de crimes et d'atrocités. On a donc droit d'imputer à la philosophie ces atrocités et ces crimes, qu'elle semble d'ailleurs autoriser par ses systèmes. Il est bon que les jeunes gens soient instruits de cette vérité, afin qu'ils se tiennent en garde contre cette funeste philosophie, et qu'ils apprennent de bonne heure à la craindre et à l'abhorrer.

~~~~~~

FABLE XII.

Les deux Lièvres.

Pour aller faire leur tournée (2)
Deux lièvres attendant la fin de la journée,
   Dans un chaume demeuroient cois (3).
   Mais comme la peur toujours veille,
   L'un des deux, en prêtant l'oreille,
D'une meute de chiens crut entendre la voix.
   Ho ho ! dit-il à son confrère,

(2) Les lièvres demeurent tapis pendant toute la journée, et ne vont ordinairement par les champs que durant la nuit.
(3) Tranquilles, paisibles.

De cette voix je n'aime pas les sons.
　　Crois-moi, mon ami, détalons (1) :
　　On vient pour nous faire la guerre,
Et nous sommes perdus si nous ne décampons.
Y penses-tu ? dit l'autre. Et pourquoi fuir si vite ?
Avant d'être attaqué l'on ne prend point la fuite :
Le faire, ce seroit être par trop poltron ;
Et si nous le faisions, de nous que diroit-on ?
　　— On diroit ce qu'on voudroit dire.
　　Tu feras ce qu'il te plaira,
Dit le peureux ; mais moi je pars, je me retire.
　　Après ces mots il dénicha (2) :
Mais l'autre qui n'avoit pas autant de prudence,
　　Se piqua d'honneur, et resta.
　　Cependant la meute s'avance,
Et, le sentant de loin, commence d'aboyer.
　　Alórs notre preux chevalier (3)
Tire ses grègues (4), part, et dans les champs s'élance.
　　Mais en le voyant, un lévrier (5)
　　A toutes jambes le pourchasse,
　　Et le suit partout à la trace.
En vain, lorsqu'il se voit serré d'un peu trop près,
　　Pour dérouter son adversaire,
Le fuyard court plus vite, et fait mille crochets ;
Malgré tous les efforts qu'il ne cessa de faire,
Du péril il ne put jamais se dégager.
Quand il vit qu'il alloit devenir la victime
　　De sa lenteur à déloger,
On dit qu'il prononça cette sage maxime,
　　Qui devroit tous nous diriger :
On ne sauroit trop tôt s'éloigner du danger.

(1) Allons-nous-en.
(2) Il s'en alla.
(3) Le lièvre que l'on compare à un ancien chevalier.
(4) S'apprête à partir.
(5) Espèce de chiens qui prennent les lièvres à la course.

~~~~~~

FABLE XIII.

Les Avantages de l'Education.

Dans le temps que Mégare (1) étoit encor sauvage,
A Diogène (2) on dit que tous ses habitans
Soignoient mieux leurs troupeaux que leurs propres
   enfans :
  Dans ce cas, s'écria le sage,
Qui, comme chacun sait, étoit fort singulier,
Si le iel m'eût fait naître en ce pays barbare,
  J'aimerois mieux être bélier
  Que fils d'un bourgeois de Mégare.

  Le philosophe avoit raison :
L'animal bien dressé, sans être raisonnable,
  Paroît souvent plus estimable
Que ne l'est un enfant sans éducation.

  (1) Ancienne ville de Grèce.
  (2) Philosophe grec, qui affectoit en tout une conduite singulière
et qui s'est rendu fameux par sa singularité.

~~~~~~

FABLE XIV.

La Femme et la Pie.

Une femme entreprit d'élever une pie ;
De la faire parler elle avoit le désir :
  A satisfaire cette envie
  Elle employoit tout son loisir.
L'animal ne pouvoit être en meilleure école ;
Tout y contribuoit à son instruction :
  Pour acquérir le don de la parole,

Il avoit à la fois l'exemple et la leçon ;
    Car la dame parloit sans cesse.
Aussi tout réussit dans la perfection :
L'écolière bientôt égala sa maîtresse ;
Comme elle, elle parloit, et jamais ne cessoit ;
    Si bien que, lasse de l'entendre,
    Et croyant devoir la reprendre,
    La dame un jour lui dit tout net :
    Quoi ! par ton importun caquet
    Serai-je sans cesse étourdie ?
    Ah ! de grâce ! finis, ma mie,
    Ou bien prends un tout autre ton :
    Car, tandis que tu crois me plaire,
    Tu m'excèdes par ton jargon :
Lorsque l'on parle mal, il faut savoir se taire ;
Ou, si l'on veut parler, il faut parler raison.
La pie alors lui dit : la leçon est fort bonne,
    Et bien heureux est qui la suit ;
    Mais bien souvent tel qui la donne,
    Par son exemple la détruit.

~~~~~~

FABLE XV.

L'Ame et le Corps (1).

Bien que par la nature étroitement unis,
L'ame et le corps, dit-on, n'étoient pas trop amis :
Ils vouloient l'un sur l'autre avoir la préférence.
    Le corps exaltoit ses appas,
Et disoit que sa forme et ses traits délicats
    Lui donnoient droit à la prééminence.
    Quant à moi, je ne brille pas,

---

(1) Le sujet de cette fable paroîtra peut-être singulier ; mais j'espère que la morale utile qui en résulte m'en fera pardonner la singularité.

Lui répondit un jour l'ame ; Et comme la vue
Ne peut me découvrir, je demeure inconnue :
    Mais invisible à tous les yeux,
      Je m'en suis pourtant pas moins belle,
Et mon mérite en est encor plus précieux.
Rien n'est matière en moi, je suis spirituelle ;
Et tandis que l'on voit tout changer et périr,
Moi je ne change point, et je ne puis mourir.
Avec moi peux-tu donc entrer en parallèle ?
De l'oser seulement ne dois-tu pas rougir ?
Qu'es-tu donc, après tout ? hélas ! un peu de boue
    Qui par sa beauté, je l'avoue,
    Charme quelquefois, et séduit,
    Mais que la main du temps détruit,
Et qui doit à la fin se réduire en poussière.
    Sur cette importante matière,
Lui répondit le corps, je ne dispute point ;
Personne n'est, dit-on, juge en sa propre cause ;
    Je ne puis donc l'être en ce point :
    Mais pour bien décider la chose,
    Choisissons tout le genre humain ;
Il passe, comme on sait, pour être raisonnable ;
    Il doit, partant, être équitable :
    Il est cependant très-certain
    Qu'il te néglige, t'abandonne,
    Et que c'est à moi seul qu'il donne
    Ses soins et son attention :
Sa conduite envers nous est comme une sentence
    Qui décide la question,
    Et m'adjuge la préférence.
Je souscrirois, dit l'ame, à sa décision,
Si, pour se décider et pour se bien conduire,
Il écoutoit la voix de la seule raison ;
Mais comme par les sens il se laisse séduire,
    En dépit de son jugement,
    Je croirai toujours fermement

Qu'étant de Dieu la vive image,
Et devant, à coup sûr, vivre éternellement,
Je dois obtenir l'avantage
Sur toi, qui n'es qu'un assemblage
D'os et de chair, qui peut périr à tout moment.
De l'ame tel fut le langage.
Tout homme, pour peu qu'il soit sage,
Doit être de ce sentiment.

FABLE XVI.

Le jeune Rat.

Un jeune rat de loin voyant une ratière (1):
Ah! voilà donc, dit-il au même instant,
Cette machine meurtrière
Dont mon père me parloit tant!
Je n'y toucherai point; je ne suis pas si bête:
Je m'en approcherai seulement pour mieux voir
La manière dont elle est faite:
De tout, dit-on, il faut un peu savoir.
Vers le piége, à ces mots, le galant s'achemine,
Il rôde autour, il l'examine;
Il aperçoit dedans le lard (2)
Qu'on avoit suspendu par un fil avec art:
Il trouve qu'il a bonne mine;
Et séduit par ses doux attraits:
Je voudrois bien, dit-il, le voir d'un peu plus près:
Il me faudroit entrer, pour ce, dans la machine;
Et, selon mon papa, je ne ferois pas bien:
Mais pourquoi donc? Je ne toucherai rien;

(1) Machine avec laquelle on prend les rats.
(2) Les rats aiment beaucoup le lard; ce qui fait qu'on a coutume de s'en servir pour les attirer dans les piéges qu'on leur tend.

Et dès lors quel mal puis-je faire ?
Sur ce propos il entre doucement ;
Il s'approche du lard qui, toujours plus charmant,
L'attire toujours plus : il le fixe, il le flaire ;
Et n'osant pas d'abord tout de bon y toucher,
Il commence par le lécher.
Mais la tentation étant toujours plus forte
Il y porte à la fin la dent ;
Il le tire avec force : et, comme en le tirant,
De la ratière il fait tomber la porte,
Le malheureux s'y trouve pris.
Il avoit cependant promis
De ne jamais toucher la machine traîtresse.

Mais quand on n'a pas soin de fuir l'occasion,
On oublie, hélas ! sa promesse,
Et l'on succombe enfin à la tentation.
Pour n'y pas succomber, rappelez-vous sans cesse
Ce proverbe plein de sagesse :
L'occasion fait le larron.

FABLE XVII.

Le Rat pris.

QUAND l'imprudent Raton fut dans le trébuchet,
Prévoyant que jamais il ne s'en tireroit,
Et que, pour prix de sa sottise,
Peut-être même il en mourroit,
Il se lamentoit, il pleuroit,
Il maudissoit sa gourmandise ;
Mais surtout il se reprochoit
De n'avoir pas suivi le conseil salutaire
Que lui donnoit son bon vieux père,
Lorsqu'en mourant il lui disoit :
Si tu veux, comme moi, pousser loin ta carrière.

Ne

Ne t'approche jamais, mon fils, de la ratière.
Un rat de ses amis en passant l'entendit ;
  Et sans doute croyant bien faire,
  Pour le consoler il lui dit :
Pourquoi par tant d'hélas déplorer ta misère ?
A quoi cela sert-il ? Le mal est déjà fait ;
Il ne faut maintenant chercher qu'à t'en distraire.
  Pour rendre donc ta douleur moins amère,
Rappelle-toi le lard dont le goût te charmoit ;
  Songe que tu t'es satisfait.
Ah ! c'est là, dit Raton, ce qui me désespère !
Ma satisfaction fut courte et passagère :
Et tout ce qui m'en reste, hélas ! c'est le regret
  D'avoir voulu me satisfaire.

  A tous les hommes de plaisir,
  Que l'attrait du libertinage
  Séduit, entraîne et fait périr,
  Il n'en reste pas davantage.

FABLE XVIII.

Le Pantin et le Petit-Maître.

Jadis devant un petit-maître
Qui, bien que sans mérite, étoit fat, fier et vain,
Comme tous ces messieurs ont coutume de l'être,
  Un brillant et joli pantin (1)
Se piqua d'étaler et de faire connoître
Ses charmes, ses talens et sa dextérité
Il se mit à danser, il se donna des grâces,

(1) Les pantins étoient des figures de bois fort enjolivées, qu'on
faisoit danser par des ressorts. Ils furent fort en vogue pendant un
temps. On n'en trouve plus à présent ; mais on voit leur image dans
les petits-maîtres.

Fab. des Enf.   I

Ou plutôt il fit des grimaces.
Le jeune homme pourtant parut être enchanté
De son air vif, de sa prestesse,
De son allure et de sa gentillesse :
Mais bientôt il en fut jaloux ;
Car il lui dit avec courroux :
Crois-tu donc que de ton adresse,
De tes tours et de ta souplesse
Je sois le sot admirateur ?
Non ! je ne donne pas dans une telle erreur,
Et je sais te rendre justice.
S'il faut te parler vrai, tu m'as séduit d'abord ;
Mais quand j'ai vu qu'en toi tout n'étoit que factice,
Que tu n'allois que par ressort,
J'ai dit : Tout son mérite est un pur artifice.
Le pantin répondit : J'en demeure d'accord ;
Mais tu ne devrois pas, ce semble,
Me mépriser et me blâmer si fort ;
Car on dit que je te ressemble.

~~~~~~

FABLE XIX.

La jeune Fille et le Geai.

Quand le fameux geai de la Fable (1)
Eut les plumes du paon, et qu'il s'en fut paré
De joie et d'orgueil enivré,
Il s'en applaudissoit, il faisoit l'agréable.
La jeune Chloé qui le vit,
S'il faut en croire un vieux écrit,
De sa vanité fut surprise,
Et pour l'humilier lui dit :
Que fais-tu ? Quelle est ta sottise !

(1) Ceci a rapport à une fable de Phèdre, où il est dit que le geai se para des plumes du paon, pour se faire admirer.

En prenant ce dehors trompeur
Crois-tu nous induire en erreur ?
Penses-tu que les gens t'estiment davantage ?
Détrompe-toi. Ce beau plumage
Peut bien t'avoir paré, mais ne t'a point changé :
Sous les plumes du paon tu n'es toujours qu'un geai ·
Le mérite réel nous vient de la nature ;
Les manéges de l'art ne sont qu'une imposture.
Ainsi parla Chloé, dit-on ;
Mais je ne puis me résoudre à le croire :
La jeune enfant, dans cette histoire,
Montre trop de bon sens, et parle trop raison.
Je croirois plutôt le contraire :
Car les plumes qu'on voit briller
Sur plus d'une tête légère,
Prouvent que la jeunesse en osant s'affubler
De cette parure étrangère,
Loin de blâmer le geai, cherche à lui ressembler (1).

(1) Cette fable a été faite quand les plumes étoient à la mode.

FABLE XX.

Le Misantrope.

Pour connoître et blâmer les défauts du prochain,
Jadis un sombre misantrope (2)
Employoit les efforts de son esprit malin
A percer l'obscure enveloppe
Qui nous cache le cœur humain ;
Mais sur ce fait l'Argus (3) n'est qu'une taupe,
Et les secrets du cœur trompent l'œil le plus fin ;

(2) Un misantrope est un homme qui hait les autres hommes.
(3) Argus, selon la Fable, avoit cent yeux, et la taupe passe pour
être aveugle.

2

Notre homme en fit l'expérience;
Et confus de son ignorance,
Il s'en prit au grand Jupiter (1)
De ce qu'en ces secrets il ne pouvoit voir clair.
Eh ! pourquoi donc, disoit-il dans sa plainte,
Avoir fait de nos cœurs un obscur labyrinthe ?
N'auroit-il pas été plus sage en les formant,
D'imiter l'architecte habile
Qui, pour donner au jour un accès plus facile,
Perce en divers endroits le corps du bâtiment (2) ?
Jupiter entendit ce discours impudent,
Et d'abord, outré de colère :
Eh bien! je vais, dit-il, enfin te satisfaire,
Et c'est ton cœur qui s'ouvrira.
Aussitôt de Jupin (3) l'ordre s'exécuta,
Et l'on connut à fond notre homme atrabilaire :
Mais au lieu des vertus qu'il paroissoit avoir
On n'aperçut en lui que fraude et perfidie,
Qu'artifice et qu'hypocrisie,
Et ce qui sembloit blanc ne parut plus que noir (4).
Victime de son imprudence,
Le misantrope alors pâlit, frémit d'horreur :
Il cherche à se cacher; il veut fuir la présence
Du peuple rassemblé qui rit de son malheur;
Et dans son désespoir extrême,
Il voudroit, s'il pouvoit, se fuir encor lui-même :
Mais malgré ses efforts, le souverain des cieux
Attachoit sur lui tous les yeux.
Cependant fléchi par ses larmes,
Quand il le vit assez honteux,
En refermant son cœur il calma ses alarmes,
Et lui dit : Mortel orgueilleux

(1) Le plus grand des Dieux du paganisme
(2) En y faisant des fenêtres.
(3) Nom qu'on donne à Jupiter.
(4) On ne vit que des vices dans ses bonnes qualités apparentes.

Apprends à respecter la sagesse des dieux.
C'est par ménagement pour l'humaine foiblesse
Qu'ils ont de votre cœur voilé tous les défauts :
Au lieu donc de sonder celui de tes égaux ,
A réformer le tien applique-toi sans cesse.

~~~~~~

FABLE XXI.

La Justice et la Fortune.

Que fais-tu donc ? Je ne te comprends pas ,
Disoit à la fortune un jour dame justice :
        Tu peux au gré de ton caprice
        Répandre les biens ici-bas ;
        Et loin de te montrer propice
Aux mortels vertueux, aux hommes à talens,
Tu verses tes faveurs, dit-on, sur les méchans.
Je sais bien qu'on le dit, répondit la fortune ;
Mais c'est là , par malheur, une erreur trop commune,
Que je dois aujourd'hui te faire apercevoir :
Comme je suis aveugle, et que je ne puis voir
Le mérite de ceux pour qui tu t'intéresses,
Il est vrai que par fois j'accorde des richesses
A gens qui sont moins qu'eux dignes de les avoir :
Mais il est bon aussi de te faire savoir
Que ce qu'on fait passer pour être mon ouvrage,
Est très-souvent le fruit d'un secret brigandage :
D'être mon favori tel qui se fait honneur ,
N'est que du bien d'autrui l'injuste ravisseur ;
        Et par un abus de langage ,
Qui de l'iniquité déguise la noirceur ,
Le crime qui prospère , on l'appelle bonheur.

3

FABLE XXII.

L'Intempérance et la Sobriété.

Je vous plains bien, en vérité,
Disoit un jour l'intempérance
A la mère de la santé,
Qui, comme chacun sait, est la sobriété :
Vous ne vivez que d'abstinence ;
Et bien loin de chercher à flatter votre goût,
Envers vous-même trop sévère,
Vous vous refusez presque tout.
Oh ! ce n'est pas ainsi que je crois devoir faire :
J'aime surtout la bonne chère ;
Un morceau friand est pour moi
La chose la plus délectable ;
Et quand je suis assise à quelque bonne table,
Je suis plus heureuse qu'un roi.
Je sais qu'en ces momens d'ivresse
Répondit la sobriété,
Vous paroissez jouir de la félicité,
Vous goûtez les douceurs d'une vive allégresse :
Mais sans parler ici des indigestions
Qui vous font payer cher vos indiscrétions,
Pouvez-vous être heureuse en voyant qu'avilie,
Chacun craint d'avoir part à votre ignominie ?
Que de vos excès révolté
Le monde vous exclut de sa société ?
Que vous ne pouvez être en bonne compagnie ?
Et que quand par hasard vous vous montrez aux gens,
Votre figure bourgeonnée
Fait partout rire à vos dépens
Et vous applaudissant de votre destinée,
Vous osez de mon sort déplorer la rigueur !

Ah ! revenez de votre erreur ;
Je me prive toujours, il est vrai, par sagesse,
Des boissons, des mets superflus,
Dont la douceur pourroit le plus
Satisfaire mon goût et ma délicatesse :
Mais par ce sacrifice, évitant tous les maux
Qu'une gourmandise effrénée
Cause souvent à ses suppôts (1),
J'assure mon bonheur, ma santé, mon repos ;
Et pour me rendre fortunée
Tout cela vaut bien mieux que les meilleurs morceaux.

On ne peut qu'applaudir à ce sage propos.
En voulant trop se satisfaire
On nuit à sa félicité :
Mais lorsque, réprimant sa sensualité,
Envers soi-même on est sévère,
On trouve son bonheur dans sa sévérité (2).

(1) C'est-à-dire à ceux qui y sont sujets.
(2) Comme la gourmandise est le défaut ordinaire des enfans, et qu'elle peut les entraîner peu à peu dans l'intempérance, j'ai cru devoir leur offrir dans cette fable un préservatif contre ce vice, et leur faire sentir les avantages de la sobriété, qui est la vertu des personnes sages et bien élevées.

~~~~~~

FABLE XXIII.

Les Melons.

Un enfant dont le caractère
Trop facile et trop complaisant
Le portoit à s'unir, sans nul discernement,
Au premier qui savoit lui plaire,
Par ce défaut sans cesse inquiétoit son père :
Ce bon père craignoit qu'un ami corrupteur

4

Ne gâtât quelque jour son esprit et son cœur ;
Et comme à ce danger il vouloit le soustraire,
Usant adroitement d'une comparaison,
Sur le choix des amis il crut devoir lui faire
     Une utile et sage leçon :
Vous savez, lui dit-il, mon fils, que le melon
Est bien de tous les fruits celui que je préfère ;
Mettez donc tous vos soins à m'en avoir un bon.
L'enfant n'oublia rien pour pouvoir satisfaire
Le désir et le goût de son tendre papa :
     Mais le melon qu'il acheta
     Par malheur ne fut pas mangeable :
Pour réparer l'erreur dont il se crut coupable,
     Au lieu d'un, il en prit plusieurs ;
     Et bien qu'ils fussent meilleurs,
Ils eurent tous, hélas ! un goût désagréable.
Son père le voyant alors inconsolable,
     Lui dit : consolez-vous, mon fils ;
Bien choisir en ce genre est chose difficile,
Et bien d'autres que vous s'y sont souvent mépris ;
     Mais retenez bien cet avis
Qui doit vous diriger dans un choix plus utile :
     Les amis sont semblables aux melons ;
Sur cent l'on peut à peine en trouver deux de bons.
     Voulez-vous donc agir avec prudence ?
     N'accordez votre confiance
Qu'à ceux dont le mérite, ainsi que les vertus,
     Bien constatés et bien connus,
     Pourront vous donner l'assurance
De n'avoir point en eux des amis corrompus.

FABLE XXIV.

Le Charlatan.

Sur ses tréteaux (1) un rusé charlatan
A pleine voix vantoit son orviétan (2) ;
Il en disoit mille et mille merveilles ;
Il avoit fait des cures sans pareilles ;
Et cependant le peuple, dégoûté ,
De l'acheter n'étoit guère tenté.
Notre hâbleur (3) le vit, non sans tristesse ;
Mais ces messieurs ont toujours de l'adresse ,
Et l'on ne peut les trouver en défaut.
Celui-ci donc s'adressant à Pierrot (4) :
Pierrot, dit-il, il seroit temps , je pense ,
Contre l'hiver de se mettre en défense ;
Ainsi, mon cher, il me faudra du bois.
Du bois ! répond Pierrot à haute voix :
Eh ! pourquoi donc , dites-moi , je vous prie ?
—Pour me chauffer ; la chose est toute unie.
—Pour vous chauffer ! Monsieur , y pensez-vous ?
Vous oubliez qu'il est encor chez nous
Un grenier plein de crosses, des béquilles
De mille enfans , hommes , femmes , ou filles
Que votre baume a guéris en tous lieux.
Pour vous chauffer est-il donc rien de mieux ?
—Non , mais j'aurois voulu que leur présence
Pût de mon baume attester l'excellence.
— Ah ! vous saurez guérir assez de gens
Pour en avoir d'autres en peu de temps.

(1) Espèce de théâtre.
(2) Espèce de baume.
(3) Un hâbleur est un homme qui se vante.
(4) Nom du domestique du charlatan.

I 5

Ce mot suffit pour tromper le vulgaire ;
Et l'orviétan qui ne se vendoit guère,
Fut enlevé par tous les ignorans.

Défions-nous de tous les charlatans ;
Car il en est de toutes les espèces :
Ils vantent tous leurs talens, leurs prouesses,
Se disent tous habiles et savans ;
Mais ils ne sont dans le fond qu'impudens :
L'habileté, le talent, le génie
Sont toujours joints avec la modestie.

FABLE XXV.

Le Tableau.

Un père avoit orné son salon d'un tableau
    Qui passoit pour être fort beau,
    Mais qu'il eût été bien plus sage
D'éloigner avec soin des yeux du spectateur,
    Puisqu'il présentoit une image
Qui par son indécence offensoit la pudeur :
C'étoit, dit-on, d'Hébé (1) le portrait enchanteur.
Bien qu'elle soit fort belle, on l'avoit embellie
De ce que l'artifice a de plus séduisant,
    Et l'on n'avoit, en la peignant,
    Oublié que la modestie,
Qui fait de la beauté le plus bel ornement :
Oubli qui n'a pas lieu seulement en peinture.
    Mais laissant là le ton de la censure,
    Revenons à notre sujet :
Comme notre bonhomme aimoit fort ce portrait,
    Sa fille simple et sans malice,

(1) Déesse de la jeunesse, selon la Fable.

Ignorant jusqu'au nom du vice
Imagina qu'elle devoit,
Du mieux qu'elle pourroit le faire,
Dans l'intention de lui plaire,
Imiter ce qui lui plaisoit.
Un beau jour donc dans sa parure
Elle retrace trait pour trait
Le costume de la figure
Qu'à tout moment il admiroit,
Et vient dans cet état se montrer à son père.
Mais celui-ci, surpris de son accoutrement :
Quoi ! lui dit-il en la grondant,
Vous êtes assez téméraire
Pour paroître à mes yeux sous ce dehors choquant !
Allez, retirez-vous loin de moi promptement.
Ah ! pardon, dit l'Agnès (1). Hélas ! j'ai cru bien
    faire
En imitant l'ajustement
De l'objet qui vous charme tant.
Il me charme, il est vrai ; mais c'est une peinture,
Dit notre homme déconcerté.
Papa, reprit la fille avec simplicité,
Ce qu'on trouve mauvais dans la réalité,
Ne peut pas, ce me semble, être bon en figure.
Le père alors sentant, dit-on,
Que le tableau, par sa présence,
De sa fille pourroit corrompre l'innocence,
Crut devoir pour toujours en purger sa maison.
Puissent tous les parens imiter sa prudence !

(1) On se sert de ce mot pour désigner une fille très-innocente.

6

FABLE XXVI.

La Force du mauvais exemple.

Plein de tendresse pour son père,
Un jeune enfant crut bonnement
Qu'il devoit en tout point l'imiter pour lui plaire ;
Mais ce père faisoit souvent
Ce qui n'étoit pas bon à faire ;
Il se livroit à la colère ;
Pour ses gens il n'avoit aucun ménagement :
Il les réprimandoit, il les grondoit sans cesse,
Souvent sans rime ni raison ;
Et quand en le servant quelqu'un manquoit d'a-
dresse,
D'activité, d'attention,
Il faisoit de ses cris retentir la maison.
Son cher fils qui, l'ayant choisi pour son modèle,
A l'imiter en tout se montroit très-fidèle,
Envers ses serviteurs en faisoit tout autant.
Un jour qu'il gourmandoit l'un d'entr'eux rudement
Pour une faute assez légère,
Son père, l'entendant, lui dit d'un ton sévère :
Qu'ai-je entendu, mon fils ? et comment parlez-
vous ?
Vous devez savoir que tout maître,
Pour se bien comporter, doit être
Envers ses serviteurs bon, indulgent et doux :
Mais vous m'avez fait voir que vous ne l'êtes guère
Il est vrai, dit l'enfant ; je suivois pour vous plaire
L'exemple que vous me donnez :
Mais puisque vous me condamnez,
Je n'imiterai plus ce que je vous vois faire :

Je ferai seulement ce que vous m'ordonnez.
  Lorsqu'il entendit ce langage,
  Le père, dit-on, en rougit :
  Mais comme il étoit juste et sage,
En devenant plus doux, il en fit son profit.

FIN DU LIVRE SIXIÈME

LIVRE SEPTIÈME.

—

FABLE PREMIÈRE.

La jeune Fille et sa Bonne.

A ceux qui sont chargés de former la jeunesse
    Tout peut fournir l'occasion
De lui faire en passant une utile leçon.
    C'est ce que fit avec adresse
    Une bonne dont la sagesse
Egaloit la bonté, le zèle et la douceur.
    Sa jeune élève, dont l'humeur
    Avoit trop souvent une aigreur
    Qui la rendoit insupportable,
Voulut manger d'un coing qu'on venoit de cueillir;
    Mais comme elle ne put souffrir,
    Son âpreté désagréable :
    Quel mauvais fruit ! dit-elle en le jetant :
    J'en trouve le goût détestable,
    Quoiqu'on me l'ait vanté souvent.
    Vous ne lui rendez pas justice
    Lui dit alors sa sage institutrice:
    Vous verrez en le goûtant mieux,
Que loin d'être mauvais, il est délicieux.
    A ces mots, d'une bonbonnière
    Elle tire du coing confit,
    Et le donne à son écolière,
    Qui le trouvant fort bon, lui dit:
    Quoi donc! c'est là le même fruit ?
    En vérité cela m'étonne !

D'où lui vient donc cette bonté
Qu'il n'avoit pas d'abord ? Du sucre, dit la bonne.
En corrigeant son âpreté,
Par sa douce vertu le sucre lui fait prendre
Ce bon goût dont on est flatté :
L'expérience a dû vous le faire comprendre.
Mais ce que votre instruction
M'oblige encore à vous apprendre,
Puisque j'en ai l'occasion,
C'est que, quand nous avons dans notre caractère
Une aigreur qui pourroit déplaire,
La douceur y produit le même changement
Que celui que le sucre opère
Dans le fruit qui d'abord vous sembloit rebutant.

FABLE II.

Le Ruisseau et la Fontaine.

En passant près d'une fontaine,
Où tous les villageois venoient prendre de l'eau,
Du fond de son lit un ruisseau
Qui, sans utilité serpentoit dans la plaine,
Lui dit : Je ne vois pas pourquoi
Tu souffres tous les jours cette foule importune
Qui se rassemble autour de toi :
Ton onde t'appartient, et tu la rends commune !
Tu devrois faire comme moi,
Qui, sachant qu'avant tout on doit vivre pour soi,
Jouis seul de mes eaux, et suis toujours tranquille
La fontaine lui dit : Oh ! je n'en ferai rien :
Car je cesserois d'être utile ;
Et le plus grand bonheur est de faire du bien.

FABLE III.

L'Admirateur du Louvre (1).

CERTAIN bel esprit mécréant
Ou pour mieux dire extravagant,
Puisque du premier Etre il nioit l'existence,
S'extasioit un jour devant ce bâtiment,
Qui de nos souverains annonçant la puissance
Par sa vaste étendue et sa magnificence,
Présente un aspect imposant :
Voilà bien, disoit-il, l'ouvrage du génie,
Et le vrai chef-d'œuvre de l'art.
Dites plutôt que c'est un effet du hasard,
Lui répondit quelqu'un instruit de sa folie.
Vous moquez-vous de moi, reprit le mécréant,
Sans songer qu'il alloit lui-même
Réfuter son affreux système ?
Quoi ! le hasard aveugle et toujours inconstant
Auroit pu construire ce Louvre !
Où notre œil étonné découvre
Tant de rares beautés, un plan si bien tracé !
Pour le croire, il faudroit que je fusse insensé.
Oui : mais vous le seriez bien moins que vous ne l'êtes,
Répondit l'autre avec candeur,
Lorsque méconnoissant l'œuvre du Créateur
Vous croyez, comme vous le faites,
Que par leur concours fortuit,
Par un effet de leur caprice,

(1) Le Louvre est un chef-d'œuvre d'architecture, et on l'a toujours regardé comme le plus bel édifice qu'il y ait en France, et peut-être dans toute l'Europe.

Les atomes seuls ont construit (1)
De ce vaste univers l'admirable édifice.
Car, dites-moi, Monsieur, n'est-il pas évident
　　Qu'il falloit, pour former le monde,
　　Une sagesse plus profonde
Que celle qu'exigeoit un simple bâtiment?
　　Le bel esprit ne sut que dire;
Mais de son adversaire il fit semblant de rire;
C'est là de ces messieurs le plus fort argument (2).

　(1) Les athées, c'est-à-dire ceux qui nient l'existence de Dieu,
ont prétendu que ce sont les atomes qui, en s'accrochant et en
se combinant de diverses manières, par un pur effet du hasard, ont
produit les différentes merveilles que l'univers nous présente. Par
atomes on entend les particules de matière dont on croit qu'un petit
corps est composé.

　(2) Comme on a porté dans ces derniers temps l'audace et l'im-
pudeur jusqu'à professer ouvertement l'athéisme, nous avons cru
que cette fable dont Cicéron, tout païen qu'il étoit, nous a fourni
l'idée, ne seroit pas déplacée dans un ouvrage consacré à l'instruction de la jeunesse, qu'on ne sauroit prévenir avec trop de soin
contre l'erreur et l'impiété.

FABLE IV.

L'Enfant et la Montre.

En voyant une montre aller toujours son train,
　　Et dans sa marche régulière,
　　Suivre constamment son chemin,
Un jeune enfant lui dit : Comment peux-tu donc faire
Pour cheminer toujours sans jamais t'égarer,
Sans retarder ta marche et sans l'accélérer?
　　Apprends-moi quel est ce mystère.
La montre répondit : Je vais te satisfaire.
　　Ecoute-moi bien, mon enfant;
　　Si tu me vois marcher sans cesse,

Et si je marche avec justesse,
C'est que je suis le mouvement
Qu'à midi chaque jour mon maître,
Pour que j'aille toujours, m'imprime en me montant
Fais comme moi, sois bien obéissant ;
Si tu prends le parti de l'être,
Jamais, ainsi que moi, tu ne t'égareras,
Et dans le bon chemin toujours tu marcheras.

~~~~~~

FABLE V.

La jeune Fille, la Mère et le Portrait.

En considérant le portrait
D'une vierge dont la figure,
L'air, le maintien et la parure
Offroient de modestie un modèle parfait,
La jeune Eléonore, encore dans l'enfance,
Par erreur et par ignorance,
Dans l'image croyant voir la réalité,
A sa mère disoit avec naïveté :
J'aime bien cette vierge ; elle paroît bien sage ;
En la voyant mon œil en est tout satisfait :
Mais je l'aimerois davantage
Si quelquefois elle parloit.
Que fait-elle là sans rien dire ?
La mère, en l'entendant, se mit d'abord à rire ;
Ensuite elle lui dit : La vierge que tu vois,
Pour t'édifier et t'instruire,
N'a pas besoin de déployer sa voix ;
Son aspect seul suffit pour te faire connoître
Comment tu dois te mettre, et ce que tu dois être
Imite-là donc, mon enfant ;

Sois modeste comme elle, et par ton air décent
Fais, lorsque dans le monde il te faudra paroître,
Qu'on te prenne partout pour son portrait vivant.

~~~~~~

FABLE VI.

L'Homme riche et le Platane.

Un jour qu'il contemploit le bois et le feuillage
Qu'un platane avec pompe à ses yeux déployoit
Un Crésus égoïste à cet arbre disoit :
A quoi bon ces rameaux, ces feuilles, ce branchage ?
  Ce n'est là qu'un vain étalage :
  Il faudroit nous donner des fruits
Et malheureusement jamais tu n'en produis :
  Ce n'est qu'autant qu'il est fertile,
  Ce n'est qu'autant qu'il nous nourrit,
  Qu'un arbre passe pour utile,
  Et que partout on le chérit.
  Oui, je le sais, lui répondit
Le platane indigné d'entendre ce langage ;
Mais, dis-moi, trouve-t-on en toi cet avantage ?
Car chacun ici-bas doit faire quelque bien :
Hélas ! tu ne te sers de ta grande opulence
Que pour te distinguer par ta magnificence,
Et pour les malheureux jamais tu ne fais rien.
  Du moins l'ombrage que je donne
  Sert quelquefois d'asile aux voyageurs :
  Mais ne songeant qu'à ton bonheur,
  Toi, tu n'es utile à personne.
  Ne dis donc plus de mal de moi,
Mais fais qu'on puisse dire un jour du bien de toi.

~~~~~~

FABLE VII.

La Fourmi et le Philosophe.

UNE fourmi fort orgueilleuse
(Car où l'orgueil ne se niche-t-il pas ?)
Faisoit souvent la raisonneuse
Sur tout ce qu'on voit ici-bas :
Elle exerçoit surtout sa censure sur l'homme,
Et même un jour elle disoit :
Est-ce donc là cet être si parfait
Que partout on vante, on renomme ?
Je ne vois goutte en ce qu'il fait ;
Aux règles du bon sens tout m'y paroît contraire.
Pourquoi ceci ? pourquoi cela ?
A quoi bon ce qu'il a fait là ?
N'auroit-il pas mieux valu faire.....
La pécore sans doute alloit
En dire encore davantage ;
Mais dans le temps qu'elle tenoit
Cet orgueilleux et sot langage,
Un philosophe l'entendit,
Et l'interrompant il lui dit :
Il t'appartient bien, téméraire,
Et vil excrément de la terre,
D'oser en censurer le roi !
Trop grand, trop élevé pour toi,
Tu dois l'admirer et te taire.
Oui ! lui dit la fourmi, votre avis est fort bon ;
Mais si j'ai fait tout le contraire,
Votre exemple me rend bien digne de pardon :
Voyant que vous osiez juger l'Etre suprême,
J'ai cru qu'à plus forte raison

Je pouvois vous juger vous-même,
Puisqu'en comparaison de cet Etre infini,
Devant qui l'univers paroît comme un atome,
L'homme est moins que n'est la fourmi
Quand on la compare avec l'homme.

FABLE VIII.

La Mère et l'Hirondelle. *

Une mère aperçut un jour une hirondelle
Qui sous un toit faisoit son nid :
Que fais-tu donc là ? lui dit-elle.
L'hirondelle lui répondit :
Je prépare un logis pour la race nouvelle
Qui bientôt doit me survenir.
Ce soin, lui dit la dame, annonce ta tendresse,
Et l'on ne peut que t'applaudir ;
Mais avec un peu plus de goût et de sagesse,
Tu placerois ton nid plutôt ailleurs qu'ici ;
Le local en est mal choisi ;
Il vaudroit beaucoup mieux le faire
Sur un arbre que sous des toïts :
Un arbre à tes petits auroit plus de quoi plaire ;
Ils y trouveroient à la fois
De la verdure et de l'ombrage.
Et ce seroit pour eux un très-grand avantage.
Oui, dit l'oiseau, je le conçois ;
Mais sur l'arbre ils seroient exposés à l'orage,
Et peut-être leur nid en seroit culbuté :
Or je crois qu'une mère sage
Doit, sachant les dangers qui menacent leur âge,
De ses enfans surtout chercher la sûreté ;
Et c'est là justement ce que j'ai voulu faire.

Il seroit bon que chaque mère,

Pour sauver du péril les mœurs de ses enfans,
　　Fit paroître le même zèle
Que pour sauver les siens de la fureur des vents,
　　Montra cette sage hirondelle.

FABLE IX.

Le jeune Homme et la Mouche.

Une mouche un jour voltigeoit
Tout autour de la toile ou plutôt du filet
　　Au fond duquel une araignée,
　　Pour s'en régaler, l'attendoit.
Ignorant le danger elle s'en approchoit,
　　Et n'en étoit pas éloignée :
　　Mais par bonheur un jeune homme la vit,
Et craignant tout pour elle, aussitôt il lui dit :
　　Malheureuse ! que vas-tu faire ?
　　L'ennemie est là qui t'attend :
Prends garde de donner, comme une téméraire,
　　Dans le piége qu'elle te tend ;
Et cherche ton salut dans une prompte fuite.
La mouche fut docile, et partit tout de suite :
Puis, venant au jeune homme, elle lui dit : Je voi
　　Que tu t'intéresses à moi :
　　Souffre que par reconnoissance,
　　Te rendant avis pour avis,
Des piéges où tu peux à ton tour être pris
　　Je te donne la connoissance :
　　Comme une mouche va partout,
　　Et qu'en errant elle voit tout,
Je t'ai vu fréquenter souvent des compagnies
　　Et courir à des comédies
　　Aussi dangereuses pour toi

Que la toile de l'araignée,
Dont, grâce à tes conseils, je me suis éloignée,
Te paroissoit devoir l'être pour moi :
Tu m'as recommandé d'être moins téméraire,
Fais ce que tu m'as dit de faire ;
Fuis le péril au lieu de le braver :
Ce n'est qu'en le fuyant qu'on peut s'en préserver.

~~~~~~

FABLE X.

Le Fleuve et le Ruisseau.

Enflé du grand volume d'eau
Qu'il rouloit fièrement dans une vaste plaine,
Un fleuve méprisoit un modeste ruisseau,
Qui, caché dans un lit qu'on découvroit à peine,
Serpentoit dans un champ voisin :
Où vas-tu ? lui dit-il avec un ton hautain.
Je me rends où tu dois toi-même aussi te rendre,
Répondit le ruisseau : malgré le ton et l'air
Qu'à mon égard ici tu ne crains pas de prendre,
Nous allons tous deux à la mer ;
Et quand nous y serons, aucune différence
Ne te distinguera de moi :
Là s'éclipse tout rang, toute prééminence ;
J'y serai tout autant que toi.
Ce discours rempli de prudence
Est, ce me semble, un bon avis
Pour ces êtres enorgueillis
Qui, fiers de leur noblesse ou de leur opulence,
Ne montrent qu'un profond mépris
Pour ceux qui, sans biens, sans naissance,
Vivent ici-bas inconnus :
La tombe, où tous un jour nous serons confondus
Devroit de ces messieurs réprimer l'arrogance.

FABLE XI.

L'Enfant et la Mère.

On raconte qu'un jeune enfant,
Par une étourderie ordinaire à son âge,
S'étoit saisi d'un fer tranchant
Pour le faire servir à quelque badinage :
Par bonheur sa mère le vit,
Et tout de suite elle lui dit :
Quittez vite ce fer, petit sot que vous êtes ;
Savez-vous bien ce que vous faites,
Quand vous osez le manier ?
Vous courez le danger de vous estropier
Et de me rendre malheureuse :
Car une mère l'est quand ses enfans le sont,
Et souffre encor plus qu'eux des sottises qu'ils font.
Ah ! maman, dit l'enfant, vous êtes trop peureuse :
Allez ! allez ! jamais cela n'arrivera.
Et sur ce beau propos, nonobstant la défense
Qu'on venoit de lui faire et qu'on réitéra,
A garder le couteau mon drôle s'obstina ;
Mais pour vaincre sa résistance,
Sa mère, usant de violence,
De ses mains enfin l'arracha
Et pour toute reconnoissance,
Le mutin s'en plaignit, et contre elle bouda.
Il eut certes grand tort ; car jamais une mère
Ne rend à ses enfans un service plus grand,
Que lorsque, se montrant inflexible et sévère,
Elle les prive sagement
Des plaisirs qui pourroient les perdre en les flattant.

FABLE XII.

Le Chardonneret et le Rossignol.

Les animaux jadis avoient leurs freluquets ;
Chez eux, comme chez nous, cette mauvaise engeance
    Pulluloit avec abondance :
On en voyoit surtout chez les chardonnerets.
    L'un d'entr'eux, fier de son plumage,
    Se regardoit comme un phénix,
Et pour tout autre oiseau n'avoit que du mépris :
Il étoit jeune encor, et l'on sait qu'à cet âge
A des dehors brillans on attache un grand prix.
    En voltigeant un jour dans un bocage
Il vit un rossignol. Après l'avoir bien vu,
    Sans l'avoir jamais entendu ;
    Voilà, dit-il, un pauvre personnage !
    Je ne vois rien dans son plumage
    Que de fort commun et d'uni :
Je crois, grâces au Ciel, être un peu plus joli,
    Et valoir un peu davantage.
    Tandis qu'il tenoit ce langage,
    Le rossignol de sa brillante voix
    Fit retentir et la plaine et les bois :
Le prétendu phénix entendit son ramage
Et le trouva si doux, si tendre, si flatteur,
    Qu'au mérite rendant hommage :
    Ho ho ! dit-il, j'étois bien dans l'erreur :
Jugeant de cet oiseau par sa seule couleur,
J'osois le mépriser avant que de l'entendre ;
De l'emporter sur lui je m'arrogeois l'honneur :
    Mais par son gosier enchanteur
    Il vient de me faire comprendre
Qu'un beau talent vaut mieux qu'un bel extérieur.

Fab. des Enf.   K

~~~~~~

FABLE XIII.

L'Ivrogne et le Vin.

Sans songer que lui-même étoit le seul coupable,
　　Un ivrogne au vin reprochoit
　　L'état honteux et pitoyable
　　Où souvent il le réduisoit ;
Et d'un ton de colère un jour il lui disoit :
Pourquoi me fais-tu donc tant de mal, misérable ?
Je t'aime, tu le sais : tu me vois chaque jour
Venir au cabaret te marquer mon amour ;
J'abandonne pour toi mes enfans et ma femme ;
　　Je perds mon temps et mon argent ;
Et notre bon curé m'a même dit souvent
　　Que je perdois aussi mon ame :
　　Mais me moquant de son sermon,
Je vais toujours mon train, et pour reconnoissance,
　　En ne cherchant en apparence
Qu'à contenter mon goût, tu troubles ma raison,
Tu me fais quelquefois perdre la connoissance,
Et tu me rends semblable au plus vil animal.
　　Ah ! je te croyois plus loyal.
Et moi je te croyois aussi plus équitable,
Lui répondit le vin. Dois-je être responsable
　　Des sottises de mes amis ?
Je t'aime assurément comme tu me chéris,
Et si tu n'étois pas aussi déraisonnable,
　　Si tu savois de ma liqueur
　　Faire un usage convenable,
Je te serois utile encor plus qu'agréable :
Je pourrois, en portant la gaîté dans ton cœur,
Augmenter de ton corps la force et la vigueur ;
Mais, pour t'abandonner à ton intempérance,

Le jeune homme et la poule .

Abusant de ma complaisance,
Tu me fais malgré moi servir à tes excès ;
Peux-tu donc m'imputer le mal que je te fais ?
Non, non ; ce mal est ton ouvrage :
Quand on sait être sobre et sage
On ne trouve dans moi rien que de bienfaisant ;
Et je ne nuis jamais qu'à l'homme intempérant.

~~~~~~

FABLE XIV.

Le jeune Homme et la Poule.

Un jeune homme étoit égoïste ;
(Tant d'autres le sont aujourd'hui !)
Croyant que le bonheur consiste
A n'aimer que soi-même, à négliger autrui,
Il ne faisoit rien pour sa mère,
Qui pendant son enfance avoit tout fait pour lui ;
Il la laissoit souvent consumer par l'ennui ;
Et même quelquefois languir dans la misère.
Tandis que ce fils sans amour
Se promenoit dans une cour
Pour s'amuser et se distraire,
Un chien y vient, et poursuit des poulets ;
Leur mère l'aperçoit, et pour les chers objets
De ses soins et de sa tendresse
Craignant la dent du malfaiteur,
A les défendre elle s'empresse,
Fond sur le chien avec fureur,
Le frappe avec le bec, de ses griffes le blesse,
Et le force enfin à s'enfuir.
Notre jeune égoïste, en la voyant venir
De sa victoire toute fière,
Lui dit : Comment as-tu pu faire,

2

Toi qui parois n'avoir ni force ni vigueur,
    Pour combattre avec tant d'honneur
    Un si redoutable adversaire?
    La poule qui le connoissoit,
    Et que sa conduite indignoit,
Pour l'en faire rougir répondit : Une mère
    Ose et peut tout pour ses enfans ;
    Mais, par malheur pour les parens,
    Ceux-ci n'agissent pas de même :
On ne les voit jamais aimer comme on les aime.

FABLE XV.

Le Cep de vigne et le Chêne. *

Voyant qu'il auroit de la peine
    A se soutenir en montant,
Un cep de vigne crut devoir tout bonnement
    Pour son appui choisir un chêne ;
    Et le choisit réellement :
Il s'unit à son tronc, grimpa sur son branchage,
Et l'eut bientôt couvert de bois et de feuillage.
Le chêne hospitalier, bien qu'il le surchargeât,
Sans mot dire, chez lui souffrit qu'il se logeât.
    Mais un arbre du voisinage
Lui dit un jour : Il faut que vous soyez bien bon,
Pour supporter ce cep qui, sans discrétion,
    Pour se mettre à l'aise vous gêne !
    Il est vrai, répondit le chêne :
    Le cep agit un peu trop sans façon ;
Mais j'ai pour le souffrir une bonne raison :
Si j'étois quelque jour dans un besoin extrême,
Si pour me soutenir je cherchois un appui,
Je voudrois le trouver, et voici mon système :

C'est que chacun de nous doit faire pour autrui
Ce qu'il aimeroit bien que l'on fît pour lui-même.

Ce chêne pensoit bien ; mais, hélas ! aujourd'hui
Il est bien peu de gens qui pensent comme lui.

~~~~~~

FABLE XVI.

L'Ane et les autres Animaux. *

Par une éclatante victoire
Le roi des animaux s'étant couvert de gloire,
Tous les beaux esprits de sa cour
Crurent devoir chanter ses exploits tour-à-tour.
Convaincu que sa voix étoit faite pour plaire,
Et se flattant d'être applaudi,
L'âne aussi les voulut chanter à sa manière,
Et partant il se mit à braire ;
Mais aussitôt qu'on l'eut ouï,
Chacun s'écria : Fi donc ! fi !
Détestable chanteur, épargne nos oreilles !
Ce compliment devoit refroidir le baudet ;
Et tout autre à sa place eût gardé le *tacet* :
Mais non ; persuadé qu'il avoit fait merveilles,
Et de sa voix croyant qu'on étoit envieux,
Cet animal sot et présomptueux,
Loin d'adoucir son ton, le rendit au contraire
Encor plus éclatant, plus faux qu'à l'ordinaire.
Combien de jeunes gens qui, par présomption,
Se croyant remplis de mérite,
Et s'obstinant à faire, en dépit d'Apollon,
Des vers qui n'ont souvent ni rime ni raison.
De l'âne de ma fable imitent la conduite

3

~~~~~~

FABLE XVII.

La Mère, L'Enfant, le Libraire et le Colporteur. *

E̶n̶ passant devant un libraire
Un jeune enfant dit à sa mère :
J'aperçois là, maman, un livre bien joli ;
Je voudrois bien l'avoir : tenez, c'est celui-ci,
      Où l'on voit cette belle image.
      Le libraire, qui l'entendit,
Vint présenter le livre à la mère, et lui dit :
      C'est là, madame, un bien charmant ouvrage
Sûrement il plairoit à votre aimable enfant ;
      Car il amuse en instruisant,
      Et c'est ce qu'il faut pour son âge.
Oui ! répondit la mère. Et qu'en demandez-vous ?
      — Ce qu'on le vend, cinquante sous.
   — Cinquante sous un seul petit volume !
      — Mais, madame, c'est la coutume
      De payer au moins à ce prix
      Tout livre qui vient de Paris :
D'ailleurs jetez les yeux sur ces belles gravures ;
      Voyez ces charmantes figures :
      Cela ne se fait pas pour rien.
      — Sans doute, et nous le savons bien :
Mais c'est trop cher.... Tandis qu'on parloit de la sort
Un colporteur voyant la dame sur la porte,
Lui dit : Vous faudroit-il, madame, des bonnets ?
J'en ai qu'on a trouvés bien jolis et bien frais :
      Ils sont à la dernière mode.
      — Sont-ils chers ? Oh ! moi j'accommode,
      Et pour le prix nous serons bien d'accord ;
      Je vais vous les montrer d'abord :

Voyez comme ces fleurs paroissent naturelles !
— Et le prix ? — Un louis. — Ce prix est un peu fort.
— Soit ; mais la marchandise est aussi des plus belles ;
Tout est du meilleur goût ; tulles, fleurs et rubans.
         — Oui, j'en conviens, ces bonnets sont charmans.
             — Et les formes en sont nouvelles.
— Hé bien ! j'en prendrai deux pour mes deux de-
       moiselles.
       Et de fait la dame les prit.

Je n'expliquerai point le sens de ce récit ;
Il pourroit offenser un grand nombre de femmes :
Mais je désire bien, pour l'honneur de ces dames,
       Qu'elles en fassent leur profit,
Et que de leurs enfans soignant moins la parure,
Elles donnent surtout leurs soins à la culture
       De leur cœur et de leur esprit.

FABLE XVIII.

Le jeune Joueur détrompé.

Un jeune homme fort simple et sans expérience
       Un jour, par pure complaisance,
       Consentit d'entrer dans un lieu
Où deux de ses amis, grands amateurs du jeu,
       Alloient chercher une ressource
       Pour remplir sans peine leur bourse.
Cet exemple pour lui devint contagieux :
       Le jeune blanc-bec (1) fit comme eux ;
Il se mit à jouer, séduit par l'espérance
       D'augmenter son petit trésor ;
       Et par la plus heureuse chance,

(1) On donne ce nom aux jeunes gens sans expérience.

4

L'écu seul qu'il avoit lui gagna beaucoup d'or :
Il regarde dès lors le jeu comme un Pactole (1) ;
       Dès le lendemain il y vole :
       Mais à ses dépens il apprit
Que le gain qu'on y fait n'est qu'un funeste leurre,
       Et que tel qui se réjouit
       Tôt ou tard s'en lamente et pleure :
       Car non-seulement il perdit
       L'or qu'il avoit gagné la veille ,
Mais encor son écu , sa montre , ses bijoux.
       Il s'en alla baissant l'oreille ,
       Et maudissant le sort jaloux :
Mais de son malheur même il fit un bon usage ;
Et connoissant du jeu les funestes retours ,
Il s'abstint de jouer le reste de ses jours.

       Il fit bien , et rien n'est plus sage :
Bien loin que dans le jeu l'on trouve un avantage,
On voit que des joueurs, hélas ! presque toujours,
L'indigence finit par être le partage (2).

(1) Cela signifie qu'il croyoit que le jeu suffiroit pour l'enrichir parce que le Pactole étoit un fleuve qui rouloit de l'or.

(2) On a remarqué et l'on remarque tous les jours, qu'il n'y a presque personne qui fasse fortune par le jeu, et que presque tous les joueurs finissent par se ruiner.

~~~~~~

FABLE XIX.

Le Masque et le Miroir.

Le masque vint un jour se montrer au miroir.
       Celui-ci choqué de le voir :
Que viens-tu faire ici ? lui dit-il en colère.
Le masque répondit : Si tu veux le savoir,
Je viens t'apprendre un art que tu ne connois guère.

Et qui pourtant est nécessaire,
  L'art de feindre et de déguiser :
Quand on est, comme toi, trop franc et trop sincère,
Dans le monde on se fait haïr et mépriser ;
Mais en trompant les gens on est sûr de leur plaire.
Erreur ! dit le miroir. Moi je ne trompe pas :
Soit que l'on ait des traits grossiers ou délicats,
    Dans une fidèle peinture
    Je montre à chacun sa figure :
Et cependant chacun croit avoir des appas.
Il n'est donc pas besoin d'employer l'imposture
    Pour plaire aux gens et les tromper ;
Leur amour-propre seul suffit pour les duper :
L'un, non moins sot que vain, croit pour son apanage
Avoir reçu du Ciel les plus rares talens ;
L'autre, franc étourdi, se flatte d'être sage,
    Et s'applaudit de son bon sens ;
    Celle-ci, prenant les grimaces
    Pour autant de vrais agrémens,
Pense qu'en minaudant elle étale des grâces ;
    Celle-là, même à cinquante ans,
En elle admire encor l'éclat de la jeunesse.
Ici, sous un faux nom, le simple roturier
    Semble s'enfler de sa noblesse ;
Et là le débiteur, bien que dans la détresse,
    Se montre fier d'une richesse
    Qu'il doit à plus d'un créancier :
    Ailleurs un infâme usurier
A chaque prêt qu'il fait croit faire une largesse ;
Et d'un gros intérêt exigeant la promesse,
    Il se donne pour généreux.

    Personne ne sait se connoître :
A tromper les humains toujours ingénieux,
L'amour-propre les masque, et les faisant paroître
    Sous des traits faux, mais spécieux,

K 5

Il fascine si bien leurs yeux,
Que ce qu'ils ne sont pas ils se flattent de l'être ;
Et que même on les voit souvent s'enorgueillir
De ce qui ne devroit que les faire rougir.

FABLE XX.

L'Avare et la Pie.

Un avare avoit une pie
Qui, sans qu'il le sût, le voloit,
Et qui dans un trou déposoit
Le produit de sa volerie.
Son maître, qui ne regardoit
L'usure et la friponnerie
Que comme une heureuse industrie,
En volant autrui l'imitoit.
Mais corsaires avec corsaires
Ne font pas, dit-on, leurs affaires.
Aussi, comme notre homme avoit,
Ainsi que tout avare, une humeur soupçonneuse,
Suspectant sa Margot (1), sans cesse il l'épioit ;
Et l'ayant prise sur le fait
Ha ha ! lui dit-il, malheureuse !
Pendarde ! c'est donc toi qui faisois le larcin,
Et qui trompois ma vigilance !
Tu ne l'auras pas fait en vain ;
Et pour ta digne récompense,
Je te ferai bientôt passer le goût du pain (2).
La pie alors lui dit : Vous en êtes le maître ;
Mais comment puis-je vous paroître
Digne d'un si grand châtiment ?

(1) Nom de la pie.
(2) Je te ferai mourir.

Si je suis coupable, vous l'êtes;
Car en volant secrètement,
En entassant l'or et l'argent,
Je n'ai fait que ce que vous faites.
Qu'entends-je ? reprit l'harpagon (1) :
Peu contente d'être voleuse,
Tu fais encor la raisonneuse !
Hé bien ! va, si tu veux raisonner, chez Pluton !
Après ce beau discours il prend la malheureuse,
Et lui tord le cou sans façon.

A punir les défauts des autres
Nous sommes prompts et rigoureux ;
Mais nous nous pardonnons les nôtres,
Encor que nous soyons aussi coupables qu'eux.

(1) On appelle ainsi un avare.

FABLE XXI.

L'Ananas. *

Des rives de la Martinique
Un Français apporta jadis un ananas ;
Et comme il en faisoit grand cas,
Il le choyoit sans cesse avec un soin unique,
Espérant que ses fruits, comme ceux d'Amérique,
Beaux, parfumés et délicats,
Charmeroient dans la suite et son goût et sa vue :
Mais lorsque de ses fruits la saison fut venue,
Sur l'arbre il n'aperçut que quelques avortons,
Qu'il ne trouva ni beaux ni bons.
En voyant sa peine perdue,
Notre homme se fâcha contre son ananas.
Mais celui-ci lui dit tout bas :

C

Si j'ai trompé votre espérance,
C'est qu'en me transportant sur un sol étranger,
Vous-même de climat vous m'avez fait changer;
Je devois d'un autre air recevoir l'influence :
Je suis dans un pays qui ne me convient pas;
Et l'on n'est jamais bien où l'on ne doit pas être.

Les hommes bien souvent se trouvent dans ce cas
C'est ce qu'à la jeunesse on doit faire connoître.
    Comme il est différens climats,
    Il est aussi divers états
    Pour lesquels le Ciel nous fait naître;
    Tel qui dans l'un pourroit bien réussir,
    Ne pourroit qu'échouer dans l'autre.
Cherchez donc, jeunes gens, quel doit être le vôtre.
Rien n'est plus important que de le bien choisir :
C'est de là que dépend votre sort à venir.

~~~~~~

FABLE XXII.

Les petits Oiseaux et la Chouette.

Ah! bon, bon! voici l'amusette (1)
    Qui sait si bien nous divertir,
Disoient plusieurs oiseaux, voyant une chouette
Qu'un chasseur pour appât venoit de leur offrir.
Çà! vite à ses dépens allons nous réjouir (2).
A ces mots nos oiseaux s'en vont à tire d'aile
Tout près de la chouette, et volant autour d'elle,
La bernent (3) tour-à-tour, et s'en font un jouet.

(1) On appelle amusette une chose qui est faite pour amuser.
(2) Dès que certains petits oiseaux voient une chouette, ils se
rassemblent autour d'elle comme pour s'en moquer; ce qui fait que
les oiseleurs ont coutume d'en mettre une près de leurs filets, pour
les attirer.
(3) Se moquent d'elle.

Les pauvrets ignoroient que leur vive allégresse
    Alloient se changer en tristesse;
    Mais l'oiseleur qui les guettoit,
    Se chargea de le leur apprendre,
    Et le leur apprit en effet :
Dès que de la chouette un d'entr'eux s'approchoit,
Le chasseur attentif, et prompt à le surprendre,
    L'enveloppoit dans son filet.
    N'ayant pas l'esprit de comprendre
    Qu'un sort pareil les menaçoit,
D'autres venoient après, et l'homme les goboit.
Quand tous, comme des sots, se furent laissé prendre,
L'oiseau de nuit (1) leur dit : Ah ! messieurs les plai-
    sans ,
    Vous comptiez rire à mes dépens ;
    Et je ris maintenant aux vôtres;
    Apprenez donc, s'il en est encor temps,
Qu'on se nuit à soi-même en se moquant des autres
    Apprenez-le aussi, mes enfans;
Et si , dans les accès d'une joie indiscrète,
    Vous croyez d'un de vos égaux
Pouvoir, comme l'on dit, faire votre chouette (2),
Songez au triste sort de ces petits oiseaux.

(1) On donne ce nom à la chouette , parce qu'elle ne se montre
guère que pendant la nuit.
(2) C'est-à-dire un objet de raillerie pour vous : car on dit d'un
enfant dont les autres se moquent, qu'il est et qu'ils en font leur
chouette.

~~~~~~

FABLE XXIII.

Le Vieillard et l'Avarice.

Quelqu'un sembloit un jour approuver l'avarice.
Fi donc ! dit un vieillard plein de sens et d'honneur
  C'est un désordre, c'est un vice
  Que l'on doit avoir en horreur :
  Il faut toujours être économe ;
Mais avare, jamais : rien n'avilit plus l'homme.
  L'avarice qu'on croyoit loin,
  Et qui, selon son ordinaire,
  Etoit déguisée en un coin (1),
Du vieillard entendit la sentence sévère,
  Et soudain elle dit tout bas :
  Tu me condamnes à cette heure ;
  Mais bientôt tu m'approuveras,
  Et qui plus est, tu m'aimeras,
  Et m'admettras dans ta demeure.
  Pour accomplir cette prédiction,
  Elle vient s'offrir au barbon (2)
  Sous le titre d'économie.
  D'abord séduit par ce beau nom,
Notre homme la reçut avec distinction ;
  Bientôt il en fit son amie,
  Il la logea dans sa maison ;
  Il lui donna sa confiance ;
  Et Dieu sait comme elle en usa !
  Elle en bannit la bienfaisance,

---

(1) On veut donner à entendre par là que les avares se font ordinairement illusion à eux-mêmes, et se dissimulent leur avarice.
 (2) Le vieillard

L'amitié, la reconnoissance (1),
Et madame seule y régna.
Le bon vieillard, qu'elle aveugla
En lui vantant sa prévoyance,
Prit sa lésine pour prudence,
Et, malgré son bon sens, en tout il l'imita.

Un tel changement n'est pas rare,
Et comme le vieillard on se trompe souvent :
On est réellement avare,
Lorsque l'on ne se croit qu'économe et prudent :
Vous ne pouvez pas l'être encore,
Enfans, mais vous pouvez du moins le devenir ;
Et contre ce défaut, que tout le monde abhorre,
De bonne heure j'ai cru devoir vous prévenir.

(1) Les avares, en général, ne sont ni bienfaisans, ni aimans
ni reconnoissans.

FABLE XXIV.

Le Chat et le Chien.

Surpris de la fidélité
D'un chien qui, quoi qu'on pût lui faire,
Par son air caressant et sa docilité,
A son maître cherchoit, chaque moment à plaire,
Un chat qui n'avoit pas le même caractère,
Lui dit un jour : J'admire ta bonté !
Ton maître quelquefois te bat et te querelle,
Et, nonobstant sa dureté,
Tu l'aimes tendrement, tu lui restes fidèle :
Jamais jusqu'à ce point, moi, je ne le serois ;
Jamais je ne t'imiterois ;
Je ne pourrois aimer un maître si sévère.

Tu le connois bien mal, lui répondit le chien :
Si contre moi par fois il se met en colère,
    S'il me punit, c'est pour mon bien :
Ah ! si tu connoissois ses soins et sa tendresse,
    Si tu voyois comment il me caresse,
    Comme il se plaît à me soigner,
Et même à me nourrir avec délicatesse,
Comme, lorsque de lui je viens à m'éloigner,
    A me chercher aussitôt il s'empresse,
Comme il aime à me voir partout l'accompagner ;
Loin de le regarder comme un maître sévère,
    En lui tu croirois voir un père,
    Et dans moi, son enfant gâté ;
Tu verrois que jamais je n'en saurois trop faire
    Pour reconnoître sa bonté.
    Ainsi parla ce chien fidèle.

    Puissent tous les jeunes enfans
Pour leurs maîtres montrer les mêmes sentimens,
    Et le prendre pour leur modèle !

FABLE XXV.

Le Vice et la Vertu.

Tandis que le vice nageoit
    Dans les plaisirs et l'abondance,
Il vit que la vertu pour partage n'avoit
    Que le travail, que la souffrance,
Et voulant se donner un air de bienfaisance,
    Ou tout au moins d'humanité,
    Il lui dit d'un ton affecté :
    O que ton sort est déplorable !
    Je te plains bien, en vérité.
    Je suis sensible à ta bonté,

Lui répondit avec un ton affable
La vertu que choquoit sa sotte vanité :
    Mais mon destin n'est point tel qu'on le pense ;
Et quoiqu'il n'offre rien que de triste à tes yeux,
Je le préfère au tien que tu crois plus heureux ;
Grâces à l'injustice, ainsi qu'à la licence,
Tu jouis, il est vrai, des dons de l'opulence,
Et de tous les plaisirs tu goûtes la douceur :
    Mais les remords rongent ton cœur,
Et t'en font expier la courte jouissance ;
Mais à tous les cœurs droits, à tous les bons esprits,
Tu ne fais qu'inspirer l'horreur et le mépris.
Moi, je suis quelquefois en proie à la souffrance,
Et souvent du travail j'endure la rigueur ;
    Mais aussi pour ma récompense
    J'ai la paix de la conscience,
L'estime des humains, leur amour et l'honneur ;
Et c'est là ce qui seul produit le vrai bonheur.

FABLE XXVI.

Le jeune Homme désabusé. *

Moins enchanté de la beauté
    Dont brilloit la jeune Isabelle,
Que charmé de son air doux et plein de bonté,
Un jeune homme d'abord fut prévenu pour elle,
    Et même il avoit projeté
    De la prendre un jour pour sa femme :
    Mais comme il étoit fort prudent,
    Qu'il savoit qu'un beau corps souvent
    Ne loge pas une belle ame,
Que du mérite l'air n'est pas un sûr garant,
Et qu'on n'est pas toujours ce que l'on paroît être ;
Pour savoir si la belle avoit réellement

La bonté, la douceur qu'elle faisoit paroître,
Le galant se cacha, je ne sais trop comment,
  Dans le coin d'un appartement
  Où, sa famille étant seule avec elle,
Sans craindre du public l'œil et le jugement,
Elle pouvoit agir et parler librement :
  Mais quel fut son étonnement
  Lorsqu'il vit que la demoiselle,
  Si bonne, si paisible ailleurs,
Sans rime ni raison à ses frères et sœurs
  A tout moment cherchoit querelle :
Que pour avoir la paix il falloit lui céder ;
Que lorsqu'on s'avisoit de la réprimander,
Après avoir d'abord commencé par bouder,
Elle éclatoit enfin en transports de colère ;
Et que même elle alloit jusqu'à gronder sa mère,
  Quand sa mère osoit la gronder !
  Peste ! dit-il, quelle commère !
C'est là cette bonté, cette aimable douceur
Que j'avois cru d'abord voir dans son caractère !
  Comme elle sait se contrefaire !
  Comme elle a l'air faux et trompeur !
Mais le masque est tombé ; j'ai percé le mystère,
  Et je vois enfin mon erreur.
L'épouse qui voudra ; ce n'est pas mon affaire,
  Moi, je renonce à cet honneur :
Je ne veux pas pour femme avoir une mégère
Qui feroit mon supplice au lieu de mon bonheur.

Si tous les jeunes gens étoient prudens et sages
  Autant que le fut celui-ci,
Dans le monde on verroit moins de mauvais ménages,
Et bien de nos beautés (osons le dire ici)
Auroient peut-être peine à trouver un mari.
Pour le trouver il faut qu'elles se piquent d'être
Ce qu'aux yeux du public elles veulent paroître.

FABLE XXVII.

Le Philosophe et le vrai Sage.

Un philosophe en voyageant
Rencontra par hasard sur ses pas un vrai sage.
Jadis on confondoit ce double personnage,
Tant l'un à l'autre étoit en tout point ressemblant !
Mais comme une funeste et longue expérience
En a montré la différence,
Chacun les distingue à présent.
Notre philosophe voyant
Qu'à la religion l'autre par son langage
Rendoit un éclatant hommage,
Conclut qu'il étoit un croyant (1),
Et par là même un vrai bon homme.
D'abord sur sa croyance il osa le berner ;
Puis, cherchant à l'endoctriner,
Il vouloit lui prouver en somme,
Que l'homme a tort de se gêner ;
Que notre ame n'est que matière,
Et l'avenir qu'une chimère;
Que tout notre bonheur est dans le seul plaisir,
Et que par conséquent nous devons en jouir,
Et chercher à nous satisfaire.
Après l'avoir bien entendu,
Sans attaquer de front cette doctrine impie,
Abominable fruit de la philosophie,
Notre bon homme prétendu
Lui dit tranquillement et d'un ton ingénu :
Croiriez-vous bien pouvoir enseigner vos systèmes
A votre femme, à vos enfans,

(1) Les philosophes donnent ce nom à tous ceux qui ont de la religion.

Sans porter le désordre en leurs cœurs innocens,
Et sans les exposer aux maux les plus extrêmes?
Non, dit le philosophe un peu déconcerté,
     Mais nous les gardons pour nous-mêmes.
Pas toujours, dit le sage, et votre vanité
Ne rend que trop souvent votre langue indiscrète
Vous venez d'en donner une preuve complète.
    D'ailleurs, monsieur, la vérité
Doit toujours être utile à la société :
    Tout système qui peut lui nuire,
    Tout ce qui tend à la détruire,
    N'est que mensonge et fausseté :
    Laissez-nous donc notre croyance
    Et gardez pour vous vos erreurs :
    En favorisant la licence,
Celles-ci n'ont produit que crimes, que malheurs ;
Mais celle-là partout fait régner l'innocence,
Le bonheur, la vertu, l'ordre et les bonnes mœurs.

    Je ne sais ce qu'eût pu répondre
    Le philosophe à ce discours ;
Mais comme apparemment il se sentit confondre,
Il disparut d'abord et ce fut pour toujours.

FABLE XXVIII.

La Mère et la Fille.

Certaine mère de famille,
Qui probablement ignoroit
Le danger qu'y couroit sa fille,
Sans scrupule la conduisoit
Chaque jour à la comédie,
Prétendant que l'esprit, que le cœur s'y formoit :

Car c'est là des mondains là maxime chérie.
　　　La jeune fille qui trouvoit
　　　Cette école plus amusante
　　　Que celle où l'on ne rencontroit
　　　Qu'une sévère gouvernante,
　　　Avec plaisir la fréquentoit ;
　　　Et comme la commère avoit
　　　L'esprit vif et le cœur fort tendre,
　　　Elle n'eut pas peine à comprendre,
　　　A sentir ce qu'on y disoit :
Aussi, de la pudeur et de la modestie
　　　Méprisant les simples attraits,
　　　Bientôt de la coquetterie
　　　Elle connut tous les secrets ;
　　　Et les réduisant en pratique,
　　　Par ses manières, par son ton,
Par son air trop hardi, sa dissipation,
Elle perdit beaucoup de l'estime publique,
Et fut souvent en butte aux traits de la critique.
　　　Sa tendre mère qui le vit,
　　　Un jour, toute triste, lui dit :
　　　O ma fille, qu'est devenue
　　　Cette aimable simplicité
Qui relevoit en vous l'éclat de la beauté ?
Pourquoi n'avez-vous plus la même retenue ?
　　　Pourquoi vous voit-on à présent
　　　Tout autre qu'on ne vous a vue ?
La raison en est simple : étant encor enfant,
　　　Lui dit la fille ingénument,
　　　Je ne pouvois pas être instruite,
　　　Et j'agissois tout simplement ;
Si j'ai changé d'allure et de ton dans la suite,
C'est que j'ai profité de ce que l'on apprend
　　　Au théâtre, où journellement
　　　Vous-même vous m'avez conduite,
Disant qu'il peut former nos esprits et nos cœurs,

Et qu'il est *l'école des mœurs* (1).
Ah ! je vois par expérience,
Reprit la mère avec douleur,
Que ce n'étoit là qu'une erreur
Et qu'un effet de l'ignorance !
Je vois que ce théâtre où je vous avois dit
Que l'on peut se former et le cœur et l'esprit
Est une école de licence
Qui les gâte et les pervertit;
Aussi, pour réparer ma funeste imprudence,
Loin d'y retourner désormais,
Pour vous comme pour moi, j'y renonce à jamais.

La dame ne pouvoit mieux faire,
On ne peut qu'approuver sa résolution;
Mais il faudroit qu'à chaque mère
Sa conduite servît d'exemple et de leçon.

(1) On a mis ce titre sur le frontispice de plusieurs salles de spectacle ; mais il falloit qu'on apprît au public si elles sont *l'école* des
bonnes ou des mauvaises *mœurs :* car ce titre est fort équivoque.

FABLE XXIX.

Le Père de famille et la Piété.

J'ai lu dans un auteur qu'un père de famille
Chez lui voyant un jour entrer la piété,
Lui dit avec vivacité :
Où vas-tu donc ? Je viens, lui dit la sainte fille,
Visiter votre femme, ainsi que vos enfans,
Qui, de mes soins reconnoissans,
M'accueillent avec bienveillance.
Je n'aime point cette accointance (1),
Reprit notre homme avec un ton grondeur;

(1) Liaison familière.

Je crains que tes discours et ton air trop austère
N'exaltent leur esprit, ne gâtent leur humeur.
    Ce n'est point là ce que je prétends faire,
Lui dit la piété : je ne cherche, au contraire,
        Qu'à régler, qu'à former leurs mœurs,
        Qu'à faire régner dans leurs cœurs
L'amour de la vertu, la pudeur, l'innocence :
        Et vous devez savoir assez
        Que mes discours et ma présence
N'ont jamais eu sur eux qu'une heureuse influence
        Mais si loin d'eux vous me chassez,
Peut-être que le vice et le libertinage,
De leur cœur bannissant la vertu, la pudeur,
Remplaceront bientôt cette conduite sage
Dont on fait tous les jours un éloge flatteur,
        Et qui, par un double avantage,
        Fait leur gloire et notre bonheur.
        Voyez donc ce que je dois faire :
Je resterai chez vous si vous y consentez.
        Ah ! de grâce, restez, restez,
        Répondit sagement le père :
Quoique, pour mon malheur, je ne vous aime guère
Je sens combien pour moi vous êtes salutaire ;
Et loin de la vouloir priver de vos bienfaits,
Je désire ardemment que ma famille entière
        Puisse en profiter à jamais.

        C'est ainsi que le monde même
        Rend hommage à la piété :
        Comme il en sent l'utilité,
Même en la négligeant, dans les autres il l'aime.

~~~~~~

FABLE XXX.

Les Portraits.

Connois-tu bien le caractère
De tous ces illustres aïeux
Dont les portraits sont sous tes yeux ?
Dit un jour à son fils un bon et sage père.
Non, répondit l'enfant, je ne les connois guère.
Hé bien ! pour ton instruction,
Je vais te le faire connoître
Reprit le père, et c'est peut-être
Pour toi la meilleure leçon ;
Ecoute-moi donc bien avec attention :
Celui-ci, vrai foudre de guerre,
Répandoit partout la terreur ;
Son courage extraordinaire
En tous lieux le rendoit vainqueur.
Celui-là du barreau fut jadis la lumière,
Et l'ardent défenseur des lois ;
La fraude, à son aspect, rentroit dans la poussière
Le crime trembloit à sa voix :
Ce troisième, par sa science,
L'emporta sur tous les savans ;
Il possédoit la connoissance
Des lieux, des hommes et des temps.
Et ce quatrième-là, dont l'air si débonnaire,
Si doux, si bon, charme les yeux,
Qu'étoit-il ? dit l'enfant. Il étoit vertueux,
Lui répondit son tendre père :
A tous les malheureux il servoit de soutien,
Et son bonheur étoit de leur faire du bien.
L'aspect de ces aïeux doit enflammer ton zèle,
Et tu te sens porté sans doute, en les voyant,

A

A devenir de tous l'imitateur fidèle :
Mais lequel prendrois-tu surtout pour ton modèle ?
  Ah ! c'est le dernier, dit l'enfant ;
Car on m'a toujours dit que le parfait mérite
Est d'être vertueux, humain et bienfaisant :
  Viens, viens, que je te félicite,
  Lui dit le père en l'embrassant :
  Car si, comme j'aime à le croire,
A ce modèle un jour tu deviens ressemblant,
J'aurai le doux plaisir de voir qu'en l'imitant
Tu partages aussi son bonheur et sa gloire.

FABLE XXXI.

Le jeune Homme et la Fusée.

En voyant un feu d'artifice,
  Un jeune homme en tout fort novice
Disoit à son mentor qui se trouvoit présent :
  D'où vient donc que cette fusée,
  Qui, par le salpêtre embrasée,
  Montoit, s'élevoit, brilloit tant,
  A disparu tout-à-coup en crevant,
Et dans quelques momens s'est réduite en fumée ?
Le maître répondit : Du feu qui l'animoit
  C'est l'ardeur qui l'a consumée.
Du feu des passions tel est aussi l'effet,
  Ajouta-t-il en homme sage ;
  Et cette fusée est l'image
  D'un grand nombre de jeunes gens
  Qu'entraîne le libertinage :
  En se livrant à leurs penchans,
  En suivant la fougue de l'âge,
  Ils brillent pendant quelque temps :

Fab. des Enf.   L

Dans le monde on les voit jouer un personnage :
　　　Mais consumés par l'ardeur des désirs,
　　　　Qui les anime et les enflamme,
Ils périssent bientôt victimes des plaisirs
Qui détruisent leur corps en corrompant leur ame.

‿‿‿‿‿‿‿‿‿‿‿‿‿‿‿‿‿‿‿‿‿‿‿‿‿‿‿‿‿‿‿‿‿‿‿

FABLE XXXII.

La jeune Fille corrigée.

Une fille encor jeune étoit fort volontaire ;
(Ce défaut à son âge est assez ordinaire)
Elle vouloit sur tous en tout point l'emporter ;
Et lorsqu'à ses désirs on se montroit contraire,
　　　Lorsqu'on osoit lui résister,
Cessant d'être riante, aimable et gracieuse,
　　　Elle devenoit furieuse ;
　　　Tous ses traits se décomposoient ;
　　　Son front et son nez se fronçoient ;
　　　Sur son visage les grimaces
　　　Remplaçoient les ris et les grâces ;
　　　Si bien qu'on la méconnoissoit,
Et qu'elle n'avoit plus que l'air d'une mégère.
En la voyant ainsi, souvent sa tendre mère,
　　　Pour la corriger, lui disoit :
Vous livrerez-vous donc toujours à la colère ?
　　　Et ne sentirez-vous jamais
　　　Que ses fougues et ses succès,
　　　Décriant votre caractère,
Vous rendent méprisable, et ne peuvent servir
　　　Qu'à vous faire fuir et haïr ?
Il n'est que deux moyens de charmer et de plaire ;
　　　C'est la bonté, c'est la douceur.
　　　Soyez donc douce, soyez bonne :

Avec le vôtre alors vous ferez le bonheur
De tout ce qui vous environne.
On ne pouvoit parler plus sagement ;
Mais, par malheur, autant en emportoit le vent,
Et la fille écoutoit à peine
Cet utile avertissement.
Un jour qu'elle fit une scène
Plus forte encor qu'auparavant,
La mère, pleine de sagesse,
Croyant devoir user d'adresse :
Que vois-je, lui dit-elle? Ah ! vous me faites peur !
Si vous saviez combien cet accès de fureur
Vous défigure et vous rend laide,
Vous en auriez vous-même horreur,
Et votre aspect pourroit vous servir de remède,
A ces mots, sous ses yeux elle met un miroir.
La fille ne put pas s'empêcher de s'y voir,
Et se trouva fort enlaidie.
C'en fut assez pour calmer sa furie :
Aussitôt elle prit un air, un ton nouveau
Elle réprima sa colère ;
Et désormais, douce comme un agneau,
Elle parut avoir changé de caractère.

Que ne peut pas la vanité !
Sur le sexe elle a tant d'empire,
Que pour le corriger il suffit de lui dire
Que ses défauts nuisent à sa beauté.

FABLE XXXIII.

Le jeune Dissipateur et le pauvre Rentier.

Un jeune homme opulent, mais de qui la dépense
    Excédoit les grands revenus,
Sur le sort d'un rentier réduit à cent écus
    S'appitoyoit en sa présence,
Et lui disoit un jour en poussant un soupir :
N'avoir que cent écus ! O Ciel ! quelle misère !
    Avec cela que peut-on faire ?
    Et que n'a-t-on pas à souffrir ?
Sur mes maux vous pouvez ne pas vous attendrir,
Répondit le rentier, et je vous en dispense ;
Vous me plaignez à tort ; mon sort est assez doux,
Et bien que vous soyez fier de votre opulence,
Je me crois et je suis plus riche encor que vous.
    — Sans doute que vous voulez rire ?
    — Je parle sérieusement,
Et suis prêt à prouver ce que je viens de dire.
    — Je voudrois bien savoir comment :
    Cette preuve seroit plaisante.
— Non ; elle n'auroit rien qui ne fût concluant.
— Voyons donc. — Vous avez trois mille écus de rente ;
Et, comme vous savez, moi, je n'en ai que cent ;
    Or, puisque vous me plaignez tant,
    Veuillez bien, je vous en conjure,
Me prêter un louis qu'il me faut à présent.
    — Vous obliger seroit, je vous l'assure,
Ce qui pourroit le plus satisfaire mon cœur ;
Mais je me trouve, hélas ! dans une conjoncture
Où bien loin de pouvoir jouir de ce bonheur,
Pour avoir de l'argent j'emprunte à grosse usure.
Hé bien ! reprit alors le rentier généreux,

Au lieu d'un louis, moi, je puis en prêter deux :
  Si vous refusez de me croire,
Les voilà..... Pour la soif j'ai toujours une poire (1).
  Et je me plais à vous l'offrir.
Mais à mon sort au moins cessez de compatir,
Et convenez enfin que, malgré la détresse,
  Sur vous je l'emporte en richesse,
Puisque vous empruntez quand j'ai du superflu.

La richesse souvent n'est que dans l'apparence,
Et le riche n'est pas toujours celui qu'on pense ;
  C'est celui dont le revenu
  Surpasse toujours la dépense (2).

(1) C'est-à-dire j'ai toujours quelque argent en réserve, pour m'en servir quand j'en aurai besoin.

(2) Comme les jeunes gens sont portés à la dépense, nous avons cru que cette fable pourroit leur apprendre à ne pas la pousser trop loin, et à ne pas devenir dissipateurs.

~~~~~~

FABLE XXXIV.

La Vérité, la Fable et les Enfans.

En voyant un jour des enfans
Dont l'air n'avoit rien que d'aimable,
La Vérité dit à la Fable :
J'aime ces petits innocens;
Les grâces, qui sont de leur âge
L'ornement et l'heureux partage,
Me les rendent intéressans :
Mais comme ils n'ont encor ni savoir, ni bon sens
  Je vois avec beaucoup de peine
Les funestes écarts où l'erreur les entraîne,
Et souvent je gémis sur leurs défauts naissans.

     3

Ah ! si je pouvois les instruire,
    Leur apprendre à se bien conduire !
    Mais lorsque je m'approche d'eux
Ils s'éloignent d'abord ; ils craignent ma présence ;
Et pour eux mes discours n'ont rien que d'ennuyeux.
Que ne connoissent-ils toute ma bienveillance,
        Mon désir de les rendre heureux !
        Loin de me fuir, ils préviendroient mes vœux.
        Mais toi, dont on vante l'adresse,
Ne me pourrois-tu pas fournir quelque moyen
        De leur témoigner ma tendresse,
Et de m'en faire aimer en leur faisant du bien ?
A cet âge surtout je voudrois être utile ;
Ce seroit rendre au monde un service important.
La Fable répondit : Rien n'est moins difficile :
Les enfans ont pour moi presque tous du penchant ;
Je leur plais par mon air, par mon ton amusant ;
        Mais ils vous trouvent trop austère.
        Savez-vous donc ce qu'il faut faire ?
Il faut vous affubler de mon accoutrement
Et tâcher de paroître en tout à moi semblable :
        Séduits par ce déguisement
        Qui vous rendra plus agréable,
Ils concevront pour vous un vif attachement ;
Ils vous feront toujours un accueil favorable ;
Et lorsque vous aurez ainsi gagné leur cœur,
        En les préservant de l'erreur,
Votre secours pourra leur être profitable.
        Ce moyen est bien inventé,
        Reprit alors la Vérité,
        Et je vais le mettre en usage.
De la Fable en effet elle prit le langage
        L'air, le ton et les ornemens.
Voyant la Vérité sous ces dehors charmans
Les enfans aussitôt près d'elle s'assemblèrent,
Et même avec plaisir bientôt ils l'écoutèrent :

Par les contes qu'elle leur fit
Elle n'amusa pas seulement leur esprit,
   Mais comme elle eut l'heureuse adresse
D'y mêler à propos des leçons de sagesse,
Même en les amusant elle les instruisit.
Comme elle, mes enfans, j'ai voulu vous instruire :
   Si tel étoit l'effet de mes écrits,
    Ce succès, le seul où j'aspire,
De mes travaux pour moi seroit le plus doux prix.

FIN DU LIVRE SEPTIÈME ET DERNIER.

4

LE
TEMPLE DE L'HONNEUR.

S𝗎𝗋 le sommet d'un rocher sourcilleux
S'élève un temple exhaussé jusqu'aux cieux,
Où de tout temps sur un trône de gloire,
L'Honneur reçut ceux qui, par leurs talens,
Leur héroïsme et leurs faits éclatans,
Ont illustré leur nom et leur mémoire.
Là le mérite, ici-bas méconnu,
Par la splendeur dont il est revêtu,
Des cœurs jaloux force enfin le suffrage :
Et les censeurs qui l'avoient combattu,
En l'admirant viennent lui rendre hommage.

C'est là que je fus transporté tout-à-coup sur
l'aile des Songes. Je ne vous ferai point ici le détail
des beautés qui ornent cet imposant édifice ; car
à peine le contemplois-je dans une admiration
muette et dans une espèce d'effroi religieux, que
le dieu qui l'habite vint à ma rencontre, et me
parla ainsi :

Chasse la crainte qui t'agite ;
Tu vois le maître de ces lieux.
C'est dans ce beau séjour qu'habite
La troupe de ces demi-dieux
Dont les vertus et le mérite
Ont rendu le nom glorieux.
Tu peux entrer, sous mes auspices,
Dans cet édifice immortel,
Où jamais le crime et les vices
Ne vinrent souiller mon autel.

Là tu verras la récompense
Que l'honneur lui-même dispense
A ses véritables amis :
Puisses-tu, voyant leur exemple,
Comme eux dans cet auguste temple
Mériter d'être un jour admis !

Rassuré par l'accueil favorable que me fit cet
aimable dieu, je marchai sur ses pas, et je péné-
trai dans l'intérieur du temple, dont le centre est
destiné pour les rois célèbres et pour les héros ;
l'aile droite, pour les favoris d'Apollon ; et la
gauche, pour les sectateurs de la sagesse et de
la vertu.

A peine fûmes-nous entrés dans la partie de
l'édifice où sont les héros et les rois qui ont illustré leur mémoire par leurs actions, qu'un spectacle éblouissant vint frapper mes regards surpris.

Je me crus tout-à-coup transporté dans les cieux ;
Je crus dans ce séjour voir la troupe des dieux.
Là, le front couronné des palmes de la gloire,
Tous les héros fameux que célèbre l'histoire,
Pompeusement assis sur un trône éclatant,
Offrirent à mes yeux leur éclat imposant :
Là je vis, d'un côté, ces défenseurs d'Athènes,
Devant qui fuit Xerxès qui lui portoit des chaînes :
De l'autre, ces Romains vainqueurs de tant de rois,
Et grands par leurs vertus plus que par leurs exploits.
Plus loin on aperçoit le sage Marc-Aurèle,
Digne d'être des rois l'oracle et le modèle ;
Et Titus qui, toujours bienfaisant, généreux,
Mit toujours son bonheur à faire des heureux.
Là paroissent encor ces princes dont la France
Admira la valeur ou chérit la clémence ;

L 5

L'on y voît ce François (1) grand même en son mal-
heur;
Qui, lorsqu'il perdit tout, sut conserver l'honneur;
On y voit près de lui ce prince débonnaire,
Ce Louis (2) qui voulut du peuple être le père
Près d'eux on voit briller le grand, le bon Henri (3),
Dont le nom des Français est encore chéri :
Il conserve son air, son ton, son caractère;
Il n'a qu'à se montrer pour charmer et pour plaire.
A leur suite paroît dans un rang éminent,
Louis (4) à qui son règne acquit le nom de Grand :
La Victoire et la Paix soutiennent sa couronne;
Les beaux arts réunis environnent son trône :
Thémis à ses côtés écrit ses sages lois,
Et les neuf doctes Sœurs célèbrent ses exploits.
L'Honneur près de son trône a placé les Turenne,
Les Condé, les Warwick, les Villard, les Duquêne,
Et le nombreux essaim des héros glorieux
Qui, toujours triomphans, toujours victorieux,
Par les dons du génie unis à la vaillance,
Au comble de la gloire élevèrent la France (5).

Je me plaisois à contempler tous ces hommes
célèbres, ainsi que les Clisson, les Crillon, les
Montmorency, les Bayard, et nos autres anciens
héros, dont l'aspect m'offroit un mélange de grandeur et de simplicité qui excitoit tout à la fois mon
amour et mon admiration, lorsque mon conduc-

(1) Après la bataille de Pavie qu'il perdit, François I écrivit à la reine : *Tout est perdu fors l'honneur.*
(2) Louis XII, surnommé *le Père du peuple.*
(3) Henri IV.
(4) Louis XIV.
(5) Comme cette petite pièce fut faite vers le milieu du siècle dernier, on n'a pas pu y faire mention des héros qui ont brillé dans ces derniers temps.

teur me fit passer dans la partie du temple où les écrivains célèbres sont rassemblés.

> Là ne sont point ces auteurs téméraires
> Qu'arme l'orgueil contre la vérité ;
> Et qui, fuyant loin des routes vulgaires,
> Se font honneur de leur impiété ;
> Nouveaux Titans dont l'audace insensée
> Ose lancer des traits contre les cieux,
> Et dont l'esprit a conçu la pensée,
> S'ils le pouvoient, de détrôner les dieux :
> L'on n'y voit point ces écrivains cyniques
> Vils artisans de fadaises lubriques,
> Qui ne pouvant des esprits délicats
> Par leurs talens mériter le suffrage,
> De la licence et du libertinage
> Aux cœurs gâtés présentent les appas ;
> Ni ces auteurs qui n'ont pour tout génie
> Qu'un sot orgueil animé par l'envie,
> Et qui, jaloux de leurs heureux rivaux,
> Pour s'en venger leur prêtent leurs défauts.
> L'Honneur n'admet dans son aimable asile
> Que les mortels dont les chastes écrits,
> Réunissant l'agréable à l'utile,
> Forment les cœurs en formant les esprits.

Vous ne sauriez croire combien le nombre en est petit. Le siècle de Louis XIV en a plus fourni que tous les autres ensemble.

> L'on voit briller aux premiers rangs
> L'illustre auteur de Télémaque,
> Lui qui, par des traits si touchans,
> De l'héritier du roi d'Ithaque
> Peignit l'ame et les sentimens ;
> Lui qui, sous les voiles charmans

G

D'une fiction agréable,
Sut cacher la morale aimable
Qui forme les rois bienfaisans.
    Sur un trône non moins sublime
Paroît l'éloquent Bossuet :
Son œil, que le génie anime
Annonce et montre ce qu'il est ;
Mais d'un si rare personnage
L'Honneur lui-même glorieux,
Pour faire connoître encor mieux
Ses talens, son ton, son langage,
Dans un nuage radieux,
Sur sa tête a placé l'image
D'un aigle qui s'élance aux cieux.
    Au-dessous on voit Labruyère,
Censeur sage autant que sévère,
Et peintre énergique des mœurs,
Qui chercha bien moins à leur plaire,
Qu'à rendre les hommes meilleurs.
    Parmi les illustres auteurs
Que dans le temple l'on admire,
Brille encor, quoi qu'en puissent dire
Ces philosophes détracteurs,
Despréaux qui, dans l'art d'écrire,
Joignant l'exemple à la leçon,
Fit dans le poétique empire,
Régner le goût et la raison.
    On y trouve aussi La Fontaine,
Dont le ton naïf, enchanteur,
Amuse, plaît, ravit, entraîne,
Mais à qui cependant l'Honneur
N'ouvrit les portes de son temple
Que lorsque, par un rare exemple,
Il eut expié par ses pleurs,
Ses regrets et sa pénitence,
Ceux de ses vers dont la licence

Est un vrai poison pour les mœurs (1).

Après avoir admiré ces grands hommes, je
cherchois ceux qu'a produits le dix-huitième siècle que l'on a tant vanté ; et comme je témoignois
à mon guide combien j'étois surpris d'en trouver
si peu, il me répondit par ces mots :

Il est vrai qu'en ces derniers temps
La France à cet illustre asile
Pouvoit fournir plus d'habitans.
Fut-il un siècle plus fertile
En esprits féconds et brillans ?
Le Parnasse, jadis stérile,
Voit partout fleurir les talens :
Mais les fleurs qu'on y voit éclore,
Malgré leur vernis éclatant,
A peine durent une aurore,
Et périssent en un instant.
Les esprits légers et frivoles,
D'un pinceau foible et délicat,
Ne peignent que les fariboles,
Qui perdent d'abord leur éclat ;
Ou si quelquefois, plus sublimes,
D'autres prennent un plus haut ton,
Ils souillent leurs coupables rimes
Par le plus funeste poison ;
Et, sous le faux titre de sage,
Bravant la pudeur, la raison,
A parer le libertinage
Font servir les dons d'Apollon.

(1) Je n'ai pas cru qu'il fût besoin de nommer et de caractériser
tous les autres orateurs, poètes et moralistes du siècle de Louis XIV,
qui se sont rendus célèbres par leurs talens, et par l'usage qu'ils en
ont fait : la postérité les connoît ; elle les a jugés, et le jugement de
l'Honneur s'accorde toujours avec celui de la postérité.

Je ne reconnus que trop la vérité de ces paroles. Mais ce qui m'étonna le plus, ce fut de ne pas voir parmi les gens de lettres qui ont été admis dans le temple de l'Honneur, ce bel esprit (1), ce génie flexible, cet homme universel qui, en s'exerçant dans tous les genres de littérature, a excellé dans quelques-uns ; qui a été tour-à-tour poète, historien, philosophe ; qu'on a même regardé, dans ces derniers temps, comme l'oracle des philosophes ; et qui a fini par être couronné publiquement, sur le premier théâtre de la capitale, comme le premier et le plus grand homme du dix-huitième siècle. Hé quoi ! dis-je à mon conducteur, un homme qui a été tant honoré pendant sa vie n'a pas été jugé digne, après sa mort, d'obtenir une place dans le temple de l'Honneur ! Non, me répondit-il :

L'Honneur couronne le génie
D'un auteur qui, lorsqu'il écrit,
Présente la sagesse unie
Aux talens dont il l'embellit :
Mais il condamne à l'infamie
Un écrivain licencieux
Dont la muse effrénée, impie,
Osa même contre les dieux
Lancer des traits de raillerie ;
Et qui, méprisant la pudeur,
Etala dans plus d'un ouvrage
Un cynisme que l'homme sage
Ne peut voir sans frémir d'horreur.

Or c'est là ce qui caractérise la plupart des

(1) Voltaire.

écrits de l'auteur que vous êtes surpris de ne pas trouver ici. Non, non, jamais on ne l'y verra ; ce sera bien assez qu'il occupe un rang distingué dans le temple du Goût, qu'il a construit lui-même ; quoiqu'en voyant les sarcasmes indécens et les injures grossières dont il a souvent souillé ses écrits, on pût, à la rigueur, être fondé à le lui disputer. Nous passâmes enfin dans la vaste enceinte qu'habitent les hommes illustres qui, par leur sagesse et leurs vertus, ont mérité que l'Honneur les reçût dans son temple.

> C'est là que le sage Socrate
> Couvert de gloire et de splendeur,
> Se rit de sa patrie ingrate
> Qui voulut flétrir son honneur :
> Là, dans un aimable commerce,
> Sans cesse il raisonne, il converse
> Avec ces hommes si vantés
> Qui des rayons de leur sagesse
> Jadis éclairèrent la Grèce,
> Et les rois furent respectés.
> C'est là que ce fier personnage,
> Cet inflexible Régulus
> Qui fit briller tant de vertus
> Jusques au sein de l'esclavage,
> Est vengé de la cruauté
> Dont les habitans de Carthage
> Payèrent sa fidélité.
> C'est là que les nobles victimes (1),
> La gloire de ces derniers temps,

---

(1) Nous avons cru devoir ajouter ces vers pour honorer la mémoire des hommes vertueux qui, pendant la révolution, n'ont été traités en criminels que parce qu'ils n'approuvoient et ne partageoient pas les crimes des tyrans qui les ont fait périr.

Qu'on fit périr dans les tourmens,
Sans leur reprocher d'autres crimes
Que leurs vertus ou leurs talens,
Par l'Honneur sont dédommagées
Des maux qu'on leur fit essuyer,
Et que leurs chaînes sont changées
En des couronnes de laurier.

Je ne finirois pas si je voulois vous parler en détail de tout ce que ce dieu équitable a rassemblé dans son temple : il y en a de toutes les conditions et de tous les âges :

Pour avoir part à ses rares faveurs,
Il ne faut pas, sur les pas de Bellone,
Se couronner des palmes des vainqueurs,
Ni soutenir ou porter la couronne;
Il ne faut pas, d'un vol audacieux,
Avoir franchi le sommet du Parnasse,
Non : un cœur pur, honnête, vertueux,
Peut dans son temple obtenir une place.

Aussi une infinité de personnes dont le mérite étoit inconnu et même calomnié ici-bas, y brillent avec éclat. Je me serois fixé volontiers dans cet aimable séjour, mais le dieu me fit entendre qu'il n'en étoit pas temps encore, et me conduisit aussitôt aux portes du temple, pour y être témoin du refus qu'essuient une foule d'insensés qui s'y présentent sans aucun titre légitime.

Par le secours de l'artifice,
Souvent les intrigans dans l'auguste édifice
Cherchent à pénétrer par un chemin secret,
Mais, en leur en fermant l'entrée,
Thémis, qui toujours veille à sa porte sacrée,
Dévoile leur intrigue, et confond leur projet.

A peine fûmes-nous arrivés, que je vis avancer une troupe de guerriers cruels, chargés du butin qu'ils avoient fait, et couverts du sang qu'ils avoient répandu injustement et sans nécessité. Après avoir forcé les barrières du temple, ils s'avançoient en tumulte, et ils vouloient absolument qu'on leur en ouvrît l'entrée. Hé quoi ! disoient-ils en grondant et menaçant, on ose nous fermer les portes du temple de l'Honneur, après que nous nous sommes fait ouvrir celles de tant de villes ! Non, non ! nous n'essuierons point un pareil affront : nous réduirions plutôt le temple en cendres. Thémis se rit de leur audace, et s'approchant d'eux avec un air sévère : Quels titres, leur dit-elle, avez-vous donc pour mériter d'être admis dans ce séjour glorieux où l'on ne reçoit que les héros dont la valeur a toujours été dirigée par la justice et l'humanité ? *Quels traits me présentent vos fastes ?* ajouta-t-elle, en leur citant quelques vers de Rousseau :

Des murs que la flamme ravage,
Des vainqueurs fumans de carnage,
Un peuple aux fers abandonné,
Des mères pâles et sanglantes
Arrachant leurs filles tremblantes
Des mains d'un soldat effréné.

Les guerriers furent fort scandalisés d'un pareil accueil ; mais que faire ? on ne surprend pas les portes du temple de l'Honneur comme celles d'un fort ou d'une citadelle. Ces messieurs eurent donc beau gronder et menacer, ils furent obligés d'aller chercher fortune ailleurs.

Ceux qui vinrent et se présentèrent après eux furent plus heureux : c'étoit une troupe de militaires braves, modestes, et qui, tout chargés de lauriers qu'ils étoient, ne laissoient pas de verser des pleurs sur leur victoire, parce qu'ils avoient été forcés de l'acheter au prix du sang de leurs semblables. Ils s'avançoient avec une modeste fierté : mais l'Honneur, volant à leur rencontre, prévint leur demande, et leur adressa ces paroles obligeantes :

> Venez, mes plus chers favoris,
> Dans ces murs venez prendre place :
> Vous suivîtes toujours ma trace,
> Vous avez droit à mon pourpris.

Après ce compliment flatteur ils furent introduits dans l'intérieur du temple, et allèrent se joindre aux héros qui en font l'ornement. Peu de temps après nous vîmes venir une foule d'écrivains qui tous portoient leurs ouvrages, comme des titres légitimes pour être admis dans ce séjour glorieux. L'un étala des abrégés et des dictionnaires : mais Thémis le renvoya au dieu Plutus, pour qui seul il avoit travaillé. L'autre présenta un roman frivole, rempli de peintures obscènes et de traits impies : mais à peine la déesse en eut lu quelques pages, qu'elle le déchira avec indignation, et menaça l'auteur de lui faire éprouver les rigueurs de sa justice, s'il ne s'éloignoit. Un troisième présenta un volume dont le titre sembloit annoncer un ouvrage philosophique : mais on s'aperçut bientôt que loin d'y faire triompher la raison, dont la vraie philosophie doit être l'organe, il y avoit fait tous ses efforts pour l'anéantir et pour prouver que l'homme doit être mis au rang des brutes. Aussi Thémis, se tournant vers notre philosophe manqué, lui adressa ces paroles d'un ton moqueur :

Ce temple n'est point votre affaire ;
Ses habitans pour vous auroient fort peu d'attraits ;
Allez errer dans les forêts ;
Leurs hôtes sauront mieux vous plaire.

La triste destinée de ces messieurs n'en décou-ragea point une foule d'autres qui s'avancèrent avec la même hardiesse. J'en remarquai surtout un qui portoit sous son manteau des brochures et des feuilles volantes pleines d'invectives et de calomnies atroces contre tout ce qu'il y avoit de plus respectable. Mais l'Honneur, qui se trouvoit présent, l'ayant reconnu, s'approcha de lui avec un air terrible, et lui dit ces mots d'un ton menaçant :

Quittez cette rive chérie,
Organe de la calomnie,
Ennemi de mes partisans ;
Mes couronnes et mes présens
Ne sont point pour qui me décrie.

Un autre s'avança bientôt après, en fredonnant des chansons galantes, et en débitant d'insipides bouquets à *Iris ;* mais on le pria doucement de se retirer, et d'aller débiter ses sornettes aux drya-des et aux nymphes des bois.

A la fin tous ces flots d'écrivains disparurent et furent bientôt remplacés par d'autres prosélytes

qui prétendoient mériter d'avoir une place dans le
temple dont ils assiégeoient la porte. Le premier
qui se présenta étoit un nouveau parvenu qui, à
la faveur d'un de ces emplois où un homme peu
délicat peut s'enrichir sans peine aux dépens du
public, avoit passé tout-à-coup du sein de la
pauvreté au faîte de l'opulence. L'éclat de son train
répondoit à l'immensité de sa fortune ; et quoique
la grossièreté de son air, de ses manières et de son
langage rappelât ce qu'il avoit été, il ne doutoit
pas qu'en couvrant sa bassesse et ses vices, le
luxe et le faste dont il s'étoit entouré ne le fissent
admettre dans le temple de l'Honneur : mais quand
il demanda qu'on lui en ouvrît les portes, Thémis
lui répondit d'un ton sec et avec un air froid,

Ne vous repaissez point d'une vaine espérance ;
Dans ce temple jamais vous ne serez reçu :
   Ici l'Honneur n'admet, ne récompense
   Que le mérite et la vertu.

Le nouveau Crésus, à qui le suffrage de Thémis
et de l'Honneur ne tenoit pas fort au cœur, parut
peu sensible au refus humiliant qu'il venoit d'essuyer, et il alla s'en consoler dans le temple de
la Fortune, où l'aveugle déesse l'admit sans difficulté.

Celui qui vint après étoit un jeune magistrat,
bien nippé, bien frisé, bien adonisé. Il débuta
par une révérence dessinée avec toute la délicatesse possible, et il l'accompagna d'un compliment des mieux tournés. Ses gentillesses ne sédui-
sirent point la divinité qui garde l'entrée du temple, et Thémis le pria de vouloir bien lui rendre

compte des connoissances qu'il avoit acquises pour exercer dignement l'emploi dont il étoit chargé ; mais au lieu de citer le digeste et les instituts de Justinien, il se mit à débiter quelques scènes de Molière : sur quoi la déesse mit au bas de sa requête :

> Ce séjour est trop sérieux
> Pour votre aimable seigneurie ;
> Vous figurerez beaucoup mieux
> Parmi les héros de Thalie.

Tandis que Thémis écrivoit cette espèce d'arrêt, on vit paroître tout-à-coup un jeune guerrier tout couvert du sang qui couloit d'une large blessure qu'on voyoit sur son corps. Ce n'est point au champ de Mars ni de la main des ennemis qu'il l'avoit reçue ; c'est le plus tendre de ses amis qui lui avoit porté le coup mortel ; c'est le duel, excité par l'amour, et déguisé sous les traits de l'Honneur, qui les avoit armés l'un contre l'autre. Le guerrier infortuné se consoloit de sa mort prématurée par l'espoir de revivre dans le temple de l'Honneur ; mais Thémis ne tarda pas à le détromper par ces mots :

> Quittez la frivole espérance
> D'être un jour admis dans ces lieux :
> Vous êtes mort pour la Vengeance,
> Allez dans son temple odieux.

A ces mots ses yeux se dessillèrent : il reconnut avec douleur qu'il avoit sacrifié au fantôme de l'Honneur des jours qui eussent été mieux employés s'il les eût consacrés au service de la patrie : il vit avec horreur l'outrage sanglant qu'il avoit fait à l'amitié: il maudit le jour où il s'est enrôlé sous les étendards de l'Amour, source funeste de tous ses malheurs ; mais c'étoit s'y prendre trop tard, et ses regrets superflus ne purent lui ouvrir la porte du temple où il aspiroit.

Ce guerrier infortuné n'eut pas plutôt disparu, qu'un nouveau personnage se présenta pour y être admis.

> L'éclat d'un masque radieux
> Couvroit les traits de son visage :
> A son air simple et vertueux,
> A son langage doucereux,
> Vous l'eussiez pris pour un vrai sage.
> Des mortels les plus envieux,
> Dit-il, dans les terrestres lieux
> Je me suis attiré l'hommage ;
> Mais ce triomphe glorieux
> Pour moi n'est qu'un foible avantage,
> Et l'Honneur seul, par son suffrage,
> Peut mettre le comble à mes vœux.

L'Honneur reçut avec bonté sa requête. Cependant, avant que de l'introduire dans son temple, il voulut dépouiller son visage du masque qui le couvroit. Mais au lieu de découvrir un sage, il n'aperçut en lui qu'un hypocrite. L'effronterie, l'orgueil, la fraude, les trahisons parurent tour-à-tour sur le front de ce prétendu sage qui, ne pouvant soutenir la confusion dont il se sentit accablé, se déroba promptement à nos regards, pour aller cacher sa honte dans les ténèbres. Alors le dieu, se tournant vers moi, m'adressa ces paroles qui terminèrent le songe :

Fin de la Table.